육아의 여왕

육아의 여왕

2015년 5월 15일 초판 1쇄 발행

펴낸이 · 이성만
편집인 · 정해종

책임편집 · 이기웅
마케팅 · 김명래, 권금숙, 김석원, 최민화, 조히라
경영지원 · 김상현, 이윤하, 김현우

펴낸곳 · 박하
출판신고 · 2006년 9월 25일 제406-2012-000063호
주소 · 경기도 파주시 회동길 174 파주출판도시
전화 · 031-960-4800 | 팩스 · 031-960-4806 | 이메일 · info@smpk.kr

ⓒ 김주연 (저작권자와 맺은 특약에 따라 검인을 생략합니다)
ISBN 978-89-6570-253-5 (03810)

• 이 책은 저작권법에 따라 보호받는 저작물이므로 무단전재와 무단복제를 금지하며,
  이 책 내용의 전부 또는 일부를 이용하려면 반드시 저작권자와 박하의 서면동의를 받아야
  합니다.
• 이 책의 국립중앙도서관 출판시도서목록은 서지정보유통지원시스템 홈페이지(http://seoji.nl.go.kr)와
  국가자료공동목록시스템(http://www.nl.go.kr/kolisnet)에서 이용하실 수 있습니다.
  (CIP제어번호 : 2015011353)
• 잘못된 책은 구입하신 서점에서 바꿔드립니다.   • 책값은 뒤표지에 있습니다.

육아의 여왕

김주연 장편소설

박하 BAKHA PUBLISHERS

차례

프
롤
로
그

2012년 11월 30일의 이야기

현관문을 열고 들어선 여자는 텅 비어 있었다.

어찌 보면 이미 죽은 사람 같기도 했다. 손목에는 명품 브랜드의 오렌지색 쇼핑백이 너덜너덜해진 채 매달려 있을 뿐이다.

어림잡아 163센티쯤 됨 직한 여자의 하얀 얼굴은 푹 꺼진 볼때문에 나이 들어 보인다. 불거진 광대에는 짙은 기미가 자리잡았고 눈 밑은 시커멓게 변색되어 그녀가 한때 아름다움을 가진 여자였다는 사실을 아무도 믿지 못할 것처럼 보였다.

그녀는 누구길래 이렇게 차가운 날, 이토록 텅 빈 모습을 하고 서 있는 것일까. 신발도 없이 꽁꽁 언 발 어딘가 찢겨진 모양이다. 현관에서 가장 가까운 방 안으로 스르륵 걸어 들어가는 마루에 얼룩과 함께 붉은 핏자국이 묻어난다.

방바닥에 쇼핑백을 무심히 던지자 그 안에 있던 가죽가방이 제멋대로 튕겨 나온다.

여자는 철 지난 민소매 티와 무릎이 튀어나온 바지로 갈아입고 보풀이 잔뜩 인 먹색 카디건을 걸친다. 그 모습은 마치 털갈이를 하느라 털이 숭숭 빠진 들짐승처럼 볼품없고 초라하다.

여자는 중대한 의식을 앞둔 것처럼 조심스레 컴퓨터 책상으로 다가가 앉는다.

후우. 짧은 한숨과 함께 배에서 꼬르륵 소리가 나왔지만 이미 배고픔 따위는 인지 못 하는 사람처럼 보인다. 초점이 반쯤 날아간 눈동자는 수면을 취한 지 오래임을 알려준다. 그럼에도 불구하고 컴퓨터 전원을 누르고 키보드를 다루는 손가락만은 놀랄 정도로 영민하고 재빠르다.

여자는 곧장 인터넷 포털 사이트의 커뮤니티 카페에 로그인한다. 회원 수가 수십만 명인 육아 관련 카페다. 검색창에 '모유 부족'이란 단어를 입력하자 많은 게시물이 쏟아진다. 다소 신경질적으로 마우스 휠을 굴리며 게시물을 훑던 여자는 그 중 한 단어에 시선이 고정된다.

스·틸·티?

유럽에서는 출산 후 모유 촉진을 위해 마신다는 게시물의 설명을 찬찬히 읽어 내려간다. 그러니까 우리나라 산모들이 미역국을 먹는 것처럼 서양 여자들은 스틸티라는 것을 마신다는 내용이었다. 드디어 여자의 눈동자가 초점을 되찾고 반짝인다.

2주 전 병원에서 처방받은 젖 도는 약도 효과를 못 본 참이었다. 한약부터 시작해 돼지 족을 달인 물도 한 솥이나 마셔보았지만 젖이 돌기는커녕 역한 냄새에 비위만 잔뜩 상했다. 두유며 우유, 생수까지 목구멍까지 차도록 마셔봤지만 아무 효과 없었다.

여자의 손바닥에 땀이 차기 시작한다.

의자를 바짝 당겨 앉는데 책상 아래 놓인 유축기가 발끝에 닿는다. 가슴을 압축하는 나팔 모양 깔때기를 보자 반사적으로 가슴이 찌릿해진다. 젖이 도는 신호다. 그러나 막상 유축을 시작하면 몇 방울 나오지 않을 터였다.

출산한 날부터 밤낮 유축기를 돌려댄 탓에 양쪽 유두에서는 피가 나고 상처가 곪아 노란 진물이 흐르고 있다. 제 새끼 먹일 젖도 뽑지 못하는 가슴 따위 도려내 길고양이에게 던져주고 싶은 충동이 치민 적이 대체 몇 번이던가.

속는 셈치고 마지막으로 스틸티란 것에 희망을 걸어보기로
한다. 티백 50포 들이 상자 다섯 개를 주문하고 송금까지 완료
하는데 걸린 시간은 채 5분이 걸리지 않는다.

여자는 이제야 제 도리를 다한 평온한 얼굴이다.

벽시계는 오후 5시 40분을 가리킨다.

거실로 맨 걸음을 옮길 때마다 더러운 얼룩이 문신처럼 함께
묻어난다.

아기는 이불 위에서 공갈젖꼭지를 빨며 누워 있다.

사내아인지 계집아인지 분간이 가지 않는 동그란 아기는 여
자의 냄새를 맡자마자 득달같이 울음을 터트린다. 여자는 그 울
음이 두렵다는 듯 경계심 가득한 눈동자로 쏘아본다. 아기의 울
음소리가 점점 커질수록 경계심은 노여움으로 바뀌더니 급기야
두 손으로 양쪽 귀를 틀어막는다. 여자는 제 눈꺼풀이 한번 껌
뻑일 때마다 시간이 10년씩 흘러버렸으면 좋겠다고 생각한다.

베란다로 나가 이중으로 닫힌 유리창을 연다. 최고층답게 차
고 무거운 바람이 혹 들이 닥쳐 볼을 할퀸다. 여자는 까치발을
하고 까마득한 창문 아래를 내려다본다.

곧 어둠이 깔릴 시간, 자전거 타는 사내아이들이 보인다. 그
주변에는 찬거리가 들었을 장바구니를 들고 서 있는 주부 무리

도 있다. 건너편 벤치의 노인은 뒤쪽 화단의 앙상해진 나무와 하나처럼 보인다.

모든 것은 평소와 별반 다를 바 없다.

아마도 잠시 후 녀석들은 엄마의 재촉 전화에 투덜대며 보습학원으로 향할 것이고 주부들은 집에서 저녁을 먹을지 회식을 할지 알리는 남편의 전화에 종종걸음을 옮길 것이다. 그리고 이들을 가만 지켜보던 노인은 허벅지가 다 드러나는 짧은 교복을 입고서 스마트폰 속 페이스북에 혼을 뺐긴 채 그 앞을 지나는 여고생의 팬티스타킹 속을 상상하다 아무도 기다리지 않는 동굴 같은 집으로 돌아가 시체처럼 누울 것이다.

여자는 갑자기 끔찍한 기분에 사로잡혔다.

다른 이들의 시간처럼 하루가 24시간, 1,440분, 86,400초의 속도로 가는 게 아니라 저만 달팽이의 시간을 사는 느낌이었다. 그것은 햇빛 쨍한 날 혼자 우비와 레인부츠를 갖추고 군중 속에 서 있는 기분이기도 했고 검정드레스를 입은 채 신부 입장을 기다리는 기분 같기도 했다. 모든 평범한 것들 사이에 섞이지 못한 단 하나의 이물감. 도저히 목구멍으로 넘길 수없는 불편하고 단단한 자두 씨 같은 것. 그것이 바로 자신이었다.

말 못 할 불안이 엄습했다. 이 투명한 창살에 갇힌 채 영영 저

11

들과 같은 시간을 살 수 없을 거라는 생각은 단정을 넘어 확신에 가까워졌다. 결국 인간에게 진실이란 제가 생각하고 판단하는 것뿐일 테니까.

아아악!!!!

여자는 날카로운 비명과 함께 그 자리에 주저앉아버렸다. 머릿속이 산산조각 나는 듯 했다. 거인 둘이 200킬로그램짜리 해머로 양 관자놀이를 내리치는 아픔이 밀려든다. 비명소리에 놀란 아기는 더 큰 울음을 터트린다.

응애. 응애. 응애애애애.

증폭되는 울음은 여자의 날카로운 신경을 바득바득 긁어낸다.

어쩌면 이 모든 고통이 저 아기에게서 비롯된 것인지 모른다는 생각이 들었다. 여자는 발광하는 짐승의 소리를 내며 아기 쪽으로 기어간다. 바닥을 기는 네 발에서 날카롭고 위협적인 발톱이 솟는다. 그녀의 얼굴에는 거칠고 누런 털이 돋았고 눈동자에는 맹수의 번뜩임이 스친다.

아기에게 다다른 손이 천천히 아기의 목 쪽으로 향한다. 믿을 수 없을 만큼 작은 목은 엄지와 검지 사이에 쏙 들어간다. 손가락은 천천히 아기의 목덜미를 조인다. 그러자 작은 얼굴이 금세 하얗게 질리더니 컥컥 소리를 낸다.

이번에는 아기 얼굴을 지그시 누른다.

머리부터 목덜미까지 여자의 손바닥 안에 쏙 들어간다. 머리통은 생각보다 말랑하고 보들보들해 작은 공을 누르는 감촉 같기도 했다. 아기는 강력하게 발악한다. 그러나 아랑곳 않고 아기 얼굴을 덮은 손바닥에 더 큰 힘을 가하기 시작한다. 세게. 점점 더 세게…….

여자는 낯선 감촉에 놀라 얼른 손을 뗀다. 뭐지, 이 느낌은? 아기는 제 혀를 내밀어 그 무시무시한 손을 밀쳐내는 중이었다. 그러나 그 힘은 차마 믿을 수 없으리만치 연약했다.

아기가 배시시 시린 미소를 짓는다. 바둑알보다 까만 눈동자와 허기로 날름대는 연분홍 혀가 슬프게 반짝인다. 이 순간은 지옥이다. 그렇다면 이 지옥의 끝은 어디일까. 과연 끝이 존재하기는 할까. 누군가가 삶과 죽음은 하나라고 하던데 그 말대로라면 이대로 죽어도 사는 것과 마찬가지가 아닐까.

뛰·어·내·려.

그 소리를 낸 것이 여자인지 아니면 누군가의 속삭임인지는 명확치 않다. 다만 그 순간 머릿속을 지배한 생각은 오직 그 하나뿐이었다. 이제는 어떤 두려움도 느껴지지 않는다.

여자는 거뭇해지기 시작한 창밖을 보며 어둠이 모든 것을 덮어줄 것이라 믿는다. 잠시 후면 고통은 사라질 것이고 사람들은 다시 아무 일 없다는 듯 살아갈 것이다. 그래. 아주 잠깐이면 될 일이다. 아기를 들어 안고 베란다로 향하는 여자의 팔에 힘이 들어간다.

아기는 이제 더 이상 울지 않는다.

스니커즈 없인 못 살아!

우아하고 은은한 분위기가 배어나는 거실, 걸을 때마다 뽀드득 소리가 날 것처럼 잘 닦인 마루, 식사를 해도 될 만큼 쾌적한 욕실과 맛있는 냄새로 코끝을 자극하는 주방, 알록달록 계절과일이 놓인 6인용 식탁이 차례로 비춰지는 가운데 보송보송한 화이트 시트 침대에서 아침햇살이 엄지발가락을 간질이는 감촉에 눈뜨는 아침. 고백하건대 싱글이던 시절 바로 이런 것이 결혼생활일 거라 믿었다.

그러나 개뿔—

나는 어리석게도 가장 중요한 사실 하나를 간과하고야 말았다. 바로 남편이란 남자들은 그러한 결과물을 얻기 위한 노동력이 전적으로 아내로부터 제공되어야 한다고 믿는다는 것이다. 이보다 안타까운 동상이몽이 있을까.

만약 이제 와서 누군가 내게 결혼의 정의를 묻는다면 자신 있게 답할 수 있다.

결혼이란 바로 피 한 방울 섞이지 않은 남자의 엉덩이가 닿은 변기에 거리낌 없이 나의 맨 엉덩이를 가져다대는 일이라고. 고질적 무좀을 가진 남자와 손톱깎이를 공유하고 가끔 칫솔이 뒤바뀐 채 양치질을 하며 남자의 코가 묻은 수건에 막 세안한 나의 해맑은 얼굴을 문지르는 일 따위는 예사인 삶, 매일 아침을 원두 향 대신 구린내 진동하는 상대의 구취로 시작할 자신이 없다면 꿈도 꾸지 말아야 할 것이 바로 결혼이라고 말이다.

누워 있는 등짝이 간질간질 댄다. 여전히 두 눈은 감은 채 몸을 모로 눕히고 오른손을 등 뒤로 가져가 벅벅 긁어본다. 그러면서 시트를 세탁한 지 한참 지났다는 데 생각이 미친다.

두 달? 아니 세 달쯤 됐을까? 그렇다면 이것은 혹시 집 먼지 진드기의 습격? 언젠가 홈쇼핑에서 보자마자 "심봤다!"를 외치며 주문했던 '레이캅'은 개봉 후 단 한 번 사용 후 집 안 어딘가에 처박혀버렸다. 쇼핑 호스트들이 시연할 때는 번쩍 들고 잘도 조작하던데 실제로는 어찌나 무겁던지 집 먼지 진드기 잡기 전에 내 손목부터 잡을 것 같았다.

쿵쿵. 그때 어디선가 풍겨오는 익숙하고 구린 냄새. 그 위로 한 남자의 달콤한 목소리가 오버랩된다.

"음마. 음마."

아뿔싸. 두 눈이 절로 번쩍 뜨인다. 하지만 이미 오줌과 똥의 하모니로 잔뜩 부풀어 터지기 일보 직전인 기저귀에서 뿜어져 나오는 냄새가 나의 코와 입을 점령한 후다.

범인은 지오, 22개월 된 말썽쟁이 내 아들. 콧구멍에 쑤셔 넣어도 하나도 안 아플 거 같은 내 새끼다. 아이는 내 가슴 위로 턱 올라 앉아더니 푸석푸석한 얼굴을 뚫어져라 들여다본다. 아무리 아들이지만 비비크림도 바르지 않은 민낯은 부끄럽기만 하다. 얼굴이 빨개지려는 찰라 아이는 예고도 없이 제 검지를 내 콧구멍으로 쑥 집어넣는다.

으아아악! 아기의 손톱은 얇지만 예리하고 날카롭다. 아무리 금쪽같은 내 새끼라도 아픈 건 아픈 거다. 엄마도 통증을 느낄 줄 아는 엄연한 사람이라는 사실을 이 녀석은 언제쯤이나 알아줄까. 엄마가 아파하는 모습에 아이의 입에서 까르르르 청량한 웃음이 터진다.

"김지오! 너어!!"

아이를 양팔로 번쩍 들어 올려 그대로 침대 옆으로 내리꽂자 엄살을 피우며 아픈 시늉이다.

"음마. 아포 아포⋯⋯."

쿡. 그 모습에 그만 웃음이 난다. 밤톨만 한 녀석이 까불고 있어. 아이의 볼록한 이마에 입을 맞추고 더듬더듬 휴대전화를 찾는다.

오전 10시 40분.

새벽 4시쯤에야 잠들었으니 딱 여섯 시간 40분 잤다. 잘 만큼 잤는데도 온몸은 천근만근이니 이상한 노릇이다. 머릿속으로 하나, 둘, 셋을 세고는 벌떡 일어나 침대 밖으로 나온다. 그리고 빛의 속도보다 빠르게 지오의 기저귀를 벗긴다.

대체 이 녀석은 언제쯤 기저귀를 뗄까? 혹시 인간이란 동물은 배변 훈련이 끝남과 동시에 비로소 완벽한 인격체로 존중받을 수 있다는 사실을 모르는 걸까.

오늘따라 유난히 시큼한 똥냄새가 신경 쓰인다. 어제 저녁 뭘 먹은 건지 상태도 설사에 가깝게 질척하다. 얼른 스마트폰을 들고 기저귀가 터져나가도록 그득한 그것에 초점을 맞춰가며 촬영한다. 그리고 사진 파일을 곧장 '아기 똥 진단 어플'을 통해 전문가에게 전송한다. 이제 몇 분 후면 문자 메시지로 지오의 똥 상태를 분석한 답변이 도착할 것이다.

내가 아이 똥을 찍어 타인에게 전송한다는 것을 알면 미혼인 친구들은 아마 단번에 나와의 인연을 끊으려들겠지. 그래도 할 말은 없다. 나 역시 엄마가 되기 전에는 이런 짓을 하게 될 줄 꿈에도 몰랐으니까. 하기야 엄마라는 이름으로 살면서 짐작 못한 일이 어디 이뿐이랴.

벌거벗긴 지오를 안고 욕실로 직행한다. 샤워기의 수온을 적당히 맞춰 엉덩이를 씻긴다. 따뜻한 물줄기가 부드럽게 지오의 몸을 타고 내려간다.

빠드득빠드득. 아이 엉덩이를 야무지게 씻기면서 나는 역시 좋은 엄마가 분명하다고 확신한다.

굳이 이런 수고를 떨지 않아도 물티슈 몇 장 휙 뽑아서 쓱쓱 닦아버렸어도 충분한 일이지 않는가. 하지만 신이 내게 굵은 팔뚝을 주신 것은 13킬로그램이 넘는 아이쯤은 한 팔로 가뿐하게 들어 안으라는 계시일 터.

비록 나는 아직 눈곱도 못 뗐고 양치질도 못 했지만 뭐 괜찮다. 육아에는 늘 중요도와 긴급도를 파악해 앞뒤 묻지도 따지지도 말고 해결해야만 하는 일들이 있는 법이니까.

그래. 좋다. 정말 다 좋은데 아이를 낳고서 지금까지도 이해할 수 없는 사실이 있다. 왜 인류는 아직까지 먹거나 자지 않아도 되고 싸지 않아도 되는 알약 하나 개발하지 못했을까. 그까

짓 거 하나 발명하는 일이 뭐 그렇게 어렵다고. 컴퓨터보다 똑똑한 두뇌를 가진 그 많은 과학자들은 대체 뭘 하고 있는 거지?

엄마가 되고 보니 젖먹이를 돌보며 인간답게 먹고 자는 일은 전혀 불가능한 일이었다. 심지어 화장실도 마음대로 못 가 동동거리면서 맘 편히 쌀(?) 수 있는 자유가 얼마나 거룩한 것인지 새삼 깨닫게 되었다.

갓 엄마가 된 여자들은 평균 두 시간마다 젖을 물리고 트림을 시키고 기저귀를 갈아주며 손목 인대가 끊어질 때까지 아기를 안아준다. 그다음에는 또 젖을 물리고 트림시키고 기저귀 갈고 안아주고 또 놀아줘야 한다. 끝도 없이 반복되는 24시간 중에서 엄마가 밥 먹고 잠자고 화장실에 갈 시간은 어느 구석에도 없다.

그러니까 엄마들을 위한 '똑똑한 알약'은 반드시 필요하다. 만약 그것을 만들 수 없다면 엄마들의 하루를 48시간으로 바꿔주기라도 하던지. 고작 24시간은 육아를 하고 제 몸까지 챙기기에 부족해도 한참이나 부족한 시간이란 말이다.

"엄마가 된다구? 지금부터 마음 단단히 먹는 게 좋을 걸! 그렇지 않으면 체력 딸리고 정신이 붕괴돼 금방 두 손 두 발 다 들고 나자빠질 테니까!"

처음 임신 사실을 알았을 때 주변사람들로부터 이런 경고를 들었다면 마음의 준비는 할 수 있지 않았을까. 그러나 경고는커녕 단체로 약속이라도 한 듯 임신과 출산이 여자로서 최고의 축복이며 최종 행복이 담겨진 보물 상자인 것처럼 떠드는 이들뿐이었다.

대체 왜! 왜! 아무도 말해주지 않은 거지! 엄마라는 숨죽인 삶 속에 꿈에도 몰랐던 눈물겨운 전쟁이 펼쳐지고 있다는 사실을 말이다. (솔직히 까놓고 말해서 여자들이 엄마가 되기 전에 이 진실을 알게 된다면 인류 출산율은 0퍼센트가 될 것이다.)

깨끗하게 씻긴 지오 엉덩이에 보습크림을 듬뿍 바르고 서둘러 기저귀를 채운다. 그러지 않으면 언제 다시 똥오줌을 방 안에 질러놓을지 모른다. 이 모든 일에 걸리는 시간은 절대 5분을 넘겨선 안 된다. 시간을 끌면 끌수록 피차간에 힘겹고 더러워지기만 할 테니까.

주방으로 가 냉장고 문을 활짝 연다. 대체 언제부터 구석에 있었는지 모를 홍삼액 파우치가 보인다. 제품 뒷면에 찍힌 유효기간이 넉 달은 족히 지났다. 뭐 아직까지 유통기한 지난 건강보조식품을 먹고 죽었다는 뉴스는 들어보지 못했으니 상관없을 것이다. 파우치 모서리를 개봉한다. 목구멍으로 흘러 넘어가는 맛이 씁쓰레하면서 묘하게 달작지근하다.

나의 오늘 하루도 이렇게 개봉됐다.

오후 1시 30분.

토스트와 우유 한 잔으로 식사를 마치고 신발장 문을 연다.

1층부터 6층까지 빼곡히 자리 잡은 사랑스런 아이들을 보니 흐뭇한 미소가 절로 나온다. 대충 봐도 족히 50켤레는 넘는다. 여느 여자들과 마찬가지로 나 역시 신발이라면 남편과 섹스를 하다 뛰쳐나갈 정도로 좋아한다. 차이가 있다면 내 신발장을 가득 채운 아이들이 대부분이 스니커즈라는 것이다.

강의를 하느라 종일 서 있는 내가 스타일 살리자고 킬힐을 고집했다간 발바닥이 불타버릴지도 모른다. 발에 피로가 몰린다는 핑계로 의자에 앉아 강의라도 하는 날엔 학부형들의 항의전화로 난리가 나겠지. 때문에 나는 스니커즈를 구매할 때마다 매의 눈으로 디자인과 착화감을 고루 따져가며 공을 들인다. 그러니까 대치동의 프로 강사 윤현수에게 스니커즈는 일종의 무기인 셈이다.

오늘 나의 선택을 받은 아이는 지난 주 백화점에서 큰맘 먹고 구매한 G 브랜드의 스니커즈. 매끈한 디자인을 뽐내는 스카이블루 컬러가 오늘 입은 카디건과도 잘 어울린다. 스니커즈 끈을 단단히 동여맨 후 이모님 품에 안긴 지오와 뽀뽀를 한다.

새 스니커즈 덕분일까. 전용면적 84.55제곱미터의 아파트를 나서는 발걸음이 한결 가볍다. 아파트 단지 입구에서부터 입시 종합학원 '하이클래스 에듀'까지는 걸어서 15분 거리. 은마 아파트 사거리에 위치한 학원까지 매일 걸어서 출퇴근 한다.

아직 5월 중순인데 한여름이 벌써 시작된 걸까. 얇은 소재의 카디건이 갑갑하게 느껴진다. 이름하여 봄의 실종. 지구 온난화, 물 부족 위기, 소가 뿜어대는 메탄가스의 폐해는 십수 년 째 논술 시험의 단골 주제다.

나는 그동안 아이들 귀에 딱지가 앉도록 똑같은 말을 반복해왔다. 빙하가 녹고 해수면이 상승하면서 지구에 엄청난 재앙이 닥칠지도 모른다는 사실은 비단 블록버스터 영화에만 나오는 이야기가 아니다. 그러나 누구도 자신의 일이라고 여기지 않는 것은 개그콘서트보다 더 코믹한 사실이다. 하기야 순진무구한 눈망울로 느릿하게 "움머~" 하고 울어대는 소의 방귀 따위가 인류의 생존을 위협하며 지구를 점점 뜨겁게 달구고 있다는 사실을 그 누가 믿고 싶겠냐마는.

강사로서 대치동에 입성한 뒤로 이곳을 떠난 적이 없다. 그만큼 행동반경이 좁아졌다는 뜻이기도 하다.

입시학원 강사라는 직업은 남들 쉬는 주말이나 방학이면 더 바쁘게 뛰어야 한다. 일 년 내내 꼬박꼬박 연결되는 시험 스케줄에 맞춰 살다보면 가끔은 창살에 갇힌 무기수가 된 것처럼 갑

갑하다. 가끔 거울 속 지친 나를 들여다볼 때면 푸드득 날 수 있
는 날갯죽지가 퇴화돼버린 슬픈 날짐승 같다는 생각도 든다.

오늘은 출근 전 학원 근처의 스튜디오에 들르기로 한다. 대치
동이 속한 강남구를 비롯해 송파, 서초 전역까지 배포될 새 광
고지에 넣을 프로필 사진을 찍기 위해서다.

간단하게 헤어와 메이크업을 받고 카메라 앞에 섰다. 사진 찍
는 일은 언제나 긴장된다. 이번 참에 인터넷 강의 홈페이지에
들어갈 프로필 사진까지 바꿀 예정이다. 뜨거운 조명 아래 번뜩
이는 플래시를 받으며 어떻게 하면 더 프로다운 이미지를 전달
할 수 있을까 고민한다.

강사들끼리 우스갯소리로 이 바닥에서 '실력은 기본이고 비
주얼은 필수'라는 말이 있을 정도다. 내 사진 밑에는 '윤현수.
하이클래스 에듀 입시 논술 대표 강사. 한국대학교 국문과 수석
졸업'이라는 글자들이 박힐 것이다.

포토그래퍼가 보여주는 사진 파일 속 나는 "뻥이요!" 하는 경
고성 멘트 후 시커먼 무쇠 속에서 튀겨져 나온 튀밥 같다. 건조
하고 잔뜩 과장돼 부풀려진 모습이다. 사진 속의 그녀는 조금 더
냉정해 보이고 조금 더 높은 연봉을 받는 강사로 보인다. 그리고
조금 더 날씬해 보인다. 학부형들과 학생들은 이런 나의 모습에
더 만족할 것이다. 나의 입가에 흡족한 미소가 지어진다.

"저 조퇴할 게요."

쉬는 시간, 교무실에서 교재를 체크하는데 고1반 민이가 들어왔다. 학원에 다닌 지 채 한 달도 안 된 아이. 그런데 벌써 조퇴만 세 번째다. 학교 성적은 최상위 그룹에 속하고 눈에 띄게 작은 얼굴과 어깨까지 오는 찰랑거리는 갈색 머리카락, 동그란 눈동자는 아이가 호기심이 많으면서도 섬세하다는 것을 알려준다. 사유를 묻자 심플한 답변이 돌아왔다.

"컨디션이 안 좋아요."

"목표점까지 완주하기 위해선 체력도 실력인 거 알지?"

아이가 나가자 반사적으로 회전의자를 돌려 노트북에 저장된 학생정보 파일을 클릭한다.

이름 강민

주소 반포 자이 아파트 10×동 17××호

학교 서문여고 1학년 4반.

가족관계 아버지 강수호. (수 한의원 원장/잠원동 소재)

레벨 1등급 (서문여중 3년 내내 전교 1등)

특이사항 2년 전 어머니 사망 후 아버지와 둘이 살고 있음.

미술에 특기를 보이나 성적은 상위권 의대도 문제없음.

아직 문이과 선택 안함. 아버지는 본인 의사 존중하는 편임.

이번 주 내로 보호자인 아버지와 상담 일정을 잡을 필요가 있겠다.

좀 전에 반짝이던 민이의 눈동자가 떠오른다. 어딘지 모르게 이곳의 아이들과는 다른 눈빛이다. 자신의 의도와 달리 너무 일찍 세상을 알아버린 아이들. 어쩌면 이곳 아이들의 17년은 삶을 깨닫기에 넘치도록 충분한 시간일지 모른다.

저녁 8시 30분. 다음 강의를 알리는 벨 소리가 울린다. 서둘러 교재를 챙겨 자리에서 일어난다.

밤 12시 45분.

조심스레 번호를 누르고 들어오는데 소파에서 침까지 흘리며 졸고 있는 이모님이 보인다. 벌써 6개월째 함께 살며 지오를 돌봐주는 조선족 육아도우미다. 나처럼 일하는 엄마에게 육아도우미보다 더 절실한 존재는 없을 것이다.

지금 마음 같아서는 이모님이 중국으로 돌아가시겠다면 당장 짐 보따리를 싸서 따라나설 의향도 있지만 천만다행으로 남편과 사별한 데다 하나뿐인 아들 역시 안산에 가정을 꾸려 살고 있다니 그럴 일이 일어날 확률은 매우 희박하다.

"아이쿠. 이제 들어옴까. 지오는 목욕 잘 하고 잔다."

흐른 침을 손등으로 쓰윽 닦아내는 이모님 얼굴에서 피로가 묻어난다. 한창 에너지가 넘쳐나는 사내아이를 감당하는 게 쉬운 일은 아닐 터. 그러나 나 역시 매달 180만 원이나 되는 도우미 월급을 감당하기가 쉬운 노릇은 아니다.

월급뿐인가. 때때로 과장에 가까운 공치사에 로션이나 속옷 같은 선물꾸러미도 들이밀어야 한다. 사실 지난 설에 선물한 설화수 기능성 기초 세트를 받아든 이모님 얼굴이 바람 가득 넣은 고무풍선처럼 탱탱하게 펴지는 것을 보고 적잖이 놀란 적이 있다.

평소에 석고를 바른 듯 무뚝뚝하던 인상이 크림을 바르기도 전에 그토록 환해질 수 있다니 어찌 놀라지 않을 수 있을까. 어쩌면 화장품이 그토록 터무니없이 비싼 몸값을 자랑하는 이유는 자체의 성분보단 '고가의 화장품을 가졌다는 심리적 만족감에서 기인한 안색 변화' 때문일지도 모르겠다.

"쉬시는데 죄송해요. 저 때문에 깨셨어요?"

한껏 미안한 기색을 드러내자 이모님은 손사래를 친다.

"일 없슴다. 나도 그만 들어가야 함다. 그럼 쉬쇼."

무뚝뚝하게 내뱉고 방으로 들어가려던 이모님은 뭔가 생각난 듯 뒤돌아 내 쪽을 본다.

"아참. 내 할 말이 있는데……."

할 말이라고? 순간 어찌나 긴장했는지 숨까지 멈춰버렸다.

설마 일을 그만두겠다는 말은 아니겠지. 만약 그렇다면 나는 끝장이다.

솔직히 말하면 나도 이모님이 100퍼센트 맘에 드는 것은 아니다.

지오에게 자기가 먹는 짠 장아찌를 먹이거나 전화로 수다를 떠느라 아이에게 텔레비전만 틀어준 것 같은 낌새를 눈치챈 적도 있다. 심지어 지오 내복을 아기 세탁기에 따로 돌리지 않고 걸레와 함께 돌리는 광경을 목격한 적도 있지만 애써 싫은 내색을 하지 않았을 뿐이다.

아이 키우는 다른 동료들 조언대로 거실과 방에 CCTV를 달아 체크하고 싶지만 얼마 전 CCTV를 단 다른 집 이야기를 전하며 목에 핏대를 세우던 이모님 때문에 말도 못 꺼낸다.

"서로 믿고 살아야하지 않겠슴까? 카메라 감시 밑에서 어찌 맘 편히 일을 하겠슴까."

그렇다. 아이를 맡긴 엄마 입장에서는 '불평불만요? 그게 무슨 뜻이죠?'라는 얼굴로 그냥 입 꾹 다물고 있어야 하는 순간들이 있는 것이다. 그러니까 이 모든 것은 바로 일하는 엄마가 안고가야 할 숙명과도 같은 비애다.

"지오 과일이, 똑 떨어졌슴다."

"네? 아~"

휴우우. 살았다. 벼랑 끝에 대롱대롱 매달리다가 가까스로 구출된 사람의 심정이 이러할까.

"오전에 과일가게에 전화 넣을게요. 쉬세요."

그럼요. 그깟 과일이야 전화 한 통이면 해결되는 일인 걸요.

기다란 하품을 하며 방으로 들어가는 이모님을 확인하고 나서야 마음이 놓인다. 서둘러 싱크대에서 손을 씻고 지오가 잠든 안방으로 간다.

내가 쓰는 침대 밑에 깔아둔 두툼한 요 위에서 잠든 지오. 유난히 기다란 속눈썹을 가지런히 덮고 두 팔은 쭉 뻗은 만세 자세다. 아이가 만족할 만큼 에너지를 소진하고 나서 잠들었다는 증거다. 그 모습에 오늘 하루도 별 탈 없이 잘 지나갔구나 싶어 안심이 된다.

혹 수면에 방해가 될까 봐 스탠드 불빛을 가장 낮은 단계로 조절한다. 그리고 아이 옆에 모로 누워 잠든 모습을 가만히 바라본다. 아직 솜털이 보송보송한 얼굴. 쌔근쌔근 낮은 숨소리를 낼 때마다 가슴이 잔잔하게 들썩인다. 아이는 지금 제 모습이 얼마나 아름다운지 알고 있을까.

그 작은 가슴 위에 내 손을 살며시 얹어본다. 아이가 뿜어내는 생명의 에너지가 종일 나를 짓누르던 압박들로부터 나를 자유롭게 만든다. 단단하게 뭉쳤던 마음은 다시금 몽글몽글해지고 스르르 눈이 풀린다. 이 앞에서 나는 언제나 100퍼센트 무장해제다.

부르릉— 지오가 자동차 엔진 소리를 내더니 반대로 팽 돌아눕는다. 아마도 제가 제일 좋아하는 붕붕카를 타고 하늘을 나는 꿈이라도 꾸는 모양이지.

돌아선 작은 등을 보고 있자니 못내 서운한 감정이 밀려든다. 믿었던 애인에게 버림받은들 이보다 더 아릴까. 정말이지 엄마가 되고부터 작은 일에도 호들갑 떨게 되고 주책맞아지는 것 같아 걱정이다. 섭섭한 마음을 차곡차곡 접고 동그란 뒤통수에 입을 맞춘 뒤 일어선다.

커피를 드리핑하기로 한다.

하루 중 유일한 혼자만의 시간. 얼마 전 사둔 폴 바셋의 원두를 개시하는데 이보다 적절한 타이밍은 없을 것이다. 최연소 월드바리스타 챔피언십 수상자인 폴 바셋의 이름을 딴 원두를 바라보는 내 심장이 두근거린다.

핸드밀을 꺼내 원두를 갈고 여과지에 커피를 덜어 담는다. 그리고 날렵한 주둥이를 가진 드립포트로 뜨거운 물을 찬찬히 떨어뜨린다. 곱게 갈린 원두는 제 매력을 발산하듯 잔뜩 부풀어

오르기 시작한다. 지금 이 순간이 커피를 내리면서 가장 사랑하는 시간이다.

지오를 낳기 전까지 커피는 내 삶의 가장 큰 기쁨이었다. '직접 드립해서 마시는 커피가 진짜 커피'라는 근거 없는 소신 아래 참 많이도 마셔댔다. 시간이 날 때마다 남들이 맛집을 찾아다니듯 카페를 찾아다녔다. 맛있는 커피를 맛보기 위해 강원도며 대구까지 안 가본 곳이 거의 없을 정도다.

카페에 가도 초코과자가 얹어진 파르페나 주문하던 내가 커피에 눈 뜬 건 대학교 3학년 여름방학 때였다.

등록금을 마련하기 위해 아르바이트로 시작한 초등부 강사 일은 녹록지 않았다. 쉬는 시간도 거의 없이 하루 여섯 타임을 풀로 뛰다보니 강력한 각성제는 필수였다. 종이컵에 노란 커피믹스 스틱 한 봉지를 붓고 휘휘 저어 마시던 그 달달한 커피는 그 어떤 자양강장제도 부럽지 않은 효능을 발휘하곤 했다. 임신 말기까지 갔던 지독한 입덧도 얼음을 그득 넣은 아이스 아메리카노 한 잔이면 신기하게도 수그러들었다. 정식으로 바리스타 공부를 하고 싶다는 생각을 한 적도 있다. 그러나 입시 논술 강사인 내게 그럴 시간은 허락되지 않았다. 직장에 다니는 대부분의 임산부들이 그러하듯 나 역시 지오를 낳기 직전까지 학원에 나가야 했다.

막달에는 다리가 코끼리처럼 퉁퉁 부었지만 한 번도 의자에 앉지 않고 원칙에 맞춰 선 채로 강의했다. 원장이 허락한 3개월의 출산 휴가 기간 동안 아기와 조금 더 시간을 보내기 위해서는 그 방법뿐이었다.

막 내린 뜨거운 커피 한 모금을 입술에 가져간다.

폴 바셋의 원두는 모던하면서도 매끄러운 보디감을 가졌다. 조금 전 지오 때문에 몽글몽글해진 가슴 속에 따뜻한 커피 한 잔까지 들어가니 더 이상 부러울 게 없다.

착각일지 모르겠지만 문득 행복하다.

새벽 1시 37분. 내일 지오가 먹을 반찬을 만들 시간이다.

냉장고 냉기 서린 반찬은 입에도 안 대는 식성 덕분에 이틀에 한 번 꼴로 국과 반찬을 만들어야 한다. 그 까다로운 입맛에 맞추는 일은 일 년 내내 생리 중인 예민한 직장 상사를 모시는 일처럼 피로하다. 그러나 이유식을 시작한 후 지오 먹을 음식을 다른 사람 손에 맡긴 적은 없다. 함께 있는 시간은 적지만 내 아이의 입으로 들어가는 먹을거리만은 제대로 챙겨주고 싶은 엄마의 마음이었다.

재료를 준비하기 전 스마트폰을 통해 한 블로그에 접속한다.

아기 반찬 만들기는 요리 책보다 육아 블로거의 포스팅이 백만 배쯤 더 유용하기 때문이다. 비단 반찬뿐이 아니다. 나의 임신과 출산, 육아는 같은 처지의 블로거들과 함께였다 해도 틀린 말이 아니다.

입덧을 줄일 수 있는 방법부터 첫아기 출산 준비물 리스트, 핸들링이 좋은 유모차와 헝겊인형, 기저귀 성능 비교까지 모두 꼼꼼하고 친절한 블로거들의 도움을 받았다. 태어나 처음 입을 유기농 면 소재의 배냇저고리부터 제멋대로 춤추는 팔다리를 감싸줄 엄마 품 같은 속싸개, 한번 눕히면 30분은 편해질 수 있다는 바운서, 연약한 다리가 벌어지지 않도록 설계된 아기 띠, 그리고 갓난아기의 자존심을 세워줄 근사한 보디슈트에 관한 정보를 공유해준 이는 친정엄마도 친구도 아니다. 바로 일면식도 없는 육아 블로거들이었다.

솔직히 그녀들이 존재하지 않는 나의 육아란…… 아, 상상조차 하고 싶지 않다. 고백컨대 21세기를 살아가는 초보맘들에게 육아 블로거는 누구보다 든든하고 믿음직한 조력자다.

냉장고를 열어보니 낮에 한살림에서 배송되었을 식재료들이 보인다.

일주일에 두 번, 식료품을 배달받는 한살림을 이용하기 시작한 것은 임신 직후부터다. 지오의 첫 이유식을 만들었던 쌀부터 콩, 밀가루, 시금치, 양배추, 브로콜리, 파프리카, 유정란과 무항생제 소고기, 유기농 과일주스, 육수용 멸치와 다시마까지 모든 재료를 이곳에서 공수한다. 굳이 장 볼 시간을 따로 내지 않아도 쉬는 시간에 스마트폰으로 간단히 주문할 수 있는 점도 큰 매력이다.

오늘은 무와 애호박, 노란 파프리카를 다듬어 흐르는 물에 깨끗이 씻는다. 그리고 채소 전용 도마에 올려놓고 아이가 먹기 좋도록 잘게 자른다. 그렇다고 너무 작게 잘라선 안 된다. '이제 유치가 다 났기 때문에 씹는 재미와 만족감을 느껴야 할 시기다'라던 육아 블로그 '소중한 내 아기의 냠냠쩝쩝 레시피' 콩닥이 맘의 포스팅이 떠올랐다.

프라이팬에 올리브유를 약간 두르고 각각의 채소를 볶다가 아기 전용 저염 소금 약간과 국산 참기름만 살짝 첨가한다. '까꿍 맘의 육아 드라마'란 블로그에서 얻은 정보에 의하면 애호박에 유기농 집 간장을 아주 소량 넣으면 감칠맛이 나 아이들이 좋아한단다. 채 썰어둔 무는 살짝 볶다가 미리 준비해둔 멸치 육수를 넣고 바글바글 끓여준다.

이번에는 핏물 뺀 다진 소고기 안심을 스테인리스 볼에 넣는다. 그리고 갖은 양념에 유기농 아가베 시럽, 친정엄마가 만들어주신 매실청을 첨가해 조물조물 재워둔다. 이맘때 아기들은 두뇌 발달을 위해 양질의 소고기를 섭취해야 한다고 한다. 때문에 매일 최소 한 끼 이상은 아기 장조림을 만들어 먹이거나, 불고기, 완자 등을 만들어 소고기를 먹이려고 노력하고 있다.

시계를 보니 어느덧 새벽 3시가 훌쩍 넘어 있다. 좀 전에 마신 커피가 무색하게 졸음이 밀려들지만 지오가 맛있게 먹을 생각을 하며 기운을 낸다.

설거지거리로 그득해진 개수대를 보며 아침에 이모님 몫으로 슬쩍 미뤄둘까 싶지만 그럴 수는 없다. 이모님이 투덜대며 설거지하는 동안 혼자 방치될 아이를 생각하면 지금 잠을 줄이는 게 훨씬 더 속 편하다.

차갑게 식은 커피 한 모금을 마저 들이키고 씩씩하게 고무장갑을 낀다. 수도꼭지에서 촤아— 굵은 물줄기가 쏟아진다. 혹시 지오가 깰까 싶어 얼른 밸브를 조절한다.

설거지를 마치고는 곧장 인터넷 쇼핑에 돌입해야 한다.

오늘 반드시 구매해야 할 목록은 기저귀와 물티슈, 그리고 보습크림. 하루만 보습을 게을리 해도 까칠해지는 피부가 여간 신경 쓰이는 게 아니다. 이러다 혹시 아토피성 피부염으로 진행되는 것은 아닐까 걱정이다. 게다가 기저귀는 여분이 달랑달랑 해서 늦어도 모레까지는 '팸퍼스 크루저 4단계'라고 쓰인 커다란 박스가 우리 집 현관 앞에 도착해야만 한다. 만약 그렇지 않으면? 그 후에 일어날 일은 너무나 끔찍해서 말도 꺼내고 싶지 않다.

누군가 기저귀는 집 앞 슈퍼에서 대충 사다 쓰면 되는 거 아니냐고 한다면 그건 '짚신도 제 짝이 있듯이 민감한 아기 엉덩이마다 딱 맞는 기저귀는 따로 있다'는 육아의 기본 상식도 모르는 소리, 라고 쏘아붙일 것이다.

그리고 또 뭐가 있었지. 분명히 해야 할 일이 더 있었는데……출산 후 얻은 것은 튜브처럼 불룩한 옆구리 살들만이 아니다. 바로 이놈의 건망증. 제왕절개로 인한 전신마취의 후유증이 분명하다.

앞치마에서 스마트폰을 꺼내 메모장을 클릭한다. 그래. 유아용 책상 세트. 바로 이거였지. 지오를 위해 모서리가 둥글게 처리된 책상 세트를 구매해야 한다.

아직 책이라고는 그림 몇 장 훑어보고 내팽개치는 수준이지만 이왕이면 앉았을 때 눈의 피로를 덜어주는 산뜻한 그린 컬러의 책상이 좋겠다. 요즘 엄마들이 선호하는 북유럽 스칸디나비아 스타일의 아동가구 브랜드 중에서 골라볼 작정이다. 어느 쇼핑몰이 더 저렴한지 최저가를 검색하는 것도 잊으면 안 된다. 나는 늘 알뜰하고 현명한 소비를 지향하는 엄마니까.

그러고 나면 다음 달 모의고사를 대비해 기출문제를 정리해야 한다. 민이 아버지와 전화상으로 학부모 면담도 해야 한다. 고2반 아이들과 약속한 보충수업 스케줄 일정은 어떻게 한담.

서두르지 않으면 또 원장의 잔소리를 듣느라 퇴근 시간이 늦어질지 모른다. 원장이 주는 스트레스 또한 월급에 포함돼 있다는 것쯤은 알고 있지만 퇴근이 늦어지는 일만은 참을 수 없다.

다행히도 이번 달 모의고사가 끝나고 나서 이탈자는 한 명도 없다. 시험 전날까지 보충을 잡아 꼼꼼히 기출문제를 정리하고 강의한 결과라는 생각에 뿌듯하다. 오늘 저녁 상담실장이 고2반 티오가 있는지 묻는 전화가 꽤 걸려온다는 소식을 전해주었다.

참 아침에 아파트 상가의 대치농산에 과일 주문도 넣어야 한다.

토마토 한 상자, 딸기 두 팩, 요즘 지오가 좋아하는 달콤한 청포도는 칠레산 수입 농산물이라 잔류농약이 염려되니 작은 걸로 한 팩만 주문해야겠다. 이모님이 좋아하는 키위도 빼먹으면 안 된다. 과일 주문을 까먹으면 잔소리를 듣게 될 것이다. 이모님은 했던 말을 반복해서 하는 걸 싫어하는 스타일이니까.

한정된 시간을 이렇게 압축적으로 활용하는 게 가능하다는 것을 더 일찍 깨달았다면 내 인생이 이 모양 이 꼴이진 않았을 텐데.

그리고, 그리고 할 일이 또 뭐가 있었지?

더 이상 기억이 나질 않는다.

졸·졸·졸·졸·졸. 가늘게 흐르는 물줄기 소리가 나른하다. 이미 무거워질 대로 무거워진 내 눈꺼풀은 무릎 저 아래까지 내려가 앉는다.

지오 맘의 TO DO LIST

1. 기저귀와 물티슈, 보습크림 주문, 입금.

2. 지오 책상 세트 주문, 입금.

3. 모의고사 기출 문제 정리.

4. 민이 아버지와 전화 면담은 언제?

5. 고2반 보충수업 스케줄 정리.

6. 대치농산에 과일 주문 넣기.

7. 이달 이모님한테 줄 선물은 뭘로 한담?

8. 그리고 기억 안 나는 모든 것들!

완벽한 아내로 사는 법

"압빠. 압빠."

지오는 현관을 향해 전력질주하더니 제 아빠 품에 안겨 슈크림처럼 보드라운 볼을 비빈다. 어느새 둘은 거실 놀이 매트 위로 이동해 혈기왕성한 수사자들처럼 뒹군다.

그렇다. 내게도 남편이 있다.

남편과 나는 대학에서 동갑내기 친구로 만나 8년을 사귀고, 때가 되어 당연한 듯 두 손 맞잡고 결혼이란 무덤 속으로 당당히 입장했다. 지금 생각해보면 어디서 그런 호기가 나왔을까 싶다.

광고 회사에 다니는 지훈이 작년에 갑작스레 전주 지사로 내려가는 바람에 우린 주말부부로 사는 중이다.

"이모님은?"

매달 둘째, 넷째 토요일은 이모님이 쉬는 날인 걸 잊었나. 벌써 한 시간 전에 안산 아들네로 출발하셨고 집에는 지오와 나둘뿐이었다.

"커피 마실 건데, 당신도 한잔 줘?"

"커피는 됐고, 밥 없어? 속 쓰려 죽겠다. 아침도 못 먹고 출발했어."

커피 물을 끓이는 주방 안으로 지훈의 피로한 목소리가 전해진다. 지훈의 밥 타령에 옆에서 듣던 지오도 덩달아 맘마를 외친다. 어쩔 수 없이 굶주린 수사자들에게 먹이를 던져줄 시간이다.

커피 내리기를 포기하고 식사를 준비하는 사이 지훈이 식탁에 앉아 밑반찬에 젓가락을 댄다. 오늘 반찬은 죄다 지오를 위한 것뿐이다. 어제 만들어둔 채소볶음과 메추리알조림, 모시조개를 넣고 싱겁게 끓인 된장국.

재빨리 지훈의 표정을 감지하고 찬장을 열어보니 통조림 햄이 하나 보인다. 얼른 그것을 팬에 올려 굽는다. 기름지고 짠 인스턴트 햄 냄새가 역하게 느껴져 후드를 제일 센 강도로 켠다.

"젓가락이…… 갈 데가 없다."

아니나 다를까 지훈의 투덜거림이 시작됐다. 예상한 대로다.

"스팸 굽고 있어. 조금만 기다려."

"죄다 싱겁고 밍밍하고."

"지오 반찬은 간이 세면 안 되는 거 알잖아."

"또 지오 핑계야! 그럼 난? 입도 아니란 거야?"

"그렇게 말할 건 또 뭐 있어."

"맨날 커피 타령만 말고 반찬 좀 배우면 안 되겠냐? 나 진지하게 하는 소리야."

"때마다 애 반찬, 어른 반찬 따로 만드는 게 쉬운 일인 줄 알아!"

매주 반복되는 지훈의 반찬 투정에 참았던 짜증이 치민다.

"너 정말 너무한다고 생각 안 해? 겨우 주말에 한번 올라오는 남편한테! 내가 매일 집 밥을 먹는 것도 아니고."

그 뒤에 이어질 그의 말은 안 들어도 뻔하다.

다른 동료들 와이프는 맞벌이를 하면서도 남편 와이셔츠는 물론이고 팬티까지 손수 다림질해서 준다더라. 애 셋에 맞벌이까지 하는 같은 회사 모 직원의 와이프는 남편 영양제며 보양식만큼은 똑 부러지게 챙긴다더라, 라는 식의 남친아(남편 친구의 아내)에 대한 이야기이다. 그런데 웬일인지 오늘은 확인할 바 없는 남친아 타령 대신 비장한 목소리가 깔린다.

"나 지난 번 건강 검진한 거, 결과 나왔더라."

그 소리에 가슴이 철렁 내려간다.

혹시 건강에 문제라도 생긴 걸까? 20대 때보다는 체중이 조금 늘긴 했지만 평소 건강 체질인 지훈이 아니었나. 그의 입에서 무슨 말이 나올지 덜컥 겁이 났다. 그것은 한 남자의 아내로서의 대책 없는 죄책감이었다.

"어디, 안 좋대?"

지훈은 죄인처럼 묻는 나를 향해 모든 것은 다 윤현수 네 탓이라는 표정으로 이렇게 내뱉었다.

"나, 위염이란다."

죽을힘을 다해 팽팽하게 당기던 줄을 반대쪽에서 예고도 없이 탁 놓아버린 기분이다.

위염이란 단어를 마치 위암 말기처럼 내뱉는 저의는 대체 무얼까. 갑자기 오만정이 뚝 떨어진다.

"약 잘 먹고 당분간 집 밥 챙겨 먹으래."

그럼 그렇지. 결론은 역시나 그놈의 밥, 밥, 밥이다.

남자들은 밥 얘기가 지겹지도 않은 걸까. 밥이 그렇게 좋으면 한정식 집 주방장 아줌마랑 결혼하지 그랬어! 라는 말이 목젖까지 올라왔지만 애써 꿀꺽 삼킨다.

그간 끼니가 부실했던 것이 어디 지훈뿐이던가. 나 역시 제대로 된 식사를 해본 지가 언젠지 기억조차 나지 않는다. 아! 그래, 기억난다. 바로 지오가 태어나기 전날까지였다.

출산을 하고 부터 나의 식사란 짬이 나면 간신히 '때우는' 수준이었다. 아기가 잠든 시간에 맞춰 국에 밥을 말아 꾸역꾸역 먹었다. 당연히 음식 맛은 중요치 않았다. 식사의 본질적 기능이 맛을 음미하기 위한 데 있는 것은 아니지 않은가. 그저 텅 빈 위장을 채워줄 수 있다면 그것으로 족했다. 그러다 보니 당연히 남편을 위한 요리에도 소홀해질 수밖에 없었다.

국, 찌개, 나물, 조림 같은 한식 반찬을 만드는데 얼마나 손이 많이 가는지 남자들은 아마 열 번 죽었다 깨나도 모를 것이다.

1. 메뉴를 정한다. (귀찮다.)

2. 식재료를 산다. (엄청 귀찮다.)

3. 다듬는다. (제길, 말할 수 없이 귀찮다.)

4. 씻고 자른다. (생물 오징어 내장이라도 손질해야하는 날에는…… 또 제길.)

5. 음식은 양념 맛! 양념을 만든다. (감칠맛을 내는 황금비율을 맞추기란 애초에 불가능하다.)

6. 지지고 볶는다. (대체 이게 무슨 시간 낭비인지 모르겠다.)

7. 그릇에 담아 먹는다. (음식 냄새 맡느라 식욕도 싹 사라진다.)

8. 맛이 있네, 없네. 간이 맞네, 안 맞네 따위의 온갖 합평의 시간을 갖는다. (짜증이 솟구친다.)

9. 설거지를 하고 냄새나고 더러운 음식물 쓰레기를 처리한다.
(해탈과 열반에 경지에 이른다.)

 나도 이런 비경제적인 과정들이 생략된 '남이 해준 밥'만 먹고 살고 싶다. 만약 그럴 수만 있다면 내가 가진 것 중 소중한 것 하나(이를테면 남편?)는 기꺼이 내줄 수도 있는데.
 갑자기 왼쪽 가슴께가 뻐근해진다. 얼마 전 목욕을 하다가 왼쪽 가슴에 멍울이 잡히는 것을 알았다. 시간 나는 대로 병원에 가봐야겠다고 마음먹은 지 벌써 두 달이 넘었다는 데 생각이 미친다.
 "탄 냄새 나잖아!"
 지훈의 소리에 퍼뜩 정신을 차린다.
 프라이팬 위에서 까맣게 타 버린 햄 조각이 눈에 들어온다.
 이를 어쩐다. 졸지에 나는 위염에 걸린 남편에게 첨가물 범벅인 인스턴트 가공식품을 먹이려던 것으로도 모자라 시커멓게 탄 발암물질 가득한 음식까지 먹이려 한 몹쓸 마누라가 돼버렸다.
 "왜 그러고 사니. 왜 그러고 살아."
 끌끌 혀를 차는 지훈의 소리에 달궈진 팬을 통째로 개수대에 던져버린다.
 문득 엄마가 해준 밥이 먹고 싶어졌다.

"일찍 와. 나 지오 머리 못 감기는 거 알지."

스니커즈를 신는 등 뒤로 지훈의 목소리가 들려온다.

입시학원의 특성상 나의 수업은 주로 주말에 몰려 있다. 게다가 토요일에는 비강남권 아이들을 위한 특강까지 잡혀 있는 터라 눈코 뜰 새가 없다.

인터넷 강의도 개설돼 있지만 직접 눈으로 보는 것만큼 확실한 것은 없다고 믿는 학부모들 때문에 주말이면 지방에서 서너 시간씩 차를 타고 달려와 특강을 듣는 아이들이 꽤 된다. 심지어 여름방학에는 집을 구하기 위한 타지 학생들로 일대 부동산들까지 들썩인다. 빌라 하나에 여러 아이들이 모여 방을 나눠 쓰기도 할 정도니 맹모삼천지교도 아무나 할 수 없는 세상이 됐다.

출근길에 엄마에게 전화를 걸어본다.

"응. 현수야."

엄마는 내 전화 받을 때마다 첫마디가 항상 똑같다.

응. 현수야. 물론 발신자표시기능으로 누구에게 걸려온 전화인지 단번에 알 수 있기 때문이기도 하지만 엄마는 이 서비스가 생기기 전부터 늘 첫마디가 "응. 현수야"였다.

언젠가 물은 적이 있다. "엄만 만약 내가 아님 어쩌려구. 그러면 상대방이 당황스럽지 않겠어?"

그 질문에 엄마는 대수롭잖게 이렇게 대답하셨다. "아님 말지 뭐. 어때?"

"오늘 김 서방 올라오는 날이지? 우리 손주는 잘 있니?"

"으응."

"출근하는 길이니? 밥은 챙겨 먹었어?"

엄마는 뭐가 그리 궁금한 걸까. 그리고 보니 주변이 꽤 소란스럽다.

"엄만 밖이에요?"

"그래. 명동성당에 봉사 모임이 있어서 나왔다."

"그래요? 있지. 김 서방 먹을 반찬이…… 하나도 없어서."

내 목소리가 조금씩 기어들어간다. 정말이지 부탁이란 상대를 불문하고 늘 어려운 일이다.

"내일 반찬 좀 해다 주실 수 있나 해서……."

"이를 어쩐다. 엄마 내일 일찍 천사원 가는 날이잖아."

맙소사. 엄마만 철석같이 믿고 있었는데. 하필 내일이 수년째 다니시는 영아원에 가는 날이라니. 일요일인 내일은 오전 일찍부터 밤까지 수업이 잡혀 있어 퇴근 후 요리를 하기가 불가능했다. 그렇다고 지훈에게 중국집 배달 스티커나 반찬가게 음식을 내밀었다간 위염에 걸린 남편을 학대한 죄목으로 이혼당할지도 모른다.

내일 하루만 천사원 가는 일을 취소하면 안 되냐고 사정하고 싶었지만 차마 입이 안 떨어진다. 늘 곁에서 든든한 지원군을 자청해오신 엄마. 엄마의 그 도움을 당연시 여긴 내 자신이 갑자기 마뜩찮아졌다.

"알겠어요. 조심히 다녀오세요. 전화 끊어요."

진즉에 굳어버린 백설기 한 덩어리를 통째로 집어삼킨 것처럼 목구멍이 팍팍하다. 대체 왜 일을 하고, 아이를 돌보고, 남편의 반찬을 챙기는 일상에 늘 브레이크가 걸리는 걸까. 지금 할 수 있는 일이라는 게 고작 그것뿐인 사람처럼 고개를 떨군 채 스니커즈 앞코만 쳐다본다.

"알다시피 대입 논술은 출제자가 논제와 제시문을 통해 묻고 있는 내용이 바로 정답이 된다. 따라서 요구하는 내용을 정확히 파악하는 것이 무엇보다 중요하지. 채점 기준이 명확하기 때문에 출제자의 요구사항에서 벗어난 글은 절대 좋은 점수를 얻을 수 없어."

주요 사립대학 기출문제를 풀이하는 시간, 아이들의 눈동자가 번뜩거린다.

나는 아이들의 이 눈빛이 좋다.

내게서 하나라도 더 뽑아내고야 말겠다는 열정은 강사인 날

늘 긴장하게 만든다. 논술 비중이 절대적으로 높은 현 입시제도 때문에 이곳 아이들은 일찍부터 논술 수업에 공을 들이는 실정이다. 언제 또 바뀔지 모르지만 수시의 비중이 커지고 지원할 수 있는 원서 개수는 제한이 되면서 일어난 현상이지만, 어쨌거나 나로서는 반가운 일이다.

잠시 후, 쉬는 시간을 알리는 벨이 울리자 맨 앞줄에 앉은 학생 하나가 손을 번쩍 든다.

"선생님. 지난 모의고사 점수 상위 1퍼센트 해당자들 선물 주기로 약속하신 거요!"

"맞아요!"

아이들이 일제히 동요한다. 이럴 때보면 이 아이들도 여느 10대들과 다르지 않다.

"설마 까먹었을까 봐. 기억하고 있다. 이 녀석들아."

전국 모의고사가 끝나고 나면 상위권 아이들에게 포상이 주어진다.

내가 준비한 선물은 문화 상품권 만 원권 두 매. 이 상품권으로 아이들은 평소 읽고 싶었던 책을 구매할 수 있다. 그리 값나가는 선물은 아닐지라도 이런 작은 포상이 아이들에게 긍정적인 동기 부여가 된다고 믿는다.

"대상자들 성적표 가져왔지."

이번에는 일곱 명의 아이들 중에 다섯 명이 대상자다. 그중 세 명은 만점에 가까운 점수다.

민은 제 차례가 되자 조용히 다이어리에서 성적표를 꺼내 확인시켜준다.

전국 석차 7등. 살벌한 입시 전쟁터인 대치동에서 이런 성적표는 미래를 향한 골든 티켓을 거머쥔 것과 다름없다. 그러나 아이의 얼굴에서는 뿌듯함 대신 시큰둥한 기운이 읽힌다.

"주말까지 상품권으로 읽고 싶은 책 한 권씩 구입한다. 페이스북에 인증샷 올리는 거 잊지 말고."

"네에."

다시 수업 시작을 알리는 종소리가 울리자 아이들은 금세 대치동 아이들의 모습으로 돌아간다.

나 역시도 마찬가지다. 지금의 자리를 잡는 데는 많은 노력이 필요했다. 방학 때면 하루 대여섯 타임 강의를 뛰고서도 다른 대형 입시학원으로 스타 강사의 강의를 들으러 다녔다. 화장실과 식당에서 또 이동하는 차 안에서도 인터넷 강의를 시청했다.

프로들의 노하우를 얻기 위해 밤낮을 가리지 않고 공부했던 시간들이었다. 어느 것도 그냥 쉽게 이루어진 것은 없다. 그 노력의 대가로 학생들은 나의 수업을 듣기 위해 값비싼 수강료를 지불하고 있는 것이니까.

남은 80분 수업에서 단 1분도 허비하는 일은 있을 수 없다. 만약 아이들을 가볍게 보고 대충 잡담 등으로 수업을 때웠다가는 바로 아웃되고 마는 것이 이곳의 현실이다.

강사와 아이들 모두 철저히 프로인 곳, 그곳이 바로 대치동이다.

점심시간, 컵라면 뚜껑 위에 삼각김밥 하나를 올려놓고 면발이 풀어지기를 기다리는 사이 카톡을 보낸다.

'지오는 잘 있어?'

잠시 후, 낮잠 자는 지오 사진이 첨부된 답장이 날아온다.

'지오는 잠들었고 난 논문 쓰는 중.'

지훈은 국문학 박사 과정을 수료하고 나서 오랫동안 논문을 쓰지 못한 상태다. 학부 졸업 후에도 계속 공부만 해온 지훈이 취직을 한 건 얼마 되지 않는다.

오랜 연인에서 아내가 된 나와 주변 친구까지 세상의 속도에 발맞추는 동안 지훈만은 그대로였다. 아르바이트 삼아 중고생을 상대로 과외 두어 건 하는 것이 그가 속한 세상의 전부였다. 그러던 어느 날 대학 동기들과 술 한잔 하고 들어와 침대에 쓰러진 그가 중얼거렸다.

"불안해…… 불안해 미치겠어……."

그 뒤 얼마 안 돼 지훈은 취직했다. 전공과는 상관없는 작은 광고회사의 마케팅 부서였다. 나이도 찼고 경력도 전무했지만 인사팀장으로 있던 선배의 추천이 있어 가능했다. 한동안 회사 일에 열중하던 지훈은 작년 12월 어느 밤에 이렇게 말했다.

"나 내년엔 꼭 논문을 마치고 싶다."

지훈은 정말 새해가 되자 주말마다 서재에 틀어박혔다. 그러나 나는 지훈이 그토록 에너지를 쏟는 논문의 주제가 무엇인지도 알지 못했다.

언젠가 내가 주제에 대해 물었을 때 지훈은 "말해도 아마 잘 모를 거야"라는 말로 대답을 대신했다.

우리는 같은 학교, 같은 과 동기이자 유명한 캠퍼스커플이었다. 그와 나는 기형도 시인의 시를 좋아했고 봄날의 햇살을 좋아했으며 볕이 좋은 날이면 학교 잔디밭에 앉아 자장면을 시켜 먹기를 즐기던 다정한 연인이었다.

2학년을 마치고 지훈은 입대했다. 그가 없는 캠퍼스를 견딜 수 없었던 나는 휴학 후 학원에서 아르바이트를 하면서 취업을 위한 영어 공부를 했다. 나중에 전해들은 말이지만 동기들은 우리의 이별 여부를 두고 내기까지 걸었다고 한다. 그러나 우리는 끄떡없었고 마침내 결혼까지 한 요즘 세상에 보기 드문 커플이 되었다. 그런 우리를 두고 동기들은 '의리의 한국인'이라 불렀다.

졸업 후 지훈은 당연하다는 듯 학교에 남았고 나는 취업을 했다. 언어를 연구하는 국책 연구소였는데, 입사 후 일 년 반쯤 지나자 연구소에서는 내게 미국에서 석사과정을 밟을 수 있는 기회를 제안했다. 누구나 잡고 싶어 안달하는 기회였다. 나는 고민 끝에 그 제안을 거절했다. 마침 입대한 동생 때문에 혼자 남은 엄마가 마음에 걸리기도 했지만 가장 큰 이유는 지훈 때문이었다.

지금도 생각한다. 그때 내가 공부를 위해 떠났다면 그와는 영영 헤어졌을 거라고. 위태롭고 미적지근했던 그즈음, 우리 중 하나가 이별의 이자라도 꺼냈다면 상대는 미련 없이 '그럼 어쩔 수 없지, 뭐' 하고 받아들였을 것이다. 남들이 말하는 것처럼 의리건, 사랑이건 그것은 중요치 않았다.

지훈과 헤어지는 순간 내 삶에서 청춘이라는 거대한 폴더가 통째로 삭제돼버릴지도 모른다는 불안이 날 지배했다.

결국 연구소를 그만두고 대학 때부터 아르바이트를 하던 학원 원장의 제의로 강사가 됐다. 지훈이 계속 공부를 하고 있는 상황에서 돈을 버는 일은 온전히 내 몫이었다. 그것이 당시 내 앞에 놓인 조금의 수식도 곁들이지 않은 현실이었다.

'전주비빔'이라고 쓰인 삼각김밥의 비닐을 벗겨낸다. 한입 베어 물자 고소하고 얼큰한 고추장 맛이 입안에 퍼진다.

지훈이 처음 전주로 내려가던 날, '전주시 공식 지정 음식점'이란 간판이 붙은 큰 식당에서 함께 먹은 비빔밥이 떠오른다.

놋그릇에 올려진 날 노른자와 잘게 썬 붉은색의 육회 몇 점 조화가 꽤나 인상적이었다. 자칭 미식가인 지훈은 그 맛이 맘에 들었던지 흥분해서 전주에 머무는 동안 비빔밥과 콩나물국밥만 질리도록 먹어야겠다며 좋아했었지.

지훈은 왜 위염에 걸렸을까? 나는 문득 그 이유가 몹시도 궁금해졌다.

밤 11시 45분.

강의를 마치고 교무실에 들어서자 휴대전화가 울렸다. 려에게서 걸려온 전화다. 려는 대학 시절 가장 많은 시간을 함께 한 친구다.

퇴근 후 늦은 시간이지만 우리는 학원 앞 작은 커피 빈에 마주 앉았다.

"유빈이 많이 컸지? 이제 이유식 잘 먹니?"

"글쎄 돌도 안 된 애 먹성이 왜 그리 좋니. 이젠 지 발가락까지 잡수시려고 한다니깐."

우리는 아이 이야기를 시작으로 수다의 장을 펼치기 시작했다. 학교 다닐 때는 여성스럽고 말도 조곤조곤하던 려도 엄마가 되고서 달라졌다. 매사에 거리낌이 없어졌다고 해야 하나? 보통 사람들은 이러한 변화를 '아줌마스러워졌다'라고 표현한다.

하긴, 수다로 내뱉지 않으면 집안일과 육아 스트레스는 고스란히 독이 되어 몸 안에 축적된다. 그러니 나를 포함한 아줌마들이 시끄러워질 수밖에 없는 것도 당연한 일이다. (과학적으로 확인한 바는 없지만) 정기적으로 폭풍 수다를 떠는 여자와 그렇지 못한 여자들의 암 발생 비율을 비교하면 현저한 차이가 있으리라 확신한다.

우리 둘 모두 누적된 피로에 목소리는 가라앉았지만 상관없다. 려와 함께 이야기 하다보면 매번 스무 살 그 시절로 돌아간 것 같은 착각에 빠지곤 한다.

목젖이 다 보이도록 소리 내 웃는 게 어색하지 않던 그때, 학생식당에서 파는 3000원짜리 돈가스 정식조차 행복했던 그때, 화사하고 반짝이는 미래가 내 앞에 기다리고 있을 것만 같은 막연한 기대가 꿈틀대던 바로 그때 말이다.

"현수야. 있지…… 나 고민이 있어."

어쩐지 아까부터 려의 눈빛은 말을 꺼낼 타이밍을 기다리고 있는 듯 했다.

"우리 유빈이 돌잔치 말이야…… 해줘야 할까?"

그리고 보니 두어 달 후면 려의 딸, 유빈이의 첫돌이다. 시간은 참 빨리도 흘러간다. 작년 여름, 수업이 끝나고 확인한 문자 메시지는 유빈이의 탄생을 알려주었다.

'저녁 6시 40분, 우리 여름이가 아빠 엄마 곁으로 왔답니다. 여러분, 축하해주세요!'

아기를 보러가던 그날 밤, 후텁지근한 열기가 도시를 통째로 집어삼키고 있었다. 운전하는 내내 라디오에서는 그날 낮 서울 시내 전력 소비량이 사상 최대치를 기록했다고 떠들어댔었지.

"글쎄……."

려의 눈빛이 긴장으로 반짝인다.

"내 생각에는 그래도 하는 게 좋지 않을까?"

내 대답에 려는 그제야 안심이란 얼굴로 환하게 웃는다.

"그치? 하는 게 맞겠지? 다행이야. 니가 그렇게 말해줘서."

려의 반응에 나도 안심이 된다. 하지만 내가 만약 려라면…… 어떤 선택을 할까? 많은 사람들 앞에서 홀로 아기를 안고 있을 려의 모습을 떠올리자 가슴이 저려온다.

"주변에 물어보니까 대부분 반대인 거야. 시댁 어른들도 오시기 힘들 거 같다고 하고. 우리 엄마까지 말리시더라. 역시 현수 너한테 물어보면 답이 나올 거 같았어. 고마워."

려. 나를 믿지 마. 난 어쩌면 용기가 없는 친구인지도 몰라.

"유빈이 엄마는 너잖아. 그러니까 네가 원하는 게 맞다고 생각해. 그런데 정말 괜찮겠니?"

"현수야. 난 우리 유빈이가 당당하게 첫 생일을 축하받았으면 좋겠어. 다른 아기들처럼 말이야."

그래. 엄마라면 누구나 같은 생각일 것이다. 태어나 일 년, 세상에 잘 적응해준 기특한 내 아기에게 그 어떤 크기의 축복도 부족할 테니까.

혼자 아기를 키우는 려는 직업을 세 개나 갖고 있는 열혈맘이다.

평일에는 유아용 학습지 선생님으로 일하고, 퇴근 후에는 집에서 쇼핑몰 홈페이지 제작 일을 한다. 주로 여성용 의류나 아기자기한 생활 소품을 판매하는 쇼핑몰이 그녀의 주 고객이다. 그리고 주말에는 분당의 한 백화점 내 키즈 카페에서 일한다. 려가 그렇게 많은 일을 소화할 수 있는 것은 곁에서 유빈이를 돌봐주시는 친정어머니 덕분이었다.

"그리고 뭣보다……."

려의 말끝이 흐려진다. 그다음에 흘러나온 말은 내 예감을 적중했다.

"종일이도…… 그걸 원할 거라는 생각이 들어."

려의 남편, 유빈이 아빠, 그리고 우리의 친구 김종일.

나는 금세 그렁그렁해지는 려의 눈동자를 보며 아마도 영원히 잊지 못할 그 얼굴을 떠올렸다.

종일이 역시 같은 국문학과 동기였다.

그가 졸업식 날 려에게 고백하기 전까지 아무도 그의 짝사랑을 눈치채지 못했다.

"려! 나 너 닮은 딸 낳고 잘 먹고 잘살고 싶다! 당장 결혼하잔 말은 아냐. 일단 나란 놈에 대해 알아봐주지 않을래?"

나는 동기들 앞에서 목에 핏대를 세우며 외친 그 고백이 유치하다고 생각했지만 려는 달랐다.

그 얼굴의 미세한 잔근육들에서 진정이 전해졌다고 했다. 둘은 2년 뒤 종일이가 졸업하고 나서 함께 살기 시작했고, 그가 출판사에 들어간 뒤 결혼식을 올렸다.

가진 것은 없지만 따뜻하고 평화로운 날들이었다. 종일과 려는 처음부터 하나였던 듯 서로에게 끔찍했다. 단 하나, 려를 닮은 예쁜 딸을 낳는 일만은 쉽지 않았다. 병원에서도 임신이 되지 않는 이유를 속 시원히 짚어내지 못했다.

"현수야. 난 내가 바퀴벌레만도 못하게 느껴질 때가 있어. 바퀴벌레도 하는 임신이 왜 난 안 될까. 요즘은 종일이가 지나가는 아기만 쳐다봐도 가슴이 철렁 내려앉아."

려는 용하다는 약을 지어 먹었고, 내림굿을 받은 무속인을 찾아다녔다. 심지어 한번은 계룡산 깊은 골짜기에 들어가 삼신할머니의 기를 받고 왔다고 했다.

나는 시들어가는 그녀를 보며 생각했다. 정말 신이 있다면 왜

이 부부에게 아기를 주시지 않는 걸까. 세상에서 누군가 반드시 부모가 되어야 한다면 그것은 바로 종일과 려였다.

꼬박 8년을 기다린 끝에 기적 같은 일이 일어났다.

고대하던 네 번째 시험관에 실패한 가을, 종일은 낙심한 려를 위해 여행을 계획했다. 그리고 부부가 묵던 강화도의 한 펜션으로 유빈이가 날아든 것이다. 몇 주 후, 의심 반 기대 반 임신 테스트기를 확인한 려는 화장실에 바닥에 쭈그려 앉아 한참을 목 놓아 울었다고 한다. 그러다 퍼뜩 정신을 차리고 서둘러 주방에 가서 엽산을 챙겨 먹었다.

려는 꼬박 9개월을 칩거하다시피 하며 생명을 품었다. 혹여 잘못될까 봐 침대에서 일어나지도 않았다. 태명이 '여름이'인 여자 아기는 부부의 바람대로 엄마를 꼭 닮은 모습으로 태어났다.

아빠가 된 종일이는 아내와 딸을 생각하면 못 할 것이 없었다. 자지 못해도 피곤하지 않았고, 먹지 않아도 허기를 몰랐다. 다만 기저귀 값을 대기 버거워 약해진 손목으로 천 기저귀를 빨아가며 젖을 먹이는 아내가 안쓰러웠다.

종일은 유빈이가 50일 되던 무렵, 퇴근 후 할 수 있는 일거리를 찾기 시작했다. 낮에는 출판사 일을 해야 하니 대리 운전이 제일 만만해 보였다. 목요일 밤부터 금요일, 토요일 사흘을 뛰면 기저귀 값은 충분히 벌 수 있으리란 계산이 나왔다. 아기 돌보기에 몰두한 려는 매일 새벽에 들어오는 종일을 보며 그저 출판사 일이 바쁜가 보다, 라고만 여겼다.

여느 토요일 같으면 새벽 2시에 피크를 찍고 마쳤을 테지만 그날은 4시가 넘어서까지 일거리가 끊이지 않았다. 막 귀가하려던 종일이의 PDA에 반짝하고 콜이 떴다.

'역삼동 뱅뱅사거리에서 목동 하이페리온까지 30K'

대리업계도 워낙 경쟁이 치열하다보니 서울 시내는 보통 2만 원에 가격이 형성된다. 3만 원이면 꽤 괜찮은 액수였다. 종일은 더 생각할 것도 없이 얼른 콜을 눌렀다. 이것으로 벌써 다섯 번째 콜이다. 이렇게 일이 많은 날은 대리운전 아르바이트를 시작하고 처음이었다.

종일은 강남역 사거리에서 뱅뱅사거리를 향해 빠른 걸음으로 걸었다. 취해서 비틀거리는 젊은이들 사이를 지나자니 왠지 어깨가 움츠러들었다. 자신도 지나온 청춘의 시간들, 그리 나이를 많이 먹지도 않았는데도 꽤나 멀리 온 것 같은 기분이 들었다.

후두둑. 찬비가 내리기 시작했다.

점퍼 주머니에 손을 넣었다. 작은 초콜릿 상자가 만져진다. 초콜릿을 좋아하는 아내를 위해 편의점에서 대기할 때 사둔 것이다. 종일은 다른 쪽 주머니에서 PDA를 꺼내 다시 한 번 목적지를 확인한다.

역삼동의 '샤넬 넘버5'. 오늘 그의 마지막 손님이 기다리고 있는 곳이었다.

"자, 3만 원."

키 작은 웨이터는 종일에게 만 원짜리 지폐 석 장을 건네고는 손님을 뒷좌석에 구겨 넣었다. 그리고 두 손을 탁탁 터는 모양새가 꼭 더러운 것을 만진 사람 같았다. 웨이터는 종일에게 출발하라는 손짓을 하고는 다시 번뜩이는 동굴 속으로 기어 들어갔다.

마흔쯤이나 되었을까. 키가 크고 뚱뚱한 거구의 손님이었다.

종일은 벤츠 S클래스의 시동을 걸고 가속페달을 밟았다. 차가 달리기 시작하자 손님은 뒷좌석에서 욕지거리를 하며 소리쳤다.

"얼른 술 가져와. 안 그럼 메스로 낯짝을 확 그어버릴 테니까."

손님이 말렛, 포셉, 시져 같은 말을 중얼거리자 종일은 그가 외과 전문의인가 보다고 생각했다. 출판사에서 국내 최초 척추 로봇수술에 성공한 외과의가 책을 낸 적이 있는데 원고에서 본 기억이 있는 단어들이었다.

아무래도 취객을 상대하는 일이다 보니 이런 불쾌한 일은 왕왕 일어난다. 대리운전을 처음 시작한 날 같이 대기 중이던 민머리 최 형은 초보 티 팍팍 내는 종일에게 조언해주었다.

"그럴 땐 술 취한 개새끼가 지랄헌다 혀. 왈왈~ 아따 개새끼 존나게 짖어대네. 그럼 되는 겨."

올림픽대로의 빗방울이 점점 더 굵어지고 있었다. 종일은 부지런히 몸을 놀리는 와이퍼를 보면서 얼른 려와 유빈의 체온이 녹아든 이불 속에 눕고 싶다는 생각을 했다.

그때였다.

뒷좌석에서 연신 쌍욕을 중얼대던 손님은 뭐에 홀린 듯 벌떡 일어나 앉아 운전석에 앉은 종일의 머리를 확 쥐어 잡았다.

"쓰레기 같은 게…… 감히 내 말을 씹어! 왜 술 안 가져와! 내 손에 뒈져볼래!"

만취 상태였지만 남자에게서 나오는 힘은 무시무시했다. 두꺼운 손은 종일의 머리를 잡고 마구 휘둘렀다. 목이 꺾여 나가는 고통이 느껴졌다. 있는 힘을 다해 그를 밀어내려고 애썼지만 역부족이었다. 악마의 손은 이번에 종일의 목을 조여왔다. 순식간에 숨통이 막혀 외마디 비명조차 지를 수 없었다. 운전대는 삽시간에 종일의 손을 벗어나 제멋대로 비틀거리기 시작했다.

자꾸만 흐려지는 정신을 붙잡기 위해 발버둥 치면 칠수록 어디선가 푸른 종소리가 들려왔다. 빗물 때문이었을까, 아니면 슬픈 직감 때문이었을까. 뿌옇게 흐려지는 시야 너머로 그가 그토록 사랑한 려와 유빈의 얼굴이 보였다.

샤워기에서 떨어지는 뜨거운 물줄기가 온몸을 두드린다. 피로는 좀 가시는 듯했지만 머릿속은 여전히 복잡하다. 잠들기 전까지 마무리 지을 일과 내일 할 일, 그리고 다음 주에 해야 하는 일들이 제멋대로 뒤엉켜 있다. 이 실타래를 풀어낼 시간은 오직 지금뿐이다. 게다가 지금 밖에서 나를 기다리고 있는 지훈을 어찌할지도 고민해야 한다.

마법에 걸린 첫날이라고 핑계를 댈까? 차라리 욕조에 누워 잠들어버린 척 연기하는 건 어떨까? 지오를 낳고부터 지훈과 잠자리 갖는 일이 여간 부담스러운 게 아니다. 달라진 몸매에 대한 자신감도 떨어진 데다 무엇보다 너무 피곤했다. 수면 부족과 만성피로로 힘들어 죽겠는데 엄청난 에너지를 소모하는 '몸으로 하는 대화' 따위에 투자할 시간이 어디 있단 말인가. 만약 그럴 시간이 있다면 기꺼이 잠을 더 자는 쪽을 택하고 싶다. 아니, 차라리 꿈속에서 만나 대화를 나누면 안 될까?

그러나 오늘은 피할 수 없을 것 같다.

얼추 세어 봐도…… 벌써 두 달이 넘었다. 일방적인 부부관계 거부도 이혼 사유에 해당된다는 말도 안 되는 법을 만든 작자는 분명 남자들이겠지.

수건으로 물기를 닦고 복숭아향이 나는 보디로션을 집어 든다. 지훈이 가장 좋아하는 향이다. 로션을 듬뿍 덜어 온몸 구석구석 꼼꼼히 바른다. 비키니 라인을 지나는 손끝에 볼록한 살점이 만져진다. 지오를 낳느라 제왕절개를 한 수술 자국이다. 제 아이를 출산한 여자라는 가장 선명한 증거.

언제부턴가 거울 앞에서 내 알몸을 볼 때 의식적으로 그쪽을 보지 않는다. 수술 자국이 흔적도 없이 사라지는 사람들도 있다 던데 이상하게도 내 것은 시간이 갈수록 점점 볼록하고 두꺼워진다. 마치 지렁이 한 마리가 붙어 있는 것 같은 모양새다.

"끝나고 회의 있었어?"

내 앞에 놓인 잔에 와인을 따르며 지훈이 물었다. 시선은 여전히 24시간 뉴스 채널에 가 있다.

"려가, 왔었어."

려의 이름이 나오자 지훈이 금방 불편한 얼굴을 지어 보인다. 지훈은 친구인 그들에게 닥친 불행을 정면으로 응시하지 못했다. 처음에는 상투적인 위로의 한마디 말조차 건네지 못하는 그가 냉정하게 느껴졌지만 어쩌면 그들을 진정으로 사랑했기 때문일지도 모른다고 믿기로 한다.

"내일 날씨 끝내준다네?"

지훈은 괜한 리모컨만 이리저리 눌러대다 일기예보에 귀를 기울인다.

"지오 데리고 바람이라도 쐬러 가는 건 무리겠지?"

"당신이라도 지오랑 다녀와."

"나 혼자 무슨…… 나중에 같이 가."

뻔한 질문에 뻔한 대답. 주말에 쉬는 남편과 주말이 더 바쁜 아내는 늘 이렇게 어긋난다.

"요즘 회사는 어때. 연말쯤엔 다시 서울로 올라올 수 있는 거야?"

"그게 어디 내 맘대로 되나."

지훈은 슬라이스 치즈를 얹은 크래커 한 조각을 입안에 넣고 우물거린다. 나는 잔을 들어 와인을 한 모금을 마시고는 조심스레 하려던 말을 꺼냈다.

"있지, 당신 반찬 말이야…… ."

"참, 아까 어머님 전화 하셨더라?"

"어?"

"당신 수업하는 데 방해될까 봐 나한테 하셨대. 새벽에 반찬 해오신다고. 타지에서 식당 밥 먹는 사위 걱정이 되셨다네."

엄마는 내일 일찍 천사원 가신다고 했는데. 그것을 알 리 없는 지훈은 입맛까지 다시며 말한다.

"그래서 내가 그랬지. 어머님 열무김치가 그립다고."

벽에 걸린 시계를 본다. 엄마는 이 시간까지 열무김치를 담느라 분주하시겠구나.

"현수야. 김 서방은 어디로 날아갈 사람 같지 않구나. 늘 그 자리에 있을 사람 같다."

처음 지훈을 소개한 날, 엄마는 내 방에 들어와 이렇게 말씀 하셨다.

엄마가 사윗감을 고르는 조건은 그뿐이었던 걸까. 그날 이후 엄마는 지훈을 김 서방이라 부르며 아들처럼 살뜰히 챙기셨다.

다시 와인을 한 모금을 넘긴다. 고생하실 엄마 생각에 짠하면 서도 한편으로는 지훈에게 아쉬운 소리를 하지 않아도 되는 안 도감에 가슴을 쓸어내리는 지금 내 모습은 무슨 삼류 시트콤이 란 말인가. 정말이지 이런 내가 마음에 들지 않는다.

가쁜 숨소리가 귓바퀴 안으로 바짝 들어온다.

내 왼쪽 가슴에 지훈의 손이 닿았지만 별다른 느낌이 없다. 예전에 가슴은 나의 성감대였다. 지훈의 손끝이 스치기만 해도 흥분하던 가슴은 출산으로 인해 달라졌다. 밥공기를 엎어놓은 듯 봉긋하던 모양은 간 데 없고 바람 빠진 풍선처럼 볼품없어진 데다 그것이 주던 흥분마저 사라져버렸다.

얼마의 시간이 지났을까, 지훈은 내 옆으로 털썩 눕더니 금세 코를 골며 잠에 빠진다. 언제부터인가 우리 관계는 늘 이런 식이다. 색다른 흥분 따위는 생략한 채 서로의 몸을 두어 번 어루만진 후 바로 삽입에 들어간다. 일정한 패턴으로 반복되는 일련의 행위들은 마치 구간을 연속해서 반복 재생하는 카세트테이프 같은 기분마저 든다.

지오를 낳은 후 처음 잠자리를 갖고는 내심 불안했다. 어떻게 하면 다시 예전처럼 뜨거워질 수 있을까 싶어 인터넷도 뒤적였지만 어느새 그마저도 귀찮아졌다. 그리고 다들 이렇게 사는 거겠지, 라고 생각하자 조금은 편해졌다.

지훈이 잠든 것을 확인하고는 슬그머니 베개 밑에 넣어둔 스마트폰을 꺼내 메모장을 클릭한다. 민이 아버지와 전화 상담을 아직 하지 못했다. 대치농산에 과일 주문 넣는 것 역시 잊었다는 사실을 깨닫는 순간 이모님의 예민한 얼굴이 떠올라 등골이 오싹해진다.

고3반 아이들 입시 상담 일정도 잡아야 한다. 원장은 내가 제작한 교재를 좀 더 수정, 보완하길 바란다. 학교별 기출문제를 다시 분석해볼 시간을 확보해야 한다. 지오의 책상 세트는 주문만 해놓고 입금을 깜빡했다. 다행히도 이런 일쯤은 당장 처리할 수 있다. 얼른 거래 은행 어플을 이용해 판매자에게 입금한다. 정확히 17만 8900원. 최저가를 검색하고 적립된 카드 포인트까지 사용해 할인받은 최종가였다.

메모장에 빼곡한 TO DO LIST를 보는데 가슴이 답답해져온다. 시원한 아이스 아메리카노 한잔이 간절했지만 참아야 한다. 1분이라도 더 자두는 것이 내일을 위해(아니 12시가 지난 지 한참이니 오늘이다) 훨씬 나은 선택일 테니까.

어두컴컴한 방에서 스마트폰을 들여다본 탓에 눈동자가 시큰거린다. 더 이상 미련 없이 스마트폰을 베개 밑으로 넣고는 서둘러 잠을 청한다.

아침 6시 30분. 초인종 소리에 잠이 깼다.

비몽사몽 현관문을 열어보니 양손 가득 반찬통이 담긴 보따리를 들고 서 있는 엄마가 보인다.

"굴비는 다 손질해서 두 마리씩 지퍼백에 넣었어. 김 서방 나물반찬 좋아하지? 시금치 데쳐놓은 거니까 먹기 직전에 무치기만 해. 미리 무쳐놓으면 맛이 덜하잖니. 입맛 없을 때 먹으라고 볶음 고추장 좀 했다. 소고기 좋은 걸로 했으니까 맛있을 거야. 이건 김 서방 좋아하는 열무김치……."

으응. 나는 도무지 잠이 깨질 않아 건성건성 대답한다. 반찬통마다 일일이 라벨로 깔끔하게 내용물을 써 붙인 것을 보니 역시 30년 가까이 공무원 생활을 한 엄마다웠다. 엄마는 서둘러 반찬통을 냉장고와 김치 냉장고로 직행시키고는 다시 나가실

채비를 하신다. 그 모습을 보는데 엄마가 없이 내가 과연 엄마 노릇, 아내 노릇을 할 수 있을까 싶다.

"간다. 시흥까지 가야 해서 마음이 바쁘네."

얼른 방에서 지갑을 챙겨 나와 지폐 몇 장을 쥐어드린다.

"택시 타고 가세요. 잠도 못 주무셨을 텐데 피곤해서 안 돼."

"됐다. 버스 한 번만 갈아타면 되는데 택시는 무슨 택시."

엄마는 기어코 내 손을 뿌리치시고는 당부하셨다.

"김 서방 챙겨주고 너도 좀 잘 먹어. 우리 딸, 얼굴이 안 됐네."

"시험 끝난 지 얼마 안 돼서 그래."

"얼른 들어가서 더 자. 우리 손주 보고 싶은데 깰까 봐 그냥 간다."

엄마가 가시는 것을 보고는 다시 방으로 들어간다. 조금 있으면 이모님이 도착하실 시간이다. 지오만 깨지 않는다면 아직 한 시간 반은 더 잘 수 있을 것이다. 다시 잠이 밀려왔다.

왼쪽 가슴에 무슨 일이 생긴 거야

"오늘자 환율이⋯⋯."

맙소사. '세계화와 경제 문제'라는 주제로 수업하는 도중 갑자기 말문이 막힌다. 강의 전 분명 체크를 했는데 도무지 기억이 나질 않는다. 아직까지 날 따라다니며 망신시키는 산후 치매 현상이 원망스럽다. 그때 맨 앞줄 눈치 빠른 남학생 하나가 재빠르게 답한다.

"1,025원요."

"확실한 거지?"

"네. 제가 오늘 확인한 거예요. 유로도 알려드려요?"

대치동 아이들 중에는 변동이 잦은 환율 시세 같은 것을 귀신 같이 꿰는 아이들이 꽤 많다. 대개는 조부나 증조부로부터 이미 상당한 금액의 유산을 상속받았거나 부모로부터 직업적인 영향을 받은 경우다.

한국어보다는 영어, 일어, 중국어가 편한 아이들, 모든 물건은 백화점 명품관에 가야만 살 수 있는 줄 아는 아이들, 아이비리그나 국내 명문대에 진학하지 못하면 루저로 낙인 찍혀 지구 밖으로 추방당하는 줄로만 아는 아이들이 바로 이곳 아이들이다. 그렇지 않아도 입시 지옥에서 사는 것으로 유명한 대한민국 청소년들이지만 대치동 아이들은 그 평균치보다 훨씬 더 치열하다고 보면 된다.

간혹 '어린 나이에 그렇게 살면 얼마나 피곤할까' 하며 동정 어린 시선을 보내는 어른들도 있다. 그러나 이곳 아이들은 그들 생각만큼 불행하지 않다. 아이들은 제가 거둔 성과에 철저히 보상하는 부모를 가졌다. 그리고 그 부모들은 다른 아이들이 쉽게 얻지 못하는 기회를 제공한다.

휴가 때마다 마우이 해변에서 서핑을 즐기고, 한국에서 제일 먼저 명품 브랜드의 신상 운동화를 신을 수 있으며, 한 병에 만 원짜리 노르데나우 생수를 아무렇지 않게 사 마시는 삶은 평범하지 않다. 물론 값비싼 물질이 절대적인 행복을 보장하는 것은 아니지만 최소한 남보다 '선택할 수 있는 자격'을 가졌다는 점은 매우 중요한 문제다. 어쩌면 우리가 가진 대부분의 문제는 '선택할 수 있는 기회조차 박탈당한 자괴감'에서 비롯되는 것인지도 모르니까 말이다.

아이들은 자라면서 자연스럽게 깨닫는다. 지는 자가 있다면 누군가는 이겨야 한다는 것, 모두 똑같이 가질 수 없고 누군가 더 가지는 것이 세상의 이치라면 그것은 바로 자신일 거라는 확고한 믿음이 뼛속 깊숙이 자리 잡는다. 그리고 그 믿음은 대부분 현실이 되어 나타난다.

그러한 면에서 민은 독특한 아이였다. 그 아이에게는 그런 확고한 믿음이 보이지 않았다. 아이의 반짝이는 눈동자는 자신이 알지 못하는 세상에 대한 순수한 호기심에 가까웠다.

텅 빈 민의 자리를 본다.

민은 오늘 논술 수업에 결석했다. 출석 체크 후 휴대전화로 전화를 걸어봤지만 전원이 꺼진 상태였다. 수업 후 민의 페이스북에 접속해봤다. 지난번 약속한 대로 구매한 책의 표지를 찍어 올려놓았다. 로맹 가리의 《새들은 페루에 가서 죽다》이다. 로맹 가리는 나 역시 좋아하는 작가였다.

민이 아버지에게 전화를 걸자 내일 직접 방문하겠다는 의사를 전해왔다. 그리고 정확히 다음날 오후 5시, 그는 학원 상담실 문을 열고 들어왔다.

그를 본 순간 아무 말도 할 수 없었다. 요즘은 동안으로 만들어주는 한방 침도 있다더니 이 사람은 매일 그 침을 맞는 걸까. 그게 아니라면 세월을 거스르는 한약이라도 개발됐나. 그는 누가 보더라도 열일곱 살 딸을 둔 아버지라기에는 너무 젊었다.

외모뿐만이 아니다. 스타일은 또 어떻고. 180센티는 족히 되는 키, 자연스럽게 워싱 처리된 진셔츠에 먼지 하나 묻지 않은 깔끔한 화이트 면팬츠, 블랙 컬러의 백팩을 매고 내가 가장 좋아하는 G 브랜드의 스니커즈를 신은 비주얼은 조셉 고든 레빗과 제이크 질렌할을 믹스해놓은 주인공이 막 스크린에서 튀어나왔다고 착각하기에 충분했다.

어제 수학 선생님으로부터 그의 한의원이 "부인병 전문으로 입소문이 나서 요즘 강남에서 제일 잘 나간다"라는 정보를 얻지 못했다면 그를 한의사가 아닌 모델이나 배우 지망생쯤으로 착각했을 것이다.

"처음 뵙겠습니다. 민이 아빠 강수호입니다."

부드러운 목소리와 깍듯한 매너까지. 강수호. 그것이 이 남자의 이름이었다. 나는 그저 얼빠진 사람처럼 그를 바라봤다.

윤현수 드디어 미친 거니? 이 사람은 학부형이야! 넌 애 엄마라구! 왜? 엄마가 뭐! 그게 어때서? 엄마는 심장도 없는 사람인가. 처음 본 그에 대한 호감이 내 이성을 흐려놓고 있었지만 애써 마음을 다잡았다.

"민이가 요즘 결석과 조퇴가 잦네요. 뭐 그래도 훌륭한 학생이지만 말이죠…… 어제도 논술과 수학 수업에 무단 결석 했는데. 알려드려야 할 것 같아서요…… 아버님은 모르고 계셨죠?"

그가 짧은 한숨을 쉰다. 그 속에서 뭔가 복잡한 심경이 드러난다.

"물론 학과 성적은 톱이고 안정적이지만, 워낙 꾸준한 관심이 필요한 시기라서요. 잘 아시겠지만 작은 방황에도 그동안 쌓아온 공든 탑이 무너질 있습니다. 혹시 집에 무슨 일이 있나요?"

"아뇨. 특별한 일은…… 아, 최근 다시 화실에 다니기 시작했어요. 그림에만 너무 열중하는 건 아닌가 싶지만 전 민이가 스스로 진로를 결정할 때까지 지켜볼 작정이거든요."

그는 정말로 아이의 의견을 존중하는 인자한 아버지 같았다. 하지만 이 사람 말대로 민이에게 아무 문제도 없는 걸까. 터울적은 삼촌으로 밖에 보이지 않는 이 아버지란 사람을 믿어도 되는 걸까.

"저…… 우리 민이가 아직 말씀 안 드린 것 같네요."

"무슨 말씀이신지……."

"민이는 일곱 살 때부터 제 딸이었습니다. 10년 됐죠. 사업으로 바빴던 아내보다 저랑 더 많은 시간을 보내며 자랐습니다. 그러니까 다른 걱정은 않으셔도 됩니다."

의심투성이 속마음을 들켜버린 심정이다. 그러나 한편으로는 그가 애써 좋은 양아버지처럼 보이고 싶어 안달하는 사람은 아닌 것 같아서 마음 놓인다.

"아버님. 민이 학원 생활에 대해 궁금하신 게 있으면 언제든지 연락 주세요."

그러자 그가 내 얼굴을 뚫어져라 바라본다. 나의 머리카락부터 이마, 눈동자와 코, 인중, 입술 매무새까지 꼼꼼히 훑어 내려가는 그의 시선은 강렬하다. 뭐지? 전혀 예상 못한 상황 속에서 내 얼굴이 점점 달아오르는 게 느껴진다.

그는 의자를 내 쪽으로 바짝 당겨 앉더니 낮은 음성으로 속삭인다.

"선생님. 잠시만 실례하겠습니다."

실례라니? 무슨 실례? 이 남자 대체 뭘 어쩌려는 걸까.

그는 다짜고짜 내 왼쪽 손목을 붙잡는다. 심장이 터질 듯 두근거린다.

그에게 잡힌 내 손목을 빼내려 애썼지만 그는 신중한 표정이더니 이내 두 눈을 지그시 감는다.

어쩌면 좋지. 이제 앞으로 무슨 일이 벌어지게 될까. 이대로 그냥 내버려두어야 할까, 아니면 소리치고 당장 이곳을 빠져나가야 할까. 오만 가지 생각이 머릿속에 뒤엉키는 가운데 그가 두 눈을 떴다. 그리고 앞에 앉은 나를 향해 이렇게 말한다.

"내일 학원으로 약을 보내드리죠."

"네?"

황당한 얼굴로 되묻자 그는 명의 허준에 빙의된 듯 자애로운 얼굴로 말했다.

"소음인이시네요."

"······."

"아. 물론 어제 전화 목소리만으로도 소음인이라는 건 예상했습니다. 그래도 직접 뵙고 맥도 짚어본 후 약을 짓는 게 나을 것 같아서 왔습니다."

오 마이 갓. 그래 나도 안다. 민이 아버지란 이 남자의 직업은 한의사다. 그러나 나는 진맥을 봐달라고 부탁한 적이 없단 말이다. 때와 장소를 가리지 않는 투철한 직업정신이 지금 상대를 얼마나 불편하게 만들고 있는지 그는 알기나 할까?

"민이 아버님. 감사하지만 학원 방침상 학부형들께 금품을 받을 수는 없습니다."

최대한 내 쪽의 의사를 전했지만 그는 단호했다.

"민이 봐주시는 분들께는 늘 해드리고 있는 걸요. 부담 갖지 마세요. 나가면서 수학 선생님도 뵙고 갈 거니까요."

그리고 그는 내 얼굴을 다시 한 번 꼼꼼히 살피더니 안타까운 표정까지 지어보였다.

"자궁이랑 수족이 워낙 냉하시네요. 출산은 하신 것 같은데……
산후조리 잘 못 하셨죠?"

"네?"

"게다가 팔자주름이 심하시군요. 주름 때문에 훨씬 나이 들어 보이는 거 아닙니까? 혹시 동안 침에 관심 있으면 병원에 한번 들르시죠. 그럼, 전 이만."

땅. 360도로 고속 회전하는 롤러코스터를 연속으로 스무 번쯤 탄 것처럼 현기증이 인다. 지금 나한테 무슨 일이 일어나고 있는 거지?

'저기요. 전 제 자궁과 팔자주름에 대해 상담 드린 적 없는데요!'라고 소리치고 싶었지만 현실의 나는 겨우 비틀거리는 몸을 테이블에 의지하고 있을 뿐이었다.

상담실 문을 열고 나가려던 그는 뭔가 다시 생각난 듯 뒤돌아 내 쪽을 바라봤다.

"그런데…… 혹시……."

또 뭐지! 이제 저 조각 같은 입술에서 무슨 말이 튀어나올지 겁부터 난다.

"실례가 안 된다면…… 뭐 하나만 여쭤봐도 될까요, 선생님?"

그래. 나는 분노를 조절할 줄 아는 배운 여자다. 그리고 이 거지 같은 자식은 전국 석차 1퍼센트 안에 드는 최상위 그룹 학생의 학부형이다. 나는 내 인생 최대의 인내심을 발휘하여 가능한 가장 온화한 표정을 연기해 보였다.

"물론이죠. 민이 아버님. 편안하게 생각하시고 뭐든 물어보세요."

"아. 아닙니다. 아니에요."

그가 수줍은 듯 손사래를 치며 고개를 젓는다. 난데없는 오기가 치밀었다. 나는 양 어금니를 꽉 깨물고 부들부들 떨리는 목소리로 다시 한 번 말했다.

"괜찮습니다. 부담 갖지 말고 뭐든 질문하셔도 좋습니다."

"정말, 그래도…… 될까요?"

"그럼요!"

나의 단호하고 분명한 어조에 그는 용기를 얻은 듯 조심스레 질문을 꺼냈다.

"그럼 민망함을 무릅쓰고 여쭙겠습니다."

"네, 얼마든지요!"

"요즘 여자들 사이에서 제일 인기 좋은 생리대가 뭡니까?"

200도로 예열된 오븐에 기름을 뒤집어쓰고 들어간 것처럼 온몸이 화끈거린다. 그간의 강사 경력을 통틀어 봐도 이런 질문을 받은 적은 처음이다. 이것은 내가 그간의 노하우로 집대성한 '진상 학부모 상담 시 예상 질문 베스트 50' 범위에도 들어 있지 않은 질문이란 말이다.

"그…… 글쎄요……."

솔직히 말하자면 특별한 취향 없이 그날의 기분에 따라 여성용품을 구입하는 편이다. 신제품이니까, 사은품을 챙겨주니까, 홈쇼핑에서 싸게 파니까 하는 것들이 내가 생리대를 구매하는 방식이었다. 아무리 그렇다 해도 내 지조 없는 생리대 취향까지 그 앞에 까발려야 할 이유는 없다.

'요즘 핫한 생리대에 대한 고찰'은 누가 봐도 학부형과, 그것도 학생의 아버지와 주고받을 만한 대화 주제가 아니란 말이다. 나는 그 짧은 순간 동안 혈압이 급격히 상승하고 혈액이 탁해지는 느낌마저 들었다.

어떻게 하면 이 자식을 성추행범으로 고발할 수 있을지 고민하면서 내 머릿속엔 두 글자가 확실히 각인됐다.

'변·태.'

점점 벌게지는 내 얼굴색을 감지한 그 변태는 그제야 자리를 수습하며 사라졌다.

"역시, 곤란하신 모양이군요. 그럼 전 이만 가보겠습니다. 선생님."

이토록 더러운 기분이 드는 상담은 난생 처음이었다.

정확히 다음날 오후, 한약이 도착했다. 그리고 10분쯤 지나서 그 변태에게 전화가 걸려왔다.

"하루 세 번, 정성껏 챙겨 드시면 수족냉증에 많은 도움을 받을 겁니다. 참고로 저희 한의원은 절대 중국산 약재는 쓰지 않으니까 안심하셔도 좋습니다. 하하하."

어제는 잘 몰랐는데 목소리에 어딘지 느끼한 구석이 있다.

"그리고 한 가지 팁을 드리자면, 자기 몸을 사랑하면서 드시면 그 효과가 배가 되니까 한번 그렇게 해보세요."

자기 몸을 사랑하라고? 어떻게? 어제 내게 한 짓을 생각하니 그 말마저도 곱게 들리지 않는다. 전화를 끊고 상자에 든 파우치 하나를 꺼내들자 따뜻한 기운이 전해진다.

인정하고 싶진 않지만 어제 그가 한 말은 정확히 맞다. 나는 지오를 낳고 산후조리를 제대로 못했다. 하루라도 씻지 않으면 못 견디는 탓에 출산한 지 사흘 후에 샤워를 했고, 창문도 없는 산후조리원이 숨 막혀 애초 계약한 보름에서 일주일만 채우고 나왔다. 그 덕에 여름이 끝나기도 전부터 두툼한 수면양말을 꺼내 신어야 했다. 발바닥은 바닥에 닿을 때마다 깨진 유리조각 위를 걷는 듯 아팠다. 샤워를 할 때마다 뼈 마디마디에 휘휘 바람이 스며들었다. 말 그대로 바람 숭숭 든 무가 돼버린 느낌이었다.

예전 같지 않은 몸 상태를 느낄 때면 어딘지 모르게 서글퍼지곤 한다.

정말 이대로, 이렇게 나이 들어가는 걸까. 당장은 이런 서글픔이라도 느껴지지만 몇 년 더 시간이 흐르면 이 모든 것들에 그저 무덤덤해지겠지. 솔직히 말하자면 아직은, 아직은 아줌마가 되어가는 과정을 담담히 받아들이고 싶지 않다. 자기 몸을 사랑하라는 그의 말이 다시 떠오른다.

얼마 전부터 왼쪽 가슴에 멍울이 만져지고 피곤하면 찌릿찌릿 통증까지 느껴지던 참이었지. 매번 '다음에 시간이 나면' 하고 미뤘던 검사를 받을 때가 드디어 온 것이다.

내친김에 학원에서 10분 거리에 있는 여성전문병원 미즈메디에 전화를 걸어본다. 진료 예약을 하고 서둘러 학원을 빠져나와 병원 쪽으로 걷는데 도로 쪽에서 낯선 목소리가 들린다.

"윤현수 선생님!"

반사적으로 고개를 돌려보니 흰색 아우디 A6 한 대가 서 있다.

누구지? 혹시 학부모인가 싶어 가까이 다가갔지만 커다란 선글라스에 가려진 얼굴은 목소리만큼이나 낯설다. 운전석에 앉아있던 여자는 답답하다는 듯이 쓰고 있던 검은 선글라스를 벗어 보인다.

"호호. 나야! 국문과 97학번. 짝퉁 전혜린! 모르겠니?"

짝퉁 전혜린이라면…… 나혜린?

"몰라볼 만도 하지. 호호호."

대학시절 나혜린은 디즈니 애니메이션 〈포카혼타스〉 속 주인공과 꼭 닮았었다. 찰지고 검은 긴 생머리에 길게 쭉 찢어진 눈과 볼록한 광대가 매력적이던 아이. 그녀의 까무잡잡한 피부가 참 부러웠던 기억이 난다.

그런데 웬일인지 지금 내 눈앞의 혜린은 세련된 숏컷에 쌍꺼풀 진 큰 눈을 가지고 있다. 그녀만의 개성이던 광대는 흔적도 없고 콧날과 날카로운 턱선은 잘못 만졌다간 손을 베일 것처럼 뾰족하다. 더 놀라운 것은 오뚝한 콧날과 브이라인 턱선 모두 태어날 때부터 제 것인 양 자연스럽고 예쁘다는 사실이다.

"안 그래도 한번 마주치지 싶었어. 너 여기 강사 맞지? 하이클래스 에듀."

혜린은 학원을 올려다보며 말했다.

졸업 후 한 번도 본적 없는 그녀가 내 근황은 어떻게 알았을까.

"우리 집 신문에 학원 광고지가 같이 딸려 왔더라. 내가 신문을 다섯 개 구독하잖니. 참, 너 사진 빨 잘 받더라. 호호. 이럴 게 아니다. 카페 가서 얘기 좀 하자."

"혜린아. 내가 지금 어딜 좀 가야하거든. 밀린 얘긴 나중에 하자. 연락 줘."

혜린은 내가 건넨 명함을 뚫어져라 바라보았다. 달라진 것은 그녀의 얼굴만이 아니었다. 반짝이던 그 눈빛 또한 어딘지 모르게 공허해 보였다.

끔찍한 순간이다.

아랫배가 불룩 튀어나온 늙은 남자 앞에서 브래지어를 걷어 올리고 있는 내 꼴이라니. 세상 모든 유방외과 전문의가 꽃미남이라면 얼마나 좋을까. 그러면 여성들의 유방암 조기 발견율은 지금보다 스무 배는 족히 높아질 텐데…… 정말 안타까운 일이 아닐 수 없다. 아까부터 자꾸만 '같은 값이면 다홍치마'라는 케케묵은 속담에 얼마나 심오한 의미가 담겨 있는지 자각되는 걸 보면 나도 나이가 들긴 들었나 보다.

전문의는 맨손으로 내 왼쪽 가슴을 촉진하기 시작했다. 손가락을 청진기 삼아 이곳저곳을 만져보더니 대수롭지 않게 말했다.

"총 좀 맞아야겠는데."

"네? 총…… 요?"

혹시 이 의사 부전공이 독심술인가? 내가 외모 비하를 좀 했기로서니 환자한테 총을 쏘겠다니!

"아, 놀랄 건 없구. 조직검사 해보잔 얘기야. 1센티짜리가 만져지네. 단순한 혹일 수도 있지만 검사해서 나쁠 건 없으니까. 오케이?"

의사는 시종일관 반말을 하더니 진료실 한쪽 커튼 뒤로 사라졌다. 여전히 얼빠진 표정으로 앉아 있는 내게 젊은 여의사가 다가왔다.

"아래층 검사실로 가세요. 결과는 일주일 뒤에 나옵니다."

그제야 나는 가슴 위로 걷어 올린 브래지어와 셔츠를 내리고 진료실을 나왔다.

유방 안쪽의 세포 조직을 떼어내는 검사는 생각보다 간단했다. 지시대로 작고 반듯한 침대에 눕자 간호사는 동그란 구멍이 뚫린 천 조각을 내 가슴 위로 덮었다. 구멍 위로 나의 가슴이 봉긋 올라왔고 차가운 젤이 골고루 발라졌다. 그리고 잠시 후 의사가 들어와 초음파로 나의 유방 조직을 들여다보고는 곧장 목표점을 향해 총을 발사하기 시작했다.

탕. 탕. 탕. 탕. 탕.

나의 왼쪽 가슴에 박힌 총알은 정확히 다섯 발이었다.

지오 맘의 TO DO LIST

1. 성추행범 고소 절차 검색하기.

2. 아버지가 어떤 인간인지 밝혀지면 민이는 충격받겠지?

3. 그리스 디폴트에 관한 수업 자료 정리.

4. 고1반 아이들 시험지 첨삭.

5. 지오 반찬 만들기. (두부 동그랑땡과 연근조림. 아! 그리고 시금치 된장국.)

6. 지훈에게 전화 걸기. (며칠째 통화를 못했다.)

7. 내가 만약…… 내가 유방암이라면?

커
피
내
리
는
시
간

나는 앞으로 최소 일주일은 유방암일지도 모른다는 불안에 골머리를 썩어야 할 운명이다.

마지막 수업을 마치고 노트북 앞에 앉아 포털 사이트 검색 창에 '바리스타 되는 방법'을 입력했다.

유방암에 대한 공포를 떨쳐버리는 데 몰두할 수 있는 다른 것이 필요했다.

검색된 여러 정보들 중에 삼성동 H백화점 문화센터에서 진행한다는 '바리스타 고급과정'이 눈에 들어왔다. 6주 동안 주 2회씩 수업을 들으면 바리스타 2급 자격증 시험에 응시할 수 있는 자격도 주어진다고 한다. 그러나 시간이 문제다. 저녁 직장인 반을 수강하자니 수업 시간과 맞물리고 오전 10시 타임을 수강하자니 잠을 포기해야 한다.

결정은 생각보다 빨리 끝났다. 나는 앞으로 6주 동안 오전 잠을 포기하기로 했다. 아이 있는 엄마로서 육아 이외의 것을 욕심내려면 이 방법뿐이다. 단지 결심만 했을 뿐인데 벌써부터 내 왼쪽 가슴에 자리 잡은 정체불명의 세포 덩어리로부터 해방된 듯한 이 느낌은 뭐지.

다음날 수강 등록을 위해 찾아간 H백화점 문화센터에는 배움에 대한 열정으로 똘똘 뭉친 사람들로 넘쳐났다. 노래 교실, 웃음 치료, 요가, 서예, 가야금, 드럼, 한국화, 베이킹, 소자본 재테크 아카데미, 경매까지 접수 첫날인데도 거의 모든 강의가 마감이었다.

학원에 있으면서도 느끼지만 우리나라 사람들은 진짜 죽기 직전까지 배우기로 작정한 민족 같다. 내가 모르는 속담 중에 배우다 죽은 귀신은 때깔도 좋다는 속담이 있는지도 모를 일이다.

오늘은 6주간 총 12회로 구성되는 강의 중 첫째 날.

문화센터에 등록한 것을 알면 지훈은 이렇게 비아냥거릴 게 분명하다.

"그럴 시간 있으면 반찬 만드는 걸 배워 제발, 응?"

천천히 심호흡을 하고 강의실 문을 연다. 강의 시작까지 조금 여유가 있어서인지 단 세 명만 앉아 있었다. 어디에 앉으면 좋을지 탐색하다 맨 앞자리로 간다. 뭔가를 배우는 학생 신분으로 돌아온 게 얼마만인가. 적당한 설렘과 긴장감에 기분이 좋다. 짧게 심호흡을 하고 노트와 펜을 꺼내드는데 뒤통수에서 묘하게 서늘한 기운이 느껴진다. 찬찬히 고개를 돌려 뒤쪽을 보니 내 자리 대각선 쪽으로 낯익은 얼굴이 하나 보인다.

허걱! 하필이면 왜! 민이 아버지, 강수호. 저 변태 같은 인간이 이 시간에 왜 여기 있는 거지. 눈으로만 어정쩡한 인사를 나누는데 다행히 강사가 들어왔다. 나는 얼른 자세를 바로 돌렸다.

'2013 WBC. WCCK 국가대표 선발전 심사위원'이라는 거창한 타이틀의 강사는 20대 후반쯤으로 보였지만 꽤나 카리스마 넘치는 인상이었다.

"오늘은 커피란 무엇인가, 그리고 바리스타란 무엇인가에 대해 알아본 후 머신의 작동 원리에 대해 배우도록 하겠습니다."

이론을 배우고 몸소 실습까지 해보는 사이 수업은 금방 흘러갔다. 카페에서 슬쩍 훔쳐보기만 하던 덩치 큰 커피머신을 직접 만져보니 마음만은 벌써 바리스타가 된 것 같았다.

만족스러운 첫 수업이 끝나자 그가 내 쪽으로 다가왔다.

"여기서 뵙게 될 줄은 몰랐습니다, 선생님. 안녕하셨어요?"

"아. 네."

"커피 좋아하시나 봐요."

"네, 조금. 민이 아버님도 커피에 관심이 있으신가 보네요."

그를 보자 지난번 일이 떠올라 나도 모르게 경계의 눈빛이 된다.

"아메리카노랑 한약이랑 닮지 않았나요? 둘 다 시커멓고 맛도 씁쓸하고."

그는 특별한 사실이라도 발견한 사람처럼 두 눈을 반짝이더니 이렇게 말했다.

"아…… 그런가요."

"참. 지난번엔 실례가 많았습니다."

이 변태, 또 무슨 말을 꺼내려고?

"아니요. 괜찮습니다."

당신 똑바로 알아둬. 내가 조금만 덜 바빴다면 당신은 지금 성추행범으로 고발돼서 조서를 작성하는 중일 테니까. 그는 이런 내 속을 아는지 모르는지 계속 말을 꺼낸다.

"선생님은 어떤 커피 좋아하십니까. 라테? 카푸치노?"

"전 아이스 아메리카노 좋아해요."

"평소에 워낙 속 타는 일이 많으신가 봅니다. 하하하."

"네?"

대체 뭐 이런 인간이 다 있지? 나도 모르게 발끈하려는 찰나 그가 검지손가락을 천천히 흔든다.

"소음인은 찬 게 좋지 않은데 모르셨어요? 여름에도 냉면 드실 때 오이채는 빼고 드세요. 참, 저는 카푸치노를 즐겨 마십니다. 거품이 주는 그 부드러운 감촉을 잊을 수 없거든요."

묻지도 않은 말을 구구절절 풀어놓는 그가 마치 친한 친구와 함께인 듯 편한 미소를 보인다.

뭐지. 저 웃음은. 문득 그의 미소가 폭신한 카푸치노 거품과 닮았다는 생각이 든 것은 왜일까.

수호는 문화센터 강의가 있는 6주 동안 화요일, 목요일은 동료에게 오전 진료를 모두 몰아두었다. 커피 배우기는 그가 오랫동안 벼르던 계획이다.

주차장으로 가는 길에 백화점 지하 식품관에 들러 몇 가지 쇼핑을 했다. 그 참에 빙빙 돌아가는 회전초밥 벨트 앞에 앉아 스시 몇 점으로 점심을 해결했다. 언제나처럼 혼자 먹는 점심은 별 맛이 없다.

수호의 랜드로버 디스커버리4가 반포 자이 아파트 단지에 들어서자 하나둘 빗방울이 떨어진다. 오후에 비 온다는 예보는 없었는데…… 그는 집에 들어서자마자 장 본 봉투를 들고 민이 방으로 간다.

방 한가운데 놓인 커다란 이젤이 보인다. 어젯밤 그리다 만 스케치의 흔적이 남아 있다. 소년을 그린 것 같기도 하고, 어찌 보면 소녀 같기도 하다. 방 한쪽에 딸린 욕실로 들어가 커다란 거울이 붙은 수납장 문을 연다. 잘 개어둔 세안용 수건과 여분의 샴푸가 보인다. 수호는 봉투에서 치약을 꺼내 수납장에 가지런히 채워놓는다. 다른 수납장 문을 열자 한쪽 가득 생리용품이 보인다. 민이는 요즘 수호가 사다놓은 생리대를 쓰지 않는다.

의류브랜드의 디자이너이자 오너인 여덟 살 연상의 아내와 결혼한 것은 민이가 열 살 때였다. 결혼 후 아내는 점점 더 바빠졌다. 컬렉션 하나가 끝나면 곧장 다음 컬렉션 준비에 들어가야 했고 강의에 방송 출연에 해외 출장까지 몸이 열 개라도 부족할 정도였다. 자연스레 학교에 다녀온 민의 간식을 챙기고 숙제를 봐주고, 머리를 감겨주는 일은 수호의 몫이었다.

그때부터 지금까지 수호의 고민은 늘 하나다. 과연 보통의 아빠가 되는 방법은 무엇일까? 그러나 애초부터 보통의 관계가 아닌 그들이었다.

수호는 민을 잉태토록 정자를 제공하지도 않았고 직접 탯줄을 자르지도 않았다. 민이 몇 개월에 걸음마를 시작했는지, 유치원 때 제일 친했던 친구 이름이 뭔지 알지 못한다. 고작 10년이 되었을 뿐인 부녀관계에는 빈 칸이 너무 많다. 대체 어디서

부터 그 칸을 채워 나가야 하는 걸까. 아니 과연 채워 넣을 수는 있을까?

민이는 남들 다 겪는 사춘기도 없이 무난하게 자라왔다. 수호의 말에 반항하는 일도 문제를 일으키는 일도 없었다. 마치 젊은 아빠에게 떠맡겨진 자신의 존재적 부담을 최소화시키기로 마음먹은 아이처럼.

수호는 아직도 그날 새벽의 일이 또렷이 기억난다.

열두 살인 민이 수호 혼자 잠들어 있는 안방으로 들어왔다. 겁에 질린 눈으로 아빠…… 하는 민이의 붉어진 파자마 바지를 보자마자 곧장 편의점으로 달려갔다. 그리고 날개가 있는 것과 없는 것, 길이가 짧은 것부터 긴 것까지 닥치는 대로 사와 민에게 건네주었다. 그때부터 지금까지 꼬박 5년이다. 5년 동안 매달 딸아이의 생리대를 사다 나른 아빠와 그 생리대를 쓴 딸, 둘은 그런 부녀 사이였다.

2년 전, 출장 차 밀라노에 갔던 아내가 호텔 욕조에서 시신으로 발견됐다는 전화를 받았을 때도 수호는 민을 가장 먼저 떠올렸다. 욕조에 이탈리아 남자 모델의 시신이 함께였다는 경찰의 말보다 어린 민이 엄마를 잃었다는 사실이 더 충격적이었다. 아마도 일찍 어머니를 여읜 과거 자신의 모습이 떠올랐기 때문인지도 모른다.

91

아내가 떠나고 나서야 수호는 자신이 아내에 대해 모르는 것이 너무 많다는 것을 깨달았다. 부검 결과 아내는 상습적으로 약물을 복용하고 있었다.

바리스타 과정에 등록하기로 마음먹은 것도 순전히 민이 때문이다. 어느 날 함께 드라마를 보던 민이가 커피 내리는 남자 주인공을 보더니 "우와! 멋져!"라고 소리쳤다. 그날 수호는 언젠가 딸을 위해 커피를 만드는 멋진 아빠가 되겠다는 소망을 품었다.

열일곱 딸의 마음을 들여다보는 일, 그것은 서른여덟의 수호에게 세상에서 가장 어려운 일이다.

지금 곧장 가면 쉬는 시간에 맞춰 우산을 전해줄 수 있을 것이다. 민이 좋아하는 보라색 장우산을 챙긴다. 창밖의 빗방울이 점점 더 굵어지고 있었다.

수업이 없는 황금 같은 휴일 저녁, 나는 집에서 가까운 국립중앙도서관을 찾았다.

《커피의 역사》란 책을 읽어보려는 심산이었는데 자료실 검색 결과 누군가 이미 대출 중이었다. 하는 수 없이 다른 책을 대출하고 나오는데 건너편 열람실 문을 열고 나오는 한 사람이 보였다.

"동선이 비슷하네요, 우리."

그가 나와 눈이 마주치자 건넨 말이었다.

우리.

나는 우리라는 단어가 주는 동그만 느낌이 좋다. 모나지 않은 그 두 글자 안에 들어서는 순간, 둘만의 작은 우주가 생성된다고 믿는다. 두 사람의 과거와 현재, 미래가 담긴 단어가 내게는 바로 '우리'였다.

공교롭게도 그의 손에 《커피의 역사》가 들려 있다.

나는 책에 시선을 고정한 채 물었다.

"그 책, 재밌던가요?"

"어? 윤 선생님도 읽어보셨어요?"

그는 오늘 같은 봄날은 혼자라는 게 여간 고역스러운 게 아니라며 함께 산책할 친구 생각이 간절하던 참이라고 했다. 그리고 아주머니가 차리고 간 냉장고 속 반찬 대신 따뜻한 밥을 같이 먹어줄 누군가가 있으면 싶었다는 말도 했다. 그러니까 그가 내게 제안을 한 것은 말하자면 그런 즉흥적인 감정 때문이었을 것이다.

"괜찮으시면, 저녁식사 같이 하실래요?"

그가 날 데려간 곳은 도서관에서 멀지 않은 예술의 전당 근처 작은 이탈리아 레스토랑이었다.

그와 나는 김이 모락모락 나는 파스타 한 접시씩을 앞에 두고 한참을 이야기 했다. 파스타 맛은 어땠는지, 누가 어떤 이야기를 했는지는 기억나지 않는다. 다만 그로부터 정확히 두 시간 15분 뒤, 그와 내가 놀랄 만큼 많은 부분이 닮아 있음을 깨달았다는 사실만이 중요했다.

크림이나 토마토소스보다 올리브 오일과 마늘을 넣어 맛을 낸 알리오 올리오를 좋아하는 것, 드라이브보다 산책을 좋아하는 것, 고양이보다는 강아지를 좋아하는 것 같은 소소한 취향은 물론 세상을 보는 시각과 지향점 같은 것들까지 말이다. 그것은 마치 21세기에 아무도 발견 못한 신대륙을 발견한 것처럼 놀라운 일이었다.

나는 마주 앉은 그가 들려주는 '커피의 역사'에 관한 이야기에 귀 기울이며 생각했다. 지금 내 앞에 있는 이 남자가 궁금해질지도 모르겠다고. 처음 본 내게 밑도 끝도 없이 "좋은 생리대가 뭡니까?"라고 물었던 그 사람이 말이다.

만약 내가 '혹시 지금 제 왼쪽 가슴에 무슨 일이 일어나고 있는지 아세요?'라고 묻는다면 그는 어떤 반응을 보일까. 어쩌면 '걱정 마세요! 이참에 20대처럼 근사하게 성형하면 되니까요! 현대의학의 힘을 믿어보십시오. 하하하' 하며 대수롭지 않게 말해주지는 않을까.

말라가던 심장에 다시 신선한 피가 도는 느낌이다. 어쩌면 이 모든 것은 알싸한 봄밤의 기운 때문일지도 몰랐다.

며칠 후, 내게는 좋은 일과 나쁜 일이 동시에 일어났다.

먼저 나쁜 일은 이모님이 안산 아들 집으로 들어가기로 했다며 일방적인 통보를 해온 것이다. 지난 주 아들 집에 가보니 임신한 며느리가 입덧으로 고생하는 탓에 아들까지 바싹 말라가는 게 안쓰럽다는 게 이유였다. 이 무슨 날벼락 같은 소리란 말인가.

그럼 나는? 우리 지오는 어쩌란 말이지?

일단 시간이 필요하다고 말해둔 뒤 대체 이 난관을 어떻게 헤쳐 나갈지 고민하기로 했다. 모든 게 진공청소기 속 먼지통처럼 뒤죽박죽이다. 답답한 마음에 육아맘 카페의 고민 상담 게시판에 글을 올렸다. 순식간에 댓글이 달렸다.

Re 동네 오가다가 더 나은 조건을 제안받았을 확률 200%

Re 난 중국으로 돌아간다던 이모님이 그만둔 다음날 옆 동으로 출근하는 거 목격함.

Re 그냥 월급 더 올려주고 잡으세요. 요즘 사람 구하기 진짜 어려워요.

Re 저 같으면 내보내는데 한 표요. 맘 떠난 사람은 언젠가는 떠납니다.

어쨌거나 나는 이모님을 좀 더 붙잡아볼 생각이다.

마음 같아서는 당장 업체에 연락해 새 사람을 뽑고 싶지만 면접 보는 일도 피곤할뿐더러 맘에 드는 사람이 언제 나타날지도 장담할 수 없는 노릇이었다. 운 좋게 사람을 찾았다 해도 서로 맞춰가는 시간이 필요하다. 그럴 바에는 월급 인상을 앞세워 불쌍한 척 애원하는 편이 훨씬 수월할 것이다.

그리고 내게 일어난 좋은 일이란, 내 왼쪽 가슴에 아무 일도 일어나지 않았다는 사실이다.

"윤현수 씨, 유방 조직검사 결과 별 이상 없네. 단순 섬유선종이야."

의사는 여전히 반말이었지만, 그 말에 그간 긴장했던 마음이 스르르 녹아내렸다.

그러나 사람의 마음이란 어찌나 간사한지 별것도 아닌 세포 덩어리를 검사하는데 수십만 원의 비용을 지불하고 맘고생까지 세트로 한 것을 생각하니 억울했다. 그 금액이면 지오에게 비싸서 망설인 빨간 벤츠 전동차를 사줄 수 있었을 텐데.

의사는 내 마음을 눈치챈 듯 이렇게 경고했다.

"하지만 나이도 있으니까 앞으론 일 년에 한 번씩 정기검진을 꼭 받아야 돼."

고작 서른일곱 해를 살았을 뿐인데 정기적 관리 대상이 된 가슴을 갖게 되다니. 진료실을 나와 스마트폰 일정표에 내년 유방암 정기 검진일을 입력한다. 저장버튼을 누르는 내 입에서 짧은 한숨이 새어나온다.

"세월은 어쩔 수 없다보다. 넌 안 늙을 줄 알았는데……."

혜린이 내 눈가 주름을 뚫어져라 보는 사이 나는 그녀에게 걸쳐진 고급 보석들에 눈이 갔다. 가끔 잡지에서 보며 이런 비싼 보석은 대체 누가 사는 걸까 궁금했던 물건들이다. 그녀에 비하면 흔한 금반지 하나 끼지 않은 내 손가락이 조금은 초라해 보인다.

"혜린이 넌 어떻게 지냈니?"

"어우. 바쁘게 살았지. 졸업하고 바로 결혼해서 홍콩으로 갔어. 뭐 딜러라 연봉은 꽤 되는 편이야."

"너 딜러가 된 거야?"

"오우 노. 마이 허즈번 브라이언 말이야. 내가 한 달이면 두어 번 씩 왔다 갔다 해야 하는데 두 집 살림하는 게 얼마나 정신 없는지…… 워낙 꼼꼼한 성격이라서 살림살이에 남의 손닿는 걸 또 그렇게 싫어하잖니."

"니가?"

"아니, 우리 브라이언. 덕분에 와이셔츠 다림질까지 내가 직접 해야 한다니깐. 한번 갈 때마다 셔츠 40벌 다리는 건 기본이야. 입은 어찌나 짧은지, 요리까지 배우러 다니느라 바쁘다. 방배동 최 선생 알지? 오늘도 그 요리 클래스 갔다 오는 길이잖니."

혜린과의 대화 내내 '누가?' '니가?'란 물음을 대체 몇 번이나 했는지 모른다.

그러나 정작 내가 궁금한 것은 그녀 남편이 아니라 바로 혜린이었다. 그녀가 졸업 후 무슨 일을 했는지, 아이는 있는지, 딸인지, 아들인지 그런 사사로운 것들 말이다.

"아이는 있니?"

"응?"

그녀 얼굴을 본 순간 괜한 걸 물었다는 후회가 들었다.

"얘, 나랑 브라이언은 촌스럽게 애한테 인생 걸면서 살지 않아."

"……."

"참. 넌 당연히 지훈이랑 결혼했지? 지훈인 박사 땄니? 학교에 남는 게 꿈이었잖아."

"아직. 지금은 그냥 회사 다녀."

"무슨 회사?"

"작은 광고회사야."

이번에는 그녀가 나를 측은한 눈으로 본다. 역시 글 좀 쓴다는 남자들, 남편감으로는 꽝이로구나. 잘 나가던 캠퍼스 커플이던 너희도 별 거 없네. 그러니까 넌 무능한 남편 대신해서 먹고 살기 위해 학원 강사로 나선 거구. 어쩌면 그런 말을 하고 싶었을지도 모른다.

짧은 시간이었지만 나는 그녀의 남편에 대해 많은 정보를 얻었다.

시댁이 어마어마한 현금을 소유한 부자라는 것, 남편은 어릴 적부터 외국에서 공부를 해서인지 정서가 외국인에 가깝고 한국인들을 별로 좋아하지 않는다는 것, 홍콩 번화가의 아파트가 90평 정도 되는데 우리 돈으로 40억이 넘는다는 것, 남편의 유일한 취미는 오디오를 사 모으는 것이고 좋은 물건을 구하기 위해서라면 비행기를 타는 것도 마다 않는다는 것 등등. 어찌나 자세하게 이야기하는지, 대화가 끝날 즈음엔 본적도 없는 그녀의 남편이 잘 아는 지인으로 느껴질 정도였다.

"려는 어떻게 지내? 니 단짝 말이야."

려의 이름이 나오자 갑자기 마음이 무거워졌다. 졸업 후 제대로 연락이 닿지 않았던 혜린은 종일의 사고 소식을 모르는 눈치였다.

"려는 말이야…… 아기가 곧 돌이야."

내가 할 수 있는 말은 겨우 이 정도였다.

"역시 종일이랑, 결혼한 거니?"

고개를 끄덕이자 혜린은 그럴 줄 알았다는 듯 씁쓸한 표정을 지어보였다.

"돌잔치 때 함께 가지 않을래? 려도 보면 반가워 할 거야."

"요즘 돌잔치 민폐라던데, 려는 여전히 촌스럽구나. 만약 그 때 한국에 있으면 참석할게."

"그래. 그렇게 해."

시간은 어느덧 저녁시간이 지나고 있었고 나는 서둘러 학원으로 돌아가야 했다.

혜린은 일어서는 내 손목을 잡더니 제가 차고 있던 다이아몬드 박힌 팔찌를 풀어 채워준다.

"이거, 너 해."

그녀는 학교 앞 문구점에서 산 500원짜리 플라스틱 팔찌를 주는 꼬마처럼 말했다. 내가 정색을 하며 팔찌를 돌려주려하자 그녀가 내 손을 막는다.

"기집애. 싫증나서 그래. 이것 봐. 니가 더 잘 어울리네."

내 팔에 채워진 그것을 바라보자니 예전에 결혼 예물을 맞추러 종로에 갔던 기억이 난다.

애초에 값나가는 보석을 팔아먹기는 글렀다는 것을 감지한 눈치 빠른 점원은 우리에게 큐빅이 박힌 싸구려 반지를 권했었다. 솔직히 그때 내 눈에는 그게 다이아몬드보다 더 반짝이고 예뻐 보였다. 고작 탄소로 이뤄진 돌멩이 따위에 큰돈 쓰느니 신혼집을 얻는 데 보탤 수 있다면 좋겠다는 생각 때문이었을지도 모르지만.

"대신 깨지거나 색 바램이 있을 수 있어요. 그럼 가져오세요. AS해드려요" 했던 점원의 말대로 반지의 반짝임은 그리 오래 가지 못했다.

"에스프레소를 추출하는 데 액량을 결정하는 게 무엇일까요? 오늘은 여러분이 직접 연속 네 잔씩 에스프레소를 뽑아보며 알아보도록 하겠습니다."

4주째 이어지는 수업이지만 결석하는 수강생이 아무도 없을 정도로 다들 열의가 대단하다.

강사의 지시에 따라 탬핑을 하고 에스프레소를 추출하기 시작한다.

좋은 에스프레소란 스푼으로 떴을 때 마치 꿀이 흐를 때의 점도로 흘러내린다고 했다. 그런데 내 것은 한번은 너무 묽고 또 한번은 너무 진하게 내려진다. 긴장한 탓에 이마 위로 송골송골 땀방울이 맺힌다.

"이번에는 각자 추출한 에스프레소를 활용해 카푸치노를 만들어보겠습니다. 시작하세요."

치이이이익―.

나는 스팀 밀크를 만들 때 나는 이 소리가 좋다. 마치 누가 커다란 스프레이를 들고 머릿속을 정갈하게 소독해주는 기분이랄까.

무늬 없는 하얀 잔에 커피와 우유를 넣고 그 위에 아기 엉덩이처럼 폭신한 우유 거품을 잔뜩 얹으면 드디어 카푸치노 완성이다. 맛은 장담 못하지만 겉모습은 꽤 그럴싸하다. 혼자 뿌듯해하는 사이 내 앞으로 큼직한 잔이 하나 쑥 들어온다.

"드셔보세요."

수호의 잔이다.

"제 인생 최초의 카푸치노입니다, 선생님."

꽤나 진지한 그의 얼굴을 바라보며 언젠가 비슷한 말을 들어본 기억이 났다.

"김지훈 인생 최초의 소설이야. 네가 제일 먼저 읽어주지 않을래?"

1998년도 초여름의 캠퍼스. 우리는 학생회관 뒤쪽 페인트가 벗겨진 낡은 벤치에 앉아 있었다.

뜨거운 태양에 줄줄 녹아내리는 아이스크림을 핥느라 바쁜 내게 지훈이 A4용지 묶음을 내밀었다.

그것은 전공과목인 '소설의 이해'의 기말고사 대체 과제물이었다.

"윤현수. 네가 내 첫 번째 독자가 되는 거야. 네 것도 끝나면 나한테 제일 먼저 보여줘."

지훈은 내게 혼전 순결 서약이라도 받아내는 것처럼 비장한 얼굴이었다. 나는 뭐에 홀린 사람처럼 고개를 끄덕이며 그가 건넨 것을 받아들었다.

〈울부짖는 오후〉라는 제목의 단편이었다.

나는 그의 글이 좋았다. 지훈의 문장은 간결하지만 깊이가 있었고 유머러스하면서도 진지했다. 그때 나는 지훈이 천재일지도 모른다고 생각했다. 그래서 스물한 살의 윤현수는 지훈의 첫 번째 독자이자 마지막 독자가 되고 싶다는 바람을 가진 것인지도 모른다.

그날, 우리는 처음으로 둘만의 밤을 보냈다.

생애 첫 단편을 교환한 두 청춘의 완벽한 결합이었다.

수호가 내민 잔을 입술로 가져간다. 보드라운 우유 거품 아래로 흘러들어오는 고소한 커피 맛이 꽤나 근사하다.

"맛있다."

내 입에서 반사적으로 나온 단어에 그의 얼굴이 소년처럼 밝아진다.

"정말요? 정말이시죠?"

수호는 재차 확인까지 받고는 내 손에서 컵을 가져가더니 정확히 내 입술이 닿았던 곳에 자신의 입술을 대고는 커피를 맛보기 시작했다.

"저기…… 거기는…….."

내 말 따위는 아랑곳 않고 커피를 마신 수호는 두 눈을 번쩍 뜨며 이렇게 말했다.

"크아. 죽이는데요? 이번엔 선생님 걸로 맛보죠."

나는 당황해서 얼른 내 잔을 방어했다.

"아뇨. 제 건 괜찮은데요……."

그는 반강제로 내 커피를 한 모금 맛보더니 사레가 들렸는지 숨도 못 쉬고 괴로워한다. 놀란 나는 얼른 등을 두드렸다. 다른 수강생들과 강사의 시선 때문에 등줄기에 식은땀이 흐른다. 그렇게 맛이 없었던 걸까.

"괜찮으세요. 민이 아버님?"

"대체 뭘 넣으신 겁니까."

"네? 저…… 에스프레소랑…… 우유…… 그게 다인데요. 많이 이상한가요?"

104

"정말 그게 다 맞아요?"

수호는 제 입술에 묻은 우유 거품을 혀로 핥으며 갸우뚱하더니 이내 장난스런 미소를 지어 보인다.

"이상하다. 근데 왜 이렇게 숨넘어가게 맛있지. 열등감 느껴지게."

"뭐라구요."

서른이 훌쩍 넘은 아줌마에게 이런 시시한 장난을 치는 사람도 있다니…… 그 입술에 남은 하얀 우유 자국을 닦아주고 싶었다. 왜 그런 기분이 드는지 나도 잘 알지 못했다.

나
는

누
구
입
니
까
?

수업이 끝나고 교무실로 민을 불렀다.

"민아. 화실은 잘 다니고 있니?"

"네."

별로 대답하고 싶지 않은 눈치였지만 그렇다고 무례하진 않
았다.

"원하는 걸 얻기 위해서 때로는 원치 않는 것도 감당할 수 있
어야 해. 알지?"

잦은 조퇴와 결석을 두고 한 말이었다. 성적이 안 좋으면 대
놓고 꾸짖기라도 하겠지만 그럴 틈조차 없는 아이였다.

"알아요. 그래서 공부는 놓지 않고 쭉 하려구요."

"혹시 진로를 미대로 정한 거니?"

"아직 모르겠어요. 어차피 제 맘대로 다 되는 건 아니잖아요."

딱히 할 말이 없어진 나는 책 이야기로 화제를 바꾼다.

"《새들은 페루에 가서 죽다》를 읽었더구나. 페이스북 봤어."

"네. 대충요."

"어땠어?"

"솔직히 작가 의도가 이해 안 가요. 예전에 《자기 앞의 생》을 읽었는데 좋았거든요. 그래서 다른 작품도 뒤져보다 고른 거예요."

"《자기 앞의 생》은 나도 좋아하는 책인데. 그 책이 왜 좋았니?"

내 질문에 민은 꽤나 다부진 표정으로 말했다.

"사람은 모두 죽는다란 사실이요. 그걸 알게 되서 좋았어요."

뜻밖의 답이다.

"삶은 공평하단 생각이 들었어요. 결국엔 모두 죽고 영원한 삶이란 없다는 것. 지금까지 이보다 더 공정한 말은 들어보지 못했거든요."

기대보다 훨씬 더 멋진 대답이었다.

나는 말없이 책상 위에 있던 오렌지 하나를 집어 건넸다. 민의 미소가 그것처럼 상큼해진다.

"선생님. 우리 아빠랑 같이 커피 배우신다면서요?"

나는 무슨 잘못이라도 들킨 사람처럼 얼굴이 화끈거렸다.

"응. 우연히 그렇게 됐네."

민이 나가고 공강 시간을 활용해 지오의 생일 선물을 준비하기로 한다.

며칠 후면 지오의 두 번째 생일이다. 케이크는 지오가 좋아하는 〈꼬마버스 타요〉 캐릭터가 올라간 것으로 미리 주문해두었으니 인터넷으로 아이 눈높이에 맞는 동화 전집만 주문하면 된다. 요즘 글자인지 그림인지도 모르면서 책을 들고 방언 같은 단어들을 옹얼거릴 때면 어찌나 귀여운지 이 아이를 정말 내 뱃속으로 낳았나 싶어 가슴이 뭉클해진다.

검색창에 자연 관찰, 마더구스, 전래동화, 생활동화들을 차례로 검색한다. 이왕이면 부담스럽지 않은 두께였으면 좋겠고 그림이나 색감이 조잡하지 않았으면 좋겠다. 어휘나 문장이 문법에 맞는지도 따져봐야 한다. 얼마 전 서점에 들렀다가 기본 문법도 맞지 않는 유아용 영어 동화책을 보고 기겁했던 경험이 있기 때문이다. 책 테두리는 뾰족하지 않고 둥글게 마감된 것이라야 안전할 것이다. 지은이는 누구인지, 감수는 믿을 만한지, 가격은 적당한지, 사은품은 어떤 것을 챙겨주는지도 빼놓지 않고 따져봐야 한다.

검색 중에 즐겨 찾는 육아맘 카페에서 '같은 출판사 전집이라도 영업사원에 따라 사은품이 다르다'는 정보를 입수한다. 50권 짜리 자연 관찰 세트를 구매하고 사은품으로 책꽂이와 유아용 볼풀 텐트, 미아 방지 가방까지 챙겨 받았다고 글을 올린 맘에게 판매원 연락처를 부탁하는 쪽지를 보낸다.

모든 것을 일일이 발품 팔아 비교하는 것이 불가능하다면 마우스 클릭 품이라도 팔아야 한다. 오늘날의 육아란 결국 아는 만큼 키우는 싸움이니까.

밤 10시 20분. 마지막 강의에서 아이들과 열띤 토론 중이었다.

"그렇다면 이번에는 유죄 협상제인 플리바게닝의 사례를 읽고 각자 의견을 말해보도록 하자."

그때 상담실장이 강의실 문을 노크하고 들어와서 내게 속삭인다.

"윤 선생님 집에서 긴급 호출요. 아이가 아프대요."

손에 들고 있던 검정 수성펜이 그대로 바닥에 떨어진다.

서둘러 교무실로 가보니 휴대전화에 여덟 통의 부재중 전화가 와 있다. 이모님이 보낸 문자도 있다. 얼른 집으로 전화를 거는데 신호가 울리는 불과 몇 초가 답답해 숨이 막힐 지경이었다.

"애기 엄마. 지오가 마이 아픕니다. 얼른 와야겠슴다."

당황한 그 목소리에 다리가 후들거려 한 손으로 책상 모서리를 짚는다. 일하는 엄마에게 절대로 일어나지 않아야 할 일이 결국 일어나고야 만 것일까.

"열도 없고 다친 데도 없는데 울기만 하니 답답한 노릇임다. 밥도 우유도 안 먹고, 다 토하기만 하니……."

그대로 학원을 빠져 나와 집을 향해 정신없이 달리기 시작했다. 달리면서 전화를 걸어 지오의 상태를 체크했지만 하나도 들리지 않는다. 휴대전화 너머로 들려오는 아이의 울음소리만이 엄마의 마음을 갈래갈래 짓이겨놓았다.

내 아이가 아프다. 실컷 놀아주지도 못하고, 늘 엄마의 품이 고픈 안쓰러운 내 아이가 지금 아프다. 대체 어디가 아픈 걸까? 왜? 얼마나 아픈 걸까! 죽을힘으로 달리는데 스니커즈 한 짝이 깨진 보도블럭에 걸려 벗겨지면서 그만 고꾸라지고 말았다. 스커트 위로 드러난 무릎이 거친 바닥에 쓸렸지만 아무 느낌도 나지 않는다. 누가 보든 말든 창피하다는 마음조차 사치처럼 느껴진다. 나는 다시 일어나 있는 힘껏 달리고 또 달릴 뿐이다.

지오는 제 배를 움켜쥔 채 마룻바닥을 뒹굴고 있었다. 아니 떼굴떼굴 구르고 있다는 표현이 더 맞을 것 같다. 얼른 아이를 안아 이마에 손을 짚어보았지만 열은 없다. 지오는 내 손길이 닿는 것조차 괴로운지 벗어나려고 발버둥 쳤다. 그러다 몇 분

후 고통이 잠시 잦아들었는지 기운 없이 축 늘어졌다. 기저귀에 묵직함이 느껴져 풀어보니 지오의 똥에 피가 함께 묻어나 있다.

"오마나. 피똥을 쌌네!"

옆에 서서 보던 이모님의 목소리에 마음이 더 조급해진다.

서둘러 스마트폰으로 육아맘 카페에 접속했다. 아기 혈변. 배를 움켜쥐고 울어요, 라고 입력하자 관련 게시물들이 검색됐다. 장염, 배탈, 설사, 배고픔…… 등등 단어들이 딸려 나왔다. 그리고 응급전화 1339라는 게시물이 눈에 띄었다. 24시간 의료 정보를 제공하는 응급 서비스 번호라고 했다. 나는 떨리는 손가락으로 1339 버튼을 누르고 통화를 연결했다.

"여보세요! 24개월 된 아기인데요, 한두 시간 전부터 계속 아파하고 있어요!"

흥분한 내 목소리에 전화를 받은 젊은 의사는 어머님, 진정하시고 자세히 말씀해보세요. 아기가 어떻게 아프죠. 열은 있나요? 하고 침착하게 되물었다.

"잘…… 모르겠어요. 자다 일어나서 갑자기 아파하기 시작했다고 하는데…… 좀 전에 혈변을 눴구요."

의사는 다시 아기가 마지막으로 무얼 먹었는지 물었다.

"모르겠어요. 아마…… 밥이랑 반찬을 먹었을 텐데…… ."

말을 잇다가 나도 모르게 올칵 눈물이 쏟아졌다.

모르겠다고? 엄마가 제 아이를 두고 모르겠다는 말을 내뱉는 것처럼 무책임한 일이 또 있을까. 바보 같은 나 자신에 대한 분노와 아이에 대한 미안함이 마구 뒤엉켰다.

의사는 일단 응급실에 가보는 게 좋겠다며 구급차를 불러주겠다고 했다. 응급실이란 단어에 정신이 바짝 들었다. 구급차는 5분 후쯤 도착할 거라고 했지만 나는 지오를 등에 업었다. 1분이라도 먼저 병원에 도착하려면 아파트 입구에 나가 있는 편이 더 나을 것이다.

아이는 더 이상 울 힘도 없는지 축 늘어졌다. 힘 빠진 작은 팔다리를 느끼며 나는 무작정 기도하고 또 기도했다.

'부디 우리 지오한테 아무 일도 일어나지 않게 해주세요. 대신 이 못난 엄마를 벌주세요. 제발…… 제발…… 제발…….'

야간의 응급실에는 피를 흘리고 신체가 절단된 환자들이 속속 실려 오고 있었다. 응급실 한켠에 우두커니 서서 그들을 볼 때마다 다리가 후들거렸다.

지오가 구급차에 실려 온 뒤 40여 분이 지났다. 그 시간이 내게는 40년보다 길게 느껴졌다. 아니, 어쩌면 영원일지도 몰랐다. 순식간에 팔순 노인이 된 것처럼 피로감이 몰려온다. 어쩌면 내일 아침 거울을 보면 머리가 하얗게 새어버렸을지도 모른다는 생각이 들었다.

엑스레이와 초음파 결과를 확인 한 응급의학과 레지던트 표정이 좋지 않다.

심장이 덜컹 내려앉는다. 대체 지오에게 무슨 일이 생긴 거지.

"어머니. 검사 결과 김지오 군은 장중첩입니다. 응급수술을 해야 할 겁니다."

장중첩이라니. 그게 뭐란 말인가.

특별한 이유 없이 장이 말려들어가는 장중첩은 발병 후 24시간이 지나면 아주 위험해질 수 있다고 했다. 다행히 지오는 서둘러 병원에 와서 간단한 수술만 끝내면 별 문제가 없을 거라며 나를 안심시켰다. 그러나 세상 어느 어미가 어린 자식의 수술을 앞두고 안심한단 말인가. 게다가 간단한 수술이라면서 보호자 동의 서명을 강요하는 무시무시한 동의서가 몇 장인지 몰랐다.

수술 전 검사를 위해 간호사가 다가와 피를 뽑는다. 침상에 누운 지오의 작은 팔은 뾰족한 주사바늘이 들어가자 파르르 떨었다. 어딘지 서툴러 보이는 간호사는 아이의 혈관이 잘 보이지 않는다며 주사바늘을 세 번이나 더 꽂았다. 가뜩이나 기운 없는 아이는 주사바늘이 고통스러워 자지러졌고 팔에는 퍼런 멍 자국이 생겼다.

누군가 내 심장을 사금파리로 거칠게 긁어댄다. 생각 같아서는 똑바로 하라며 소리치고 싶었지만 나는 그저 지오의 다른 쪽 팔을 꼭 붙잡고 있을 뿐이다. 그러면서 입술을 꽉 깨물고 지오에게 진심 어린 용서를 구한다.

'지오야. 엄마가 정말 미안해. 널 이렇게 아프도록 내버려둬서 미안해…….'

산모가 진통할 때처럼 주기적인 통증이 온다는 장중첩. 말로 표현할 수 없는 그 고통과 싸우고 있는 아이를 위해 난 무엇을 할 수 있을까. 만약 조금이라도 더 빨리 병원에 데려왔다면 지오는 덜 아파해도 됐을 텐데. 자식이 아픈 동안 엄마라는 사람은 학생들 앞에 서서 잘난 척 강의나 하고 있었다니. 엄마 자격도 없는 나 같은 사람이 누구에게 무엇을 가르칠 수 있단 말인가.

돌이켜보면 늘 그랬다.

학원에서 일을 하면서는 아이 생각이 끊이질 않았고, 아이와 함께 있을 때는 학원 생각이 끊이질 않았다. 그러면서 마치 여유롭고 균형 잡힌 삶을 살고 있는 워킹맘인 양 끝없는 자기 설득으로 간신히 버텨왔던 시간들. 결국 나는 좋은 엄마도 좋은 강사도 아닌 채 어설픈 가면을 쓰고 살아왔을 뿐이다. 그리고 그 속에 희생된 것은 다른 누구도 아닌 바로 내 아이다. 이런 내가 끔찍하게 느껴져 견딜 수가 없다.

나는 대체 누구일까.

지오 엄마인가, 강사 윤현수인가. 아니면 김지훈의 아내인가.

나는 누구이길 원했을까, 누구로 살고 싶었을까.

고통받는 어린 자식 앞에서 나는 무책임하게도 길을 잃었다.

수술 들어가기 전 지오가 제 아빠를 찾는다.

"압빠…… 압빠."

병원에 도착해서 지훈에게 전화를 했지만 연결되지 않았다. 다시 걸어봐도 역시 신호만 울릴 뿐이다. 아빠가 곧 올 거라며 아이를 안심시켰지만 한편으로 다른 걱정이 들었다. 지훈에게 무슨 일이 생긴 것은 아닐까. 안 좋은 일은 연이어 온다던데. 그게 아니면 이 시간에 뭘 하고 있는 거지. 지오가 아프다는 것을 알면 많이 놀랄 텐데.

"난 말이야. 지오가 내 아바타 같아. 요 발가락 있지. 이것 봐. 나랑 똑같지. 거 참 신기하단 말이야."

발가락 중에 검지발가락이 유난히 긴 아빠를 닮아 톡 삐져나온 지오의 검지발가락을 만지며 지훈은 행복해했다.

"지오야. 아주 잠깐 잠들었다가 일어나면 돼. 그럼 하나도 안 아플 거야……."

아기는 기운 없이 고개를 끄덕인다. 아직 말할 줄 아는 단어가 고작 50여 가지뿐인 것이 이럴 때는 다행이다 싶다. 제 고통을 구체적인 단어로 표현하다보면 아픔이 더 크게 느껴질지도 모르니까.

마지막으로 아이의 콧잔등에 입을 맞춘다. 보드랍고 따뜻한 살결에 목이 멘다.

지오를 실은 침대가 안으로 들어가자 두꺼운 수술실 문이 닫힌다. 그제야 덜컥 무서운 생각이 든다. 두려움에 온몸의 신경세포는 경련을 시작했고 팔뚝에 소름이 깔린다. 솜털마저 상대를 경계하는 고양이의 그것처럼 곤추세워진다.

다시 지훈에게 전화를 해야겠다는 생각에 간신히 통화 버튼을 누르지만 이번에는 전원이 꺼져 있다는 메시지가 들린다. 무선망을 통해 전달되어지는 기계음은 차갑고 건조하다. 고작 전원이 꺼졌다는 메시지에 이렇게 절망감을 느끼기는 처음이다.

김지훈. 지오 아빠…….

지금 이 순간, 누군가 옆에 있어준다면 좋겠다. 그리고 제 자식을 이렇게 만든 죄 많은 엄마라도 말할 자격이 있다면 너무 두렵다고 제발 우리 아기 좀 지켜달라고 매달리고 싶다.

엄마에게 전화를 걸려다가 그만두기로 한다. 요즘 혈압이 높아져 약까지 복용하고 계시지 않은가. 지오가 무사히 수술실에서 나온 뒤 알리는 편이 더 나을 것이다. 긴 수술실 복도 끝에 서서 애꿎은 휴대전화만 바라본다.

하얀 페인트를 통 채로 뒤집어 쓴 것처럼 머릿속이 온통 새하얘진다.

"현수야. 현수야!"

아랫배와 허리를 관통하는 끔찍한 통증 속에 어디선가 내 이름을 부르는 소리가 들려온다.

"정신이 좀 드니?"

힘겹게 두 눈을 떠보니 그렁그렁한 눈으로 나를 내려다보는 지훈이 보인다.

"고생 많았어. 현수야. 고마워. 우리 호야 낳아줘서."

호야는 지오의 태명이었다. 그제야 상황 판단이 됐다.

예정일이 훨씬 지났는데도 아기가 나오지 않자 유도 분만을 진행했었지. 촉진제를 두 번이나 맞았지만 자궁문은 좀처럼 열리지 않았고 나는 급기야 탈진 상태에 이르렀다. 고통을 줄여준다는 무통주사를 맞고 싶었지만 혈소판 수치가 낮아 그조차 불가능했다.

10톤짜리 덤프트럭이 배 위를 짓누르는 것처럼 아팠다. 누군가 내 뱃속에 들어앉아 날카로운 칼로 마구 난도질하는 것 같기도 했다. 그에 덧붙여 내진을 한답시고 의사가 솥뚜껑만한 손을 자궁 쪽으로 쑥쑥 들이밀 때는 그 아래턱을 발로 차 부숴버리고 싶은 심정이 들 정도였다. 의사는 점점 힘겨워지는 내 호흡을 체크하더니 옆에서 초조하게 보던 지훈에게 긴급 제안을 했다.

"진행 상태로 보니 초음파로 봤던 것보다 아기 머리둘레가 많이 큰 것 같습니다."

"그럼 어떡하죠. 선생님."

"게다가 산모 분이 아두골반불균형(CPD)인 경우라 서둘러 제왕절개를 하는 편이 낫겠는데요."

"싫어요…… 수술…… 안 해요. 안 한다구요."

나는 겨우 목소리를 내며 저항했다. 간절한 눈빛으로 지훈을 바라봤지만 그 역시 산모와 아기 둘 모두에게 좋지 않다는 의사의 말에 설득되는 중이었다.

"산모님 복식호흡 하세요! 산소 공급이 안 되면 아기가 힘들어요!"

간호사의 외침에 호흡을 해보려 했지만 들숨과 날숨도 구분이 가지 않았다. 복식호흡도 못하는 산모라니. 호야를 만나기도 전부터 나쁜 엄마가 된 것 같아 눈물이 줄줄 흘렀다.

나는 임신 중 주말마다 산부인과에서 열리는 '행복한 자연분만을 위한 임산부 교실'에 다니며 자연분만에 대한 의지를 불태웠다. 전직 간호사 출신인 강사는 임산부들에게 늘 자연분만과 모유수유의 장점에 대해 침 튀기며 말했다. 심지어 제왕절개

로 분만하고 분유를 먹이는 엄마는 엄마로서 자격이 부족하다
는 말까지 했다.

"저는 둘째가 36개월이 될 때까지 모유수유를 했답니다. 여
러분도 저처럼 하실 수 있어요."

맙소사. 세 돌이나 된 아이를 끌어안고 젖을 먹인다구? 상상
만 해도 어딘지 거북했지만 나도 자연분만을 하고 돌까지는 반
드시 모유를 먹이리라 결심했다. 다시 학원에 복귀하더라도 휴
대용 유축기를 사용하면 문제될 게 없을 것 같았다. 그런데 제
왕절개를 하라니, 이건 계획에 없던 일이다. 만약 여기서 포기
하면 좋은 엄마가 되려던 나의 계획이 모두 틀어져버릴지도 모
른다.

아무리 힘들어도 조금만, 조금만 더 참아야 한다. 새끼를 낳
는 암컷의 마지막 안간힘을 끄집어내보려 애썼지만 고통은 상
상 그 이상의 것이었다. 그때 누군가 내 얼굴 위로 마스크를 씌
웠고 그대로 암전이었다.

"우리 아기 괜찮아? 손가락은? 눈은 두 개 맞아?"
마취에서 깨어나 내가 처음 뱉은 말이다.
"현수야. 우리 호야. 얼마나 예쁜지 몰라. 나 감동해서 기절
하기 일보 직전이다."

입체초음파로도 좀처럼 얼굴을 보여주지 않던 호야였다. 우리는 도대체 어떤 녀석이 나올는지 궁금하고 또 기다려졌다.

"콧날은 널 닮은 거 같아."

지훈은 감격에 겨운 목소리로 산모 침대 옆의 신생아 바구니를 가리켰다. 아기를 확인하고 싶었으나 수술 부위가 욱신거려 앉을 수조차 없었다. 그때 담당 간호사가 커다란 진통제 병을 들고 들어왔다.

"이제 마취가 풀려서 아프실 거예요. 진통제 꽂아드릴 테니까 아플 때마다 이 버튼을 누르세요."

간호사는 나를 앉히고 능숙하게 링거 바늘을 꽂은 뒤, 아기를 들어 내 품에 안겼다. 나는 그렇게 얼떨결에 아기를 받아 안았다. 보드라운 생명을 가슴에 품자마자 난생 처음 경험하는 전율에 온몸이 떨려왔다.

이 아기가 내 아이구나. 우리가 기다린 호야구나. 막 세상에 나온 아기는 정말이지 작았다. 속싸개에 둘둘 싸여 얼굴만 빼꼼히 내놓은 모습이 꼭 누에고치 같기도 했다. 아기는 잠이 든 건지 두 눈을 꼭 감고 있었다. 꼭 다물어진 입매가 제법 야무져 보였고 얼굴에 들러붙은 태지마저 귀하고 신기하기만 했다. 엄마의 좁은 질을 통과하는 수고를 하지 않아서일까. 호야의 두상은 찌그러진 곳 하나 없이 동그라니 예쁘다.

그 모습을 보자 임신 기간 내내 지독한 입덧에 시달린 시간들이 다 꿈같이 느껴졌다.

나는 임신 5주째부터 35주까지, 매일 아침 눈뜸과 동시에 양변기를 붙잡고 속을 게워내야 했다. 멈출 줄 모르는 구역질은 노란 위액을 확인하고 나서야 끝이 났다. 지독한 숙취 같기도 하고 뱃멀미 같기도 한 입덧으로 변기를 향해 계속 고개를 숙이느라 머리 쪽으로 피가 몰려 어지러웠다. 예민할 대로 예민해진 감각기관 탓에 음식점 간판만 봐도 속이 뒤집혔고 옆에 잠든 남편의 날숨에도 참기 힘든 역겨움을 느꼈다. 단지 호흡만 하고 있을 뿐인데도 사람의 코에서 이렇게 고약한 냄새가 뿜어져 나온다는 사실이 놀라울 지경이었다.

그러나 이제 모두 끝이다. 뱃속 내장기관들이 출렁출렁 요동을 치며 제멋대로 수축과 이완을 반복하던 끔찍한 기억들은 이제 안녕. 그것들은 태반과 함께 다시는 볼 수 없는 먼 곳으로 던져질 것이다.

아기가 반짝 눈을 떴다.

처음 호야와 두 눈동자와 마주친 그 순간을 나는 평생 잊을 수 없을 것이다. 초점 없는 눈동자는 제 엄마를 확인하려는 듯 까맣게 빛나고 있었다. 감당할 수 없을 만큼 커다란 파도가 나를 향해 밀려왔다. 그것이 준 충격은 기쁨도 슬픔도 아닌 전혀 짐작도 못한 낯선 감정이었다.

쏴아— 쏴—

거대한 푸른 파도는 단번에 모래사장을 휩쓸고 지나갔다. 파
도는 내가 엄마가 되기 전까지 모래 위에 써놓은 수많은 이야기
와 문장들, 그리고 다양한 모양과 소리를 가진 조개껍질과 소
라, 말라비틀어진 불가사리까지 모조리 집어삼켜버렸다. 그리
고 한참 뒤 아무 일도 없었다는 듯 다시 깨끗한 모래사장이 드
러났다.

거짓말처럼 내 몸에 뜨거운 피가 돌기 시작했다. 칼로 찢기고
바늘로 꿰맨 자궁과 뱃가죽이 스르르 아물어지는 소리가 들렸
다. 심박수는 빨라지고, 아기를 안은 팔에 불끈 힘이 들어갔다.
젖가슴이 점점 더워진다. 입고 있던 환자복 가슴팍에 촉촉한 물
기가 젖어든다. 나는 본능적으로 얼른 환자복 상의 단추를 풀고
가슴을 내보였다.

뚝뚝.

노랗고 뿌연 젖이 젖꼭지를 타고 흘러내린다.

초유다. 막 세상에 나온 제 새끼를 위한 생명수.

나는 아기의 조그마한 입술을 내 가슴 쪽으로 대본다. 아기는
두 눈을 감은 채 입술을 오물대더니 냄새만으로 엄마의 젖꼭지
를 찾아 문다.

응애 응애.

하지만 젖꼭지는 입에서 자꾸만 이탈해버린다. 그러나 포기하지 않는다. 아기 역시 수억 분의 일이라는 경쟁을 뚫고 세상에 나온 우주이기에 결코 만만치 않다. 힘겹고 질긴 시도 끝에 드디어 제 입 가득 젖꼭지를 문다.

드디어 성공이다.

꿀떡꿀떡 목을 축이는 그 모습이 어찌나 아름다운지 아무 말도 할 수 없었다. 그저 한 여자이던 윤현수에게 어미로서의 삶이 시작되는 위대한 순간이었다.

저기 복도 끝에서 수술실 앞 보호자 대기실로 뛰어 들어오는 한 남자가 보인다.

"괜찮아요? 아이는요?"

환자 명 김지오. 1번 수술실. 수술 중

트레이닝복 차림의 수호는 대기실 모니터를 확인한 뒤 오렌지 주스 하나를 뽑아 와 내게 건넨다.

"놀라셨죠. 죄송해요. 늦은 시간에……."

염치없는 인사에 그는 괜찮다며 나를 안심시켰다.

"마침 잠이 안 와서 아파트 단지 산책 중이었어요."

강남성모병원은 수호의 아파트와 가까웠다.

그는 나를 앉혀둔 채 침착하게 상황을 돌봤다. 간호사에게 수술이 언제쯤 끝날지 어떻게 진행되고 있는지 물었고 회복 기간은 얼마나 걸리는지 입원실은 몇 층에 있는지 몇 인실을 쓰게 되는지 퇴원 후 주의해야 할 사항이라든지 하는 것들을 알아봐주었다.

왜 하필 그의 이름을 떠올렸을까.

아이가 아파 응급 수술에 들어갔다. 지훈은 연락이 닿질 않았고, 나는 무서웠다. 혹시 지훈에게도 무슨 일이 생긴 것은 아닐까 걱정스러웠다. 혼자 숙소에 있다가 급성 맹장염이라도 걸린 것은 아닐까? 아니면 퇴근길에 교통사고라도 당한 건 아닐까? 제발 더 이상은 아무 일도 생기지 않게 해주세요…… 나는 그저 막연히 기도하던 중이었다. 그때 그의 얼굴이 떠올랐다. 당장 달려와줄 거라 기대한 것은 아니다. 그저 불안한 마음을 잠시 기댈 수 있는 누군가가 필요했다.

"지금 막 수술 끝내고 회복실로 갔대요. 수술은 잘 됐다고 하니까 안심하세요. 회복실에서 나오면 곧장 입원실로 갈 건데…… 상황을 봐야겠지만 사흘 정도 입원을……."

조곤조곤 설명하던 수호의 시선이 내 다리께로 멈춘다. 그가 내 앞에 무릎을 꿇고 앉는다. 그제야 나도 내 무릎을 바라보았다. 비스킷 크기만 한 상처에 검붉은 핏덩이가 엉겨 꾸덕꾸덕 말라 있다. 아까 집으로 달려오면서 넘어져 생긴 상처인 모양이다.

"그냥 두면 덧나요. 금방이면 되니까 잠시만요."

수호는 어디선가 연고와 밴드를 가져와 내 상처에 약을 발라 주었다. 호~ 입김까지 불며 연고를 바르는 모습은 마치 뜨거운 커피를 마시듯 조심스럽다. 그 모습을 보고 있자니 조금 전까지 불안하고 겁나던 마음이 조금은 진정된다.

"있죠. 민이 아버님."

수호가 나를 가만히 올려다본다.

"우리 지오 말이에요. 갓 태어났을 때 얼마나 작고 예뻤는지 몰라요."

"……."

"처음 집으로 데려와서는 한동안 잠을 잘 수가 없었어요. 어찌나 작은지…… 제대로 숨은 쉬고 있는 걸까 걱정되서 밤새도록 몇 번이나 아기의 코앞에 손가락을 가져다 대야 했죠."

"……."

"저는요, 그때는 몰랐어요. 열 달 동안 내가 지오를 품은 게 아니라 지오가 나를 품고 있었다는 걸 말이에요. 그날 태어난 건 지오만이 아니라 엄마 윤현수였다는 걸요."

주책맞은 눈물이 자꾸만 흘러 그를 바로 볼 수가 없다.

지금 나는 왜 이사람 앞에서 이런 이야기를 하며 울고 있는 것일까.

수호는 그저 아무 말도 없이 내 무릎 위에 호호 입김만 불어 대고 있었다.

지오 맘의 TO DO LIST

1. 아무것도…… 생각하고 싶지 않다!

Y
O
O
N
S'
L
I
S
T

몸서리쳐지는 긴 어둠이 지나 아침을 연 것은 휴대전화 진동음이었다. 발신자가 지훈이라는 것을 확인하자 왠지 모르게 어색한 기분이 들었다.

"어젯밤 전화했었네? 무슨 일이야?"

마치 지난밤 일들과는 아무 상관없는 듯 그의 목소리는 평온했다.

"지오가 많이 아팠어. 장중첩으로 응급수술을, 했어."

"뭐! 그걸 왜 이제야 말해! 그래서! 우리 지오는 괜찮은 거야!"

"당신이 전활 안 받았잖아. 어제는 왜 연락이 안 된 거야?"

나의 추궁에 지훈이 머뭇거린다.

"아침에 보니까 배터리가 나갔더라구. 혼자 티비 보다가 잠들었는데 몰랐지. 지금 올라갈게. 어느 병원이야?"

"강남성모병원."

"그럼 고속버스 타야겠네. 알았어. 끊어!"

지훈과 전화를 끊자마자 엄마의 전화가 걸려왔다. 간밤의 꿈자리가 뒤숭숭해 집에 전화를 거셨는데 이모님이 흥분해서 간밤의 사건을 요약 정리해줬다는 것이다.

"현수야. 내가 그 말을 듣는데 그만 다리 힘이 쭉 풀려버리지 않겠니."

"괜찮아요. 엄마. 수술 잘 돼서 이제 회복하면 된대요."

엄마는 지오 먹일 전복죽을 쑤어 오시겠다며 서둘러 전화를 끊으셨다.

그사이 메시지가 하나 도착해 있었다. 수호였다.

'지오는 좀 어때요? 곧 회복될 테니까 큰 걱정은 마세요.'

그의 마음 씀씀이 진심으로 고맙게 전해진다. 천천히 손가락을 눌러 답장을 보낸다.

'힘들었는지 곤히 자네요. 어제는 감사합니다. 큰 도움이 되었어요.'

어제 그는 지오가 입원실로 옮겨 잠 들 때까지 곁에 있어주었고 내가 잠든 사이 조용히 돌아간 모양이었다.

잠든 지오의 배를 조심스레 들춰본다. 붕대로 덮인 수술 부위에 소독약을 바른 흔적과 성성한 바느질 자국이 보인다. 얼마나 아프고 무서웠을까. 아이의 고통을 대신해줄 수만 있다면 세상에 못할 일이 없을 것처럼 느껴진다.

점심 무렵, 지훈이 도착했다.

"압빠! 지오 배. 아야. 아야."

지오는 아빠에게 제 상황을 설명하기 바쁘다. 지난밤의 고통이 머릿속에 크게 각인된 모양이다.

"압빠. 타요. 타요."

지훈은 아무 말 없이 지오를 제 가슴에 끌어안는다. 많이 걱정했는지 수척한 얼굴이다.

"지오. 아빠가 타요 노래 불러줄까?"

아이는 힘껏 고개를 끄덕인다. 〈꼬마버스 타요〉는 지오가 가장 좋아하는 유아용 애니메이션이다.

타요 타요 개구쟁이 꼬마버스

붕붕붕 씽씽씽 달리는 게 너무 좋아

타요 타요 개구쟁이 꼬마버스

붕붕붕 씽씽씽 함께 가자 재밌는 여행

꼬불꼬불 울퉁불퉁 험한 길도 두렵지 않아

어두컴컴 끝이 없는 길 터널도 친구와 함께라면 언제나 즐거워

타요 타요 개구쟁이 꼬마버스

띠띠띠 빵빵빵 내 곁에는 좋은 친구들

하하 호호 오늘도~ 신나는 하루~~~~

성인 남자의 굵은 저음으로 부르는 애니메이션 주제가라니.

아빠와 아들은 신이 나서 두어 번 더 반복해 부른다. 그리고 파란 버스가 보이는 곳으로 가자는 지오의 요청으로 휠체어를 태워 복도로 나간다. 복도에서 제법 명랑해진 아이의 웃음소리가 들려오자 내 기분도 한결 나아진다.

지금 지훈은 누가 뭐래도 좋은 아빠지만 처음부터 부성애가 넘치는 편은 아니었다.

지오를 낳고 채 한 달도 안 됐을 무렵의 일이다. 종일 아기를 보느라 기진맥진해진 나는 밤 9시가 넘어서야 겨우 그날의 첫 끼니를 먹으려는 중이었다. 물에 만 밥에 신 김치를 얹어 한 수저 뜨려는 순간 거실에 뉘어놨던 지오가 깨서 울음을 터트렸다. 반사적으로 들고 있던 수저를 내려놓고 분유를 탔다. 그러나 식혀놓은 물이 다 떨어져 분유는 뜨거웠고 급해진 나는 조금이라도

빨리 먹이기 위해 흐르는 수돗물에 젖병을 식혔다. 젖병 바닥에 채 녹지 않은 분유가루가 보였다. 그것을 녹이기 위해 젖병을 세게 흔들자 젖꼭지 틈으로 분유가 새어 나와 벽이며 식탁 등 사방에 분유가 튀었다. 서둘러 행주를 가져와 그것들을 닦았다. 그러다가 설상가상으로 식탁 위에 놓인 김치 통이 떨어졌고 부엌 바닥은 김칫국물로 흥건해졌다. 시큼한 김치 냄새가 금세 진동했다. 그 위로 지오의 배고픈 울음소리는 점점 더 크게 울려왔다.

그 순간 밑도 끝도 없는 화가 치밀어 올랐다. 왜 이토록 힘겨운 상황이 연속적으로 벌어지고 있는지 도무지 납득되지 않았다.

"그만해! 그만! 제발 그만 울어!!"

나는 우는 아기를 향해 고함을 지르고는 그 자리에 주저앉았다. 그리고 어린애처럼 소리 내 엉엉 울기 시작했다. 배고프고 놀란 아기의 울음소리에 내 울음까지 더해져 집 안은 그야말로 아비규환의 현장이었다.

나는 그 당시 지오를 낳고 두 시간이상 연속으로 자본 적도 없고 제대로 먹지도 못한 상태였다. 사람이 체력이 떨어지면 인내심 또한 바닥을 치는 법이라는 것을 그때 처음 깨달았다. 잠든 아기 옆에서 토막잠을 자면서 잠에서 깨면 지오가 10년쯤 훌쩍 자라 있었으면 좋겠다고 생각한 적이 한두 번이 아니었다.

"애가 뭘 안다고 그래! 넌 엄마라는 사람이…… 그러고 싶냐!"

그때 소파에 누워 리모컨을 만지작거리던 지훈은 나를 비난했다. 정작 그는 아기가 아무리 울어도 안아주지 않았다. 자기가 안으면 더 크게 운다는 게 이유였다. 내 고단함을 몰라주는 지훈에게 섭섭했고 내 자신이 별것도 아닌 일에 아등바등하는 것 같아 말할 수 없이 비참했다. 그날의 감정은 그 뒤에도 내 가슴에 생각보다 오래 남았다.

그랬던 지훈도 아이가 자라면서 조금씩 달라졌다. 지오가 눈을 맞추며 웃어주고 아빠라고 불러줌과 동시에 진짜 아빠의 모습으로 바뀌어가는 듯 보였다.

그래. 죽을 만큼 힘들었던 그날들은 이제 다 지나갔다. 그거면 됐다. 스스로 안도감에 가슴을 쓸어내릴 즈음, 어디선가 지훈의 카카오 톡 알림음이 울렸다.

고난이도의 퍼즐을 앞에 둔 사람처럼 난감하다.

평소와 달리 지훈의 휴대전화에는 잠금 패턴이 걸려 있다. 그리고 내 손가락은 의지와 상관없이 그 패턴을 풀기 위해 움직이고 있는 중이다. 10분 정도 지났을까. 수십 번의 시도 끝에 포기하려는 찰라 마치 거짓말처럼 패턴이 풀렸다.

이은.

남편에게 메시지를 보낸 사람의 이름은 이은이었다. 한 번도 들어본 적 없는 낯선 이름이다.

'선배. 아이는 좀 어때요? 지금 병원? 언제 내려올지 연락
줘요.'

선배라는 호칭으로 보아 그저 후배가 보낸 메시지일 뿐일 텐
데 내 머릿속은 복잡하게 뒤엉켰다. 내용으로 봐서 둘은 불과
몇 시간 전까지도 연락을 주고받은 사이인 것 같다. 아이가 아
파 병원에 있다는 사실을 알고 있고 서울로 올라가는 길이라는
정보를 공유한 그녀는(혹은 그는) 대체 누구일까?

나는 자꾸만 불안해지는 내 예감이 보기 좋게 빗겨가기를 바
라고 또 바랐다.

지오와 반나절을 보낸 지훈은 다시 전주로 내려갔다.

나는 아무것도 묻지 않았다.

그리고 지오를 간호하기 위해 처음으로 학원에 휴가를 냈고
입원실에 앉아 학부모들에게 일일이 전화를 걸어 양해를 구하
고 보충수업 시간을 잡았다. 대놓고 싫은 내색을 하는 일부 학
부모에게는 보이지 않지만 머리까지 조아리며 죄송하다는 말
을 전해야 했다.

그러나 내 진심은 까다롭게 구는 그들에게 소리치고 싶었다.
어머님도 부모니까 아시겠죠. 내 아이가 아픈데 일이 무슨 소용

133

인가요. 돈은 벌어서 뭐하죠. 잘난 커리어나 평판 따위는 개한
테나 던져주라고 하세요! 물론 단 한마디도 입 밖으로 꺼낼 수
없는 말들이었다. 나는 고작 '실패한 워킹맘'이란 타이틀을 막
손에 거머쥔 여자일 뿐이니까 말이다.

다행히도 지오는 빠르게 안정을 찾았다. 어린이집에 가고 싶
다며 친한 친구 이름도 대고, 스마트폰으로 다운 받은 애니메이
션을 틀어달라고 요구하기도 했다.

이틀 뒤 나는 지오를 보러 오신 엄마에게 아이를 부탁하고 병
원 문을 나섰다. 그길로 곧장 강남고속버스터미널로 갔다. 전주
로 향하는 우등고속버스는 내 마음과는 반대로 더디게만 달렸다.

전주에 와본 것은 이번이 세 번째다.

첫 번째는 대학 2학년 때 방언 조사를 왔을 때다. 우리 과에
서는 매년 봄 각 지방의 방언 조사에 나서는 행사가 있었다. 마
을 이장님이 부추김치에 막걸리를 내어주며 "아따. 솔 김치가
겁나 맛나게 익어부렀으야" 하시던 모습, 이가 몽땅 빠진 할머
니가 "애기야, 얼른 단숨에 거시기 혀부러라" 하며 타주시던 달
디단 다방커피 맛을 잊을 수 없다.

"다음에는 지오 데리고 한번 내려와. 우리 셋이 마이산에 가
보자."

"마이산?"

"응. 정상에 오르면 등선이 말의 귀처럼 보인대."

작년 겨울 두 번째로 전주를 방문했을 때 지훈이 말했다. 그에게 "시간 없는 거 당신은 알면서 그래"라고 시큰둥하게 대꾸했던 기억이 났다.

오늘은 토요일이었지만 지훈은 밀린 업무 때문에 저녁 늦게 올라올 수 있다고 했다. 함께 저녁을 지어 먹고 서울로 올라갈 생각에 전주터미널에 내려 서울행 티켓도 미리 끊어두었다.

터미널 앞에서 바로 택시를 잡아타고 덕진동으로 향했다. 지훈의 오피스텔은 전북대학교 근처에 위치해 있다. 회사는 오피스텔에서 바로 횡단보도 하나만 건너면 되는 거리였다. 택시를 타고 가는 동안 머릿속으로 저녁 메뉴를 짰다. 오랜만에 따뜻한 식사 한 끼를 차려줄 참이다. 애호박과 두부를 넣어 고추장찌개도 끓이고 노릇노릇 갈치도 구워야겠다. 물오징어를 데쳐 어슷하게 썬 오이와 매콤새콤하게 무쳐 내면 좋아하겠지.

번호 키를 누르고 오피스텔로 들어선다. 내부는 방금 청소를 한 것처럼 깨끗했다. 살림살이가 많지는 않지만 깔끔한 주인을 둔 덕에 열 평 남짓한 내부는 단정하다. 들어오는 길에 근처 마트에서 사온 재료로 서둘러 요리를 시작한다.

한 시간쯤 흘렀을까. 한쪽에 접어둔 2인용 소반을 펴고 준비한 반찬을 옮겨 놓는다. 이제 3분만 있으면 전기밥솥의 밥도 완성이다.

길 건너로 지훈의 회사가 보인다. 내가 와 있는 것을 알면 깜짝 놀라겠지. 사무실에서 오피스텔까지는 몇 분이면 충분한 거리다. 전화를 걸어볼까 생각하는데 창밖으로 그의 모습이 보인다. 그는 막 회사 정문을 빠져나와 주위를 두리번거리고 있다.

텔레파시라도 통한 걸까. 연애 시절부터 우리는 종종 그런 경험이 있다. 떨어져 있어도 교감한다는 쌍둥이처럼 내가 그에게 전화를 걸고 있을 때 그도 내게 전화를 걸고 있다거나 서로에게 보낸 문자가 동시에 도착한다거나 같은 단어를 내뱉는다거나 하는 그런 사소한 기적들. 오랜만에 그와의 기억이 떠오르며 가슴이 두근거린다. 전화를 거는 대신 소리쳐 불러보기로 한다. 설레는 맘으로 오피스텔의 창문 핸들을 밀어내는 순간, 나의 눈앞에 무언가, 아니 누군가 나타났다.

여자는 진한 머스터드 컬러의 민소매 원피스를 입고 있었다.

스물다섯, 아니 여섯쯤 되었을까.

원피스를 입은 여자는 반대쪽 횡단보도를 건너 지훈을 향해 달려오는 중이었다.

여자는 그저 달리고 있을 뿐인데도 아름다웠다. 그녀에게서 뿜어지는 그 특유의 분위기는 이미 내게서 사라진 지 오래된 것이라는 것을 직감할 수 있었다.

여자는 경쾌하게 지훈의 팔짱을 낀다.

제 남자의 팔을 점유하듯 가느다랗고 하얀 팔을 두르자 지훈은 잠시 당황한 듯 주변을 살폈다. 그리고 곧 얼굴 가득 환한 미소를 보였다. 집에서는 늘 피곤에 찌든 얼굴이거나 뚱하거나 무표정이었던 30대 중반 남자의 얼굴은 금세 팽팽하고 생명력 넘치는 얼굴로 바뀌고 있었다.

나는 또렷이 보았다. 그녀를 향한 지훈의 그 미소를. 애정 가득한 눈동자를. 김지훈이란 남자가 저런 표정을 지을 줄 아는 사람이었나 싶었지만 곧 깨달았다. 예전의 지훈은 늘 저렇게 웃는 사람이었다. 어쩌면 나는 맨 처음 그의 저 미소에 마음을 빼앗겼었는지도 모른다.

혹시 저 여자가 이은인 것일까.

팔짱을 낀 두 사람은 오피스텔 입구 쪽으로 걸어오는 중이었다.

이를 어쩌지. 얼른 이 공간에서 빠져나가야 한다는 생각에 마음이 급해졌다.

지훈이 오면 바로 내놓으려던 된장 뚝배기 뚜껑이 가스레인지 위에서 툭툭 요란한 소리를 내며 들썩인다. 그 방정맞은 재촉에 마음은 더 조급해진다. 황급히 가스 불을 끄고 가방을 챙겨든다. 얼마나 경황이 없던지 나는 벽에 걸린 거울을 통해 보이는 내 모습이 얼마나 우스꽝스러운지도 인식할 수 없었다.

서둘러 스니커즈를 구겨 신는다. 그들이 오기 전에 얼른 이곳에서 빠져나가야만 한다.

떨리는 손으로 현관문을 여는 순간 나는 두 눈을 질끈 감아버렸다.

방금 전 내게 목격된 것은 복도에서 비밀스럽고 뜨거운 키스를 나누는 연인이었다.

아. 내 입에서 짧은 비명이라도 흘러나온 걸까. 나의 존재를 발견한 지훈은 전설의 고향에 나오는 저승사자를 실제로 마주한 얼굴이었다.

숨도 못 쉴 만큼 어색한 분위기를 먼저 깨뜨린 것은 지훈이다.

"……왔어? 근데…… 어디 가?"

그저 빨리 이곳을 뜨고픈 마음뿐이었다. 가까운 거리 탓에 그녀 얼굴이 그 흔한 모공 하나 없이 매끈하단 사실에 화가 난다. 내 앞을 막고 있는 그녀 쪽으로 한 걸음 움직이자 여자는 저를 해코지하려는 줄 알았는지 얼른 지훈의 등 뒤로 숨는다. 그러자 지훈은 한 술 더 떠 죄 없는 어린 양을 보호하는 성자의 임무라도 띤 듯 그녀를 한 팔로 감쌌다.

방어적인 그 모습에 그만 피식 웃음이 났다.

"당신…… 누구니?"

정말 그랬다. 나는 내 앞에 있는 이 남자가 누군지 궁금해 미칠 지경이었다. 분명 서울에서 버스를 타고 이곳까지 온 이유는 내 남편을 만나기 위해서였는데, 지금 그는 어디에 있을까.

더 망설일 것도 없이 복도를 향해 성큼성큼 걷기 시작한다. 다급해지는 걸음만큼 심장도 요란하게 뛴다. 어쩔 수 없이 밀려드는 비참함에 두 손으로 얼굴을 감싸 안았다. 손에서는 미처 지우지 못한 양파 매운 내가 올라왔다.

지오는 입원실에서 두 번째 생일을 맞이하고 퇴원했다.

수술 직후라 그런지 아이는 자주 자다 깨서 칭얼거렸고 입도 짧아졌다. 나는 지오 입맛에 맞추기 위해 더 다양한 반찬 레시피를 찾아 인터넷을 헤맸다.

여름방학을 앞두고 학원은 더 바빠졌다. 원장은 나를 불러 특강 반 하나를 더 개설하자고 했다. 지오가 아프고 난 후라 무리하게 일을 하고 싶지 않았지만 어쩔 수 없이 수락했다. 애초부터 원장은 의견을 물은 것이 아니라 일방적인 통보를 한 것이라는 것을 잘 알고 있기 때문이다.

이모님 문제는 기존 월급에서 15만 원 더 올려주는 쪽으로 합의했다. 나의 제안에 이모님은 썩 내키지 않는다는 표정으로 이렇게 말했다.

"그간 정도 있고 애 엄마가 너무나 안쓰러워 내 돕는 셈 치겠습다."

큰 선심이라도 쓰는 듯한 태도가 몹시 거슬렸지만 꾹 참을 수밖에 없다. 어째서 나이가 들수록 시간이 흐를수록 참아야만 하는 일들만 늘어나는 걸까. 내 멋대로 하고 싶은 일을 하고, 원하는 대로 말하며 사는 일은 영영 불가능한 걸까.

결혼하고 아이를 낳는다고 해서 모든 게 안정될 거라는 바보 같은 생각을 한 적은 없다. 다만 최소한 어지러웠던 20대보다는 30대라는 나이가 주는 느긋함에 기대 살 수 있을 줄 알았다. 하지만 결혼과 출산은 내가 가진 문제를 해결해 주기는커녕 점점 더 목을 죄어왔다.

강사의 사정 따위는 묻지 않고 강의 수를 늘리겠다는 원장 말에 반기를 들고, 아이를 볼모로 임금 협상을 하는 육아도우미에게 미련 없이 빠이빠이 손 흔들면서 사는 일은 아이젠도 없이 히말라야 등정에 성공하는 일보다 더 불가능하게만 느껴진다.

턱밑까지 숨이 차오른다. 만약 지금 누군가 날 향해 입김만 한번 혹 불어도 그대로 고꾸라져버릴 지경이란 말이다.

부부관계도 마찬가지다. 육아에 일까지 하느라 화장실 갈 시간조차 없어도, 교무실 구석에서 컵라면과 삼각김밥으로 끼니를 때우는 날들의 연속이어도 눈치 보는 쪽은 언제나 내 쪽이다. 집 안 청소 상태가 맘에 안 들고, 냉장고가 비어 있고, 깨끗하게 다림질 된 셔츠가 없으면 모든 화살은 오롯이 나에게 돌아온다. 나는 여자고 아내고 엄마이니까. 빌어먹을. 정말이지 이제는 그 불공평한 역할 놀이에 넌더리가 난다.

당분간 떨어져 지내자는 나의 제안에 지훈은 더듬거리는 목소리로 변명했다.

"이은은 그냥 후배야. 신입 중에 우리 학교 출신은 걔 하나뿐이어서 챙겨준 것뿐이라구. 네가 본 건 오해라니까!"

한번 뻔뻔해지기로 마음먹은 사람을 상대하는 데는 생각보다 많은 인내심이 필요했다.

"그러지 말고 이성적으로 생각해. 지오 생각은 안 할 거야?"

"나…… 그날 당신 눈빛을 봤어."

"뭐! 대체 보긴 뭘 봐."

"나한테 보여준 지 너무 오래된 그 눈빛. 그걸 봐버렸단 말이야."

어쩌면 지훈의 말대로 모든 것은 나의 착각일지도 모른다. 그게 아니라면 지훈은 내 예상보다 훨씬 지독한 머저리에 아메바 지능의 소유자이거나. 만약 외도를 하는 남자라면 아내가 인터넷으로 신용카드 내역쯤은 조회할 수 있다는 예상조차 하지 못

할 리 없을 테니까.

 전주에 다녀오고 며칠 지난 새벽, 나는 칭얼대는 지오를 달래 겨우 재우고는 인터넷 육아맘 카페에 들어갔다. 그곳에서 집으로 날아온 카드 명세서로 예기치 않게 남편의 외도를 잡아냈다는 내용의 게시물을 읽었다.

 나는 당장 지훈의 신용카드를 확인해보기로 마음먹었다. 명세서는 매달 지훈의 이메일로 전송되고 있었지만 다행히 B 카드사 홈페이지에 접속해서 로그인하는 것은 생각보다 어렵지 않았다. 아이디는 지훈의 이니셜과 생일의 조합이었고, 비밀번호는 바로 우리의 결혼기념일이었다. 지난번 휴대전화 패턴을 풀 때와는 대조적으로 일이 쉽게 풀리자 갑자기 학원을 관두고 전문 흥신소나 차려볼까 하는 엉뚱한 생각마저 들었다.

 이번 달 결제금액 77만 4500원 중 대부분은 외식 비용이었다.

 결제 금액은 평소와 비슷한 수준이었지만 지난 두어 달 간 프랜차이즈 이탈리아 레스토랑의 결제 내역이 이틀에 한번 꼴로 찍혀 있는 점이 의아했다. 결제액은 3만2000원, 3만9000원, 4만 5000원 정도의 수준이었다. 곧장 레스토랑 홈페이지에 들어가 메뉴와 가격표를 확인해보았다. 단품 메뉴 1인분 가격이 1만 4000원에서 2만 원 정도. 그렇다면 평균 3만 원대로 결제된 금액은 2인분의 파스타를 주문했거나 1인분의 파스타와 피자 하나를 주문했을 때 나오는 액수일 거란 결론에 다다랐다.

그러자 또 다른 의문이 생겼다. 지훈은 파스타나 피자 같은 음식을 즐기기는커녕 심지어 싫어한다. 때문에 그가 하루건너 이탈리아 레스토랑에 갔다는 사실은 언뜻 이해되기 어려웠다. 어쩌다 내가 파스타라도 먹으러 가자고하면 "나 밀가루 먹으면 뱃속 부글거리는 거 몰라? 난 됐으니까 너나 혼자 먹어!" 하던 지훈이 아닌가.

드디어 비밀이 풀리는 순간이다.

이은. 그녀는 밀가루로 만든 이탈리아 음식을 좋아하는 여자다.

지훈이 왜 위장병에 걸렸는지 알게 되어 다행이었다.

전주에 다녀오고 두 주가 지난 일요일 오후, 지훈이 짐을 챙겨가기 위해 집에 들렀다.

그와 함께하는 분위기는 무겁고 어둡기만 했다. 그간 주말부부로 지내왔지만 관계에 균열이 생기고 난 후 별거를 결정한 것은 엄연히 다른 문제였다. 까칠한 얼굴의 지훈은 지오가 낮잠 자는 방 쪽을 한번 보고는 아무 말 없이 트렁크를 든 채 집을 나갔다. 그것이 끝. 그와 나 사이에 다정한 작별 인사를 나눌 여유는 남아있지 않았다.

그가 떠나자 난데없는 허기가 밀려왔다.

나는 열무김치를 꺼내 밥과 함께 쓱쓱 섞어대기 시작했다. 아삭아삭 열무 씹히는 소리를 들으니 왠지 마음이 편안해졌다. 연신 아래턱을 놀려 밥알을 짓이겼다. 아직 뻘겋게 비빈 밥이 남은 그릇 속으로 물방울이 하나 뚝 떨어진다. 눈물 나게 맛있다는 말이 바로 이럴 때 쓰는 말일까.

가슴이 덜컥 내려앉는다. 괜찮을 줄 알았는데 나는 전혀 괜찮지 않은 모양이다. 대체 언제쯤 이 심장은 단단해질까. 미련한 셀룰라이트 대신 강인한 근육을 가진 심장을 만들려면 얼마큼의 눈물을 더 흘려야 하는 걸까.

귓가로 어젯밤 내게 메일을 보내신 엄마의 뜨거운 목소리가 들려왔다.

사랑하는 내 딸아.

믿기 어렵겠지만 사람의 마음이 변하는 건,

상상 못 할 만큼 큰 사건이나 문제가 있어서가 아니란다.

그저…… 변하는 거지.

계절이 바뀌고, 날씨가 바뀌고, 밤낮이 바뀌는 것처럼

오래된 벽지가 들뜨고 찢어지듯

오래된 신이 닳아져 더 이상 신을 수 없게 되듯 자연스러운 일이다.

단지 지쳐버렸을 뿐이다.

우리에게는 다른 이의 마음을 마음대로 뒤집을 힘이 없어.

그저 시간을 가지고 자신을 찬찬히 돌봐주는 일밖에는 도리가 없단다.

김 서방과의 일을 전하는 네 전화를 끊고

나는 어릴 적 놀이터에서 다치고 들어와서는

엄마— 하고 울면서 품으로 뛰어들던 네 모습이 떠올랐다.

그때 생채기가 난 이마에 연고를 발라주듯

지금 너의 마음을 치료할 수 있다면 얼마나 좋을까.

아니 애초에 내 딸에게 그따위 일이 생기지 않았다면 얼마나 좋을까.

현수야,

나는 오늘 너에게 솔직한 고백 하나를 하려 한다.

부끄럽지만 실은 나도 가끔 엄마가 그립다.

네게도 아낌없는 사랑을 주셨던 그 외할머니가 말이야.

유난히 지치고 피로한 날엔

나도 엄마의 편안한 무릎을 베고 괜한 투정이라도 부려보고 싶다.

하지만 이젠 그럴 수 없다는 걸 깨닫고 나면 몹시 슬퍼진단다.

그러면서도 가슴 한켠을 쓸어내리는 건

내가 아직 네 옆에 있어줄 수 있다는 사실 때문이다.

너 역시 살다보면 그런 순간들이 생길 거야.

아무 걱정 없이 엄마 품에 왈칵 안기고픈 그런 날 말이다.

언제든 힘들고 외로우면 엄마 품으로 달려오렴.

어쩌면 엄마란 존재는 그 한순간을 위해 존재하는 것인지도 모르겠다.

나는 언제든지 가슴을 열고 널 기다릴 것이다.

그 무엇과도 바꿀 수 없는 소중한 나의 딸 윤현수.

부디 마음을 단단히 하길 바란다.

사랑하는 엄마가.

외할머니는 내가 중학교 3학년이 되던 봄에 돌아가셨다.

할머니가 돌아가셨다는 소식에 외가에 내려갔을 때 장례식장 근처는 온통 벚꽃 천지였다. 그때 나는 막연히 더 이상 할머니의 겉절이를 먹을 수 없다는 사실이 슬펐던 것 같다. 여름방학마다 할머니 댁에 가면 우릴 먹이려고 담가놓으신 겉절이에 흰 밥을 두 그릇씩 비워내곤 했으니까. 길쭉하게 찢어 먹는 그 겉절이에선 꿀을 넣은 것처럼 단맛이 났다.

그런 할머니의 존재를 똑똑히 기억하고 있음에도 나는 이제야 알아버렸다.

엄마도 누군가의 딸이었다는 것을. 정민숙이라는 이름을 가진 한 여자는 처음부터 나의 엄마이기만 한 것이 아니라 이경자라는 이름을 가진 한 여자의 하나뿐인 딸이었다는 것을.

할머니를 그리워하는 엄마에 대한 연민이 밀려온다. 그리고 나 자신에 대한 환멸에 몸서리쳐진다.

휴대전화를 들고 익숙한 단축번호를 누른다. 신호음이 두어 번 울리자마자 지금 세상에서 가장 듣고 싶은 그 목소리가 들린다.

"엄마……."

무슨 말을 어떻게 꺼내야 할까.

엄마는 언제나처럼 내 이름을 부르고는 아무 말도 않고 기다려 주신다. 엄마 마음을 이토록 아프게 한 못난 딸은 어떻게 용서를 구해야 하지. 더듬더듬 두서없는 말을 쏟아내는 동안 나는 지금 당장이라도 달려가 그 품에 안기고 싶은 생각뿐이었다.

주방 식탁에 엎드린 채 잠이 들었다가 서늘함에 눈을 떴다.

물을 마시려고 냉장고를 열었더니 한약 상자가 보인다. 수호가 보내준 지 몇 달이 지났지만 여전히 냉장고 차지다. 예전에 그가 했던 말을 떠올린다.

"현수 씨 메모장엔 왜 온통 해야만 하는 일들뿐이죠? 하고 싶은 건 없어요?"

내 스마트폰 메모장에 잔뜩 적힌 TO DO LIST를 보고 그가 그랬지.

나는 한약을 마지막 한 방울까지 깨끗이 비우고 나서 메모장을 클릭한다. 그리고 학원 일과 지오를 챙기는 내용뿐이던 메모장에 새로운 폴더를 만들어 본다.

폴더 이름은 바로 'YOON'S LIST'.

한참을 멍하게 여백만 들여다보는데 다시 수호의 목소리가 들리는 듯했다.

"뭘 고민합니까. 그냥 직관을 따라요."

평소 막연히 하고 싶은 것이 많은 줄 알았다. 그러나 빈 칸을 채워나가는 일이란 쉽지가 않다. 대통령이 되겠다는 것도 아니고 전신 성형으로 고소영보다 예뻐지겠단 것도 아니고 당장 억만장자가 되겠단 것도 아닌데 뭐가 그리 어렵기만 한 걸까.

찬찬히 리스트를 써내려가다가 가슴속에 담아둔 마지막 내용을 입력한다.

저장 버튼을 누른 뒤 휴대전화를 식탁 위로 집어던지고 무릎 사이에 얼굴을 파묻는다.

누구에게도 이 바보 같은 모습을 들키고 싶지 않다.

YOON'S LIST

1. 지오랑 둘이 종일 뒹굴거리고 낮잠 자기.

148

2. 바리스타 자격증 따기.

3. 싱글 때처럼 친구들하고 밤새워 놀기.

4. 엄마랑 단 둘이 여행가기.

.

.

. .

5. 지훈과 헤어지기.

언젠가, 라는 거짓말

8월의 마지막 주 토요일. 지긋지긋한 장마가 다시 시작되기라도 할 듯 새벽부터 비가 내렸다.

오늘은 려의 딸 유빈이의 돌잔치 날이다.

여름방학 내내 살인적인 특강 스케줄을 소화하느라 나의 피로도는 이미 임계점에 닿아 있다.

피로의 무게만큼 입금되는 급여의 크기도 늘었다. 여덟 자리 숫자로 찍힌 급여 내역을 확인하는 날이면 산삼이라도 통째로 삼킨 듯 불끈 힘이 솟았지만 숫자가 주는 기쁨은 딱 그때뿐. 내게 필요한 것은 휴식이었다.

돌잔치가 있는 양재동 L홀은 엄마들 사이에서 이름난 곳답게 사람들로 북적인다. 오늘의 주인공 려와 유빈은 둥근 퍼프소매가 귀여운 핑크 드레스를 맞춰 입었다.

"있잖니. 유빈이 할머니 할아버지도 오셨어."

려가 내 귀에 대고 소곤소곤 전한다. 제일 안쪽 테이블에 앉아 계시는 노부부는 몇 년 전 려의 결혼식에서 뵈었을 때보다 훨씬 나이 드신 모습이다. 아들의 자리가 빈 손녀 돌잔치를 지켜보는 심정이란 당사자가 아니면 감히 짐작조차 할 수 없을 것이다. 려역시도 어려운 걸음을 하신 어른들께 감사하는 눈치이다.

지오 손을 꼭 잡고 려가 정성스레 준비한 것들을 둘러본다. 유빈이 태어났을 때부터 지금까지의 사진을 넣은 성장 달력이며 깜찍한 대두 실물, 그리고 종일과 함께 찍은 만삭 사진까지 어느 것 하나 그녀의 손길을 거치지 않은 것이 없다. 손끝 야무진 려는 퇴근하고 한 달 넘게 밤을 새워가며 이것들을 준비했다고 했다. 그 정성 어린 소품들을 보니 바쁘단 핑계로 간단한 외식만으로 끝낸 지오의 돌이 생각나 아이에게 미안해진다.

그때 홀 입구로 들어오는 혜린이 보인다. 오버사이즈 선글라스에 스팽글이 잔뜩 달린 미니 원피스 차림의 그녀는 단번에 시선을 끌었다.

"오마이갓! 어쩜 려 너는 예나 지금이나 여전하구나."

혜린이 려를 향해 호들갑스런 인사를 건네자 그녀의 달라진 모습에 꽤 당황한 표정이다.

"이 꼬맹이가 유빈이구나. 엄마를 꼭 닮았네."

이틀 전 혜린은 돌잔치 올 수 있냐는 내 전화에 처음은 귀찮은 내색이더니 종일의 안부를 물었다.

"돌잔치 가면 오랜만에 종일이 얼굴은 볼 수 있겠네?"

그녀가 대학 시절 종일을 좋아했다는 사실을 아는 사람은 많지 않았다. 하지만 내 눈에는 보였다.

종일이가 있는 스터디 모임, 종일이가 회장으로 있던 과내 동아리방, 그리고 종일이가 낀 술자리 옆에는 늘 혜린이 있었다는 것을. 그리고 그의 옆모습을 흘끔흘끔 훔쳐보곤 했다는 것을.

내 입에서 사고 소식을 전해들은 그녀는 한동안 아무 말도 없었다. 그저 소리 죽이고 있던 그녀는 애써 담담한 목소리로 돌잔치에서 보자고 말한 뒤 전화를 끊었다.

지오에게 먹일 볶음밥을 가지러 뷔페 음식 쪽으로 갔다.

바로 옆 다른 홀에서는 이미 돌잡이가 진행 중이었다.

예쁜 돌 복을 입고 아빠 품에 안긴 사내아이는 장난감 활을 덥석 집는다. 사회자는 아이가 장차 세계적인 운동선수가 될 거라며 치켜세웠고 부모는 만족스러운 미소를 띤다. 그리고 홀을 가득 메운 하객들은 아기의 미래를 축복하며 잔을 들어 건배를 외치는, 전형적인 돌잔치의 모습이었다.

그 모습에 나는 괜히 어릴 적 도덕 교과서에나 나오던 오순도순 단란한 가족의 그림을 볼 때처럼 손발이 오글거렸다. 그때 나는 어렸지만 세상에 그림처럼 완벽한 집은 없다고 믿을 만큼 자라 있었던 걸까. 공장 일이 최우선이던 아빠는 늘 바빴고 우체국 9급 공무원이던 엄마는 우리 남매를 챙기느라 전쟁 같은 시간을 버텨내야 했다. 네 가족이 모여 식사하는 일이 한 달에 한두 번 될까 말까한 현실에서 다정한 비둘기 둥지를 꾸릴 수 없는 것은 어쩜 당연한 일이었다.

"지오는?"

지훈의 목소리가 들려 고개를 돌린다.

당신이 웬일이야? 라고 물으려다 우리의 별거 사실을 모르는 려가 당연히 친구인 그를 초대했을 거라는데 생각이 미친다. 근한 달 만에 보는 그는 조금 야위었다. 새 여름 옷을 샀는지 입고 있는 면바지와 폴로셔츠는 못 보던 것이었다.

한때 결혼이란 서로의 옷장을 속속들이 들여다보는 것이라 생각했던 적이 있다.

그때의 나는 상대에게 어떤 옷이 있는지 다 알게 되면 그만큼 서로에 대한 신비감도 줄어든다 생각한 모양이다. 결혼 후 우리는 자연스레 옷장을 공유하게 됐고 서로의 구멍 난 팬티가 몇 벌인지까지 훤히 꿰뚫게 되었다. 더 이상 새로울 것도 감출 것도 없었다. 어찌 보면 옷장을 공유하기 시작한 그 시점부터 더 이상 상대의 마음을 얻기 위해 골머리 썩지 않아도 된다는 사실에 암묵적인 동의를 한 것일지도 몰랐다.

지훈은 곧장 지오가 있는 테이블로 가 아이를 안는다. 그러다 옆의 낯선 여자가 반갑게 아는 체를 하자 당황해 하는 표정이 역력하다. 혜린은 저를 알아보지 못하는 그가 재미있다는 듯 깔깔깔 박수까지 쳐대며 웃는다.

잠시 후 사회자의 안내에 따라 하객들이 모두 자리에 앉았다.

돌잔치의 하이라이트인 아기의 성장 동영상을 감상할 차례다. 조명이 꺼지고 어둑해지자 동영상이 플레이됐다.

"예쁜 공주 유빈이의 첫 번째 생일을 축하합니다"라는 제목이 뜬다. 하객들은 유빈이의 지난 일 년이 고스란히 담겨 있는 영상에 시선을 고정한다. 종일이 찍었을 진통 중인 려의 모습부터 시작해 갓 세상에 나온 유빈이 보인다. 그리고 엄마 품에 안겨 젖을 먹고 있는 모습, 응아가 잔뜩 묻은 기저귀를 들고 난감해하는 종일이의 모습도 담겨 있다. 아슬아슬 뒤집기에 성공하고 의자를 붙잡고 우뚝 선 모습에 사람들은 감탄하며 박수를 쳤다. 첫 이유식을 먹느라 오물거리는 유빈이의 입술은 세상 그 어떤 꽃보다 아름다웠다. 꽃을 바라보는 사람들의 표정은 마냥 평화로웠다.

그다음 화면은 종일의 장례식장으로 옮겨갔다. 종일의 영정 앞에서 넋을 놓고 있는 려가 보인다. 그 옆에는 누워 손발을 흔들고 있는 유빈이 있다. 무슨 생각인지 유빈은 천천히 아빠의 영정 사진 쪽으로 고개를 돌리더니 한참이나 사진을 들여다본다. 마치 젊고 아름다운 아빠의 모습을 오래도록 기억하려는 듯한 몸짓이다. 아기를 내려보는 사진 속 종일의 눈가에 맺힌 눈물을 본 것은 나뿐이었을까.

유빈이의 동그란 얼굴 위로 종일이 생전에 부르던 자장가 소리가 겹쳐졌다.

"우리 유빈이 잘도 잔다. 잘도 잔다. 유빈아. 아빠가 우리 딸 위해서라면 하늘의 별도 달도 다 따줄 거야. 아빠가 약속할게. 언젠가 우리 셋이 우주여행 가자."

"당신. 그런 허무맹랑한 공약이 어딨어? 난 당장 제주도라도 가봤으면 좋겠네."

캠코더를 들고 있던 려의 뽀로통한 목소리에 종일이 허허 웃는다.

"알았어. 알았다구. 우리 유빈이 돌쯤 해서 내가 제주도 여행 쏜다!"

155

"정말? 당신 약속한 거야. 유빈아 너도 들었지."

그 소리에 아빠 품에서 잠든 유빈이 눈을 반짝 뜬다. 그러다가 다시 스르륵 평온한 잠에 빠진다.

동영상은 거기서 끝이 났다.

제주도에 가자는 약속은 끝내 지켜지지 못했다. 아내와 딸에게 세상에서 가장 듬직한 가장이 되고팠던 종일의 약속은 영원한 거짓말로 남아버렸다.

다시 홀에 조명이 켜지자 두 눈이 벌겋게 충혈된 하객들은 시선 둘 곳을 찾느라 애써야만 했다.

"저 오늘을 위해서 눈물 참는 연습 많이 했는데…… 허벅지 꼬집으면 괜찮을 줄 알았는데 어렵네요."

려는 실제로 허벅지를 꼬집는 시늉까지 하며 마이크를 잡았다.

"유빈이의 첫 생일을 축하하기 위해 와주신 여러분 감사합니다. 우리 유빈이 바르게 잘 키우겠습니다. 오늘은 어쩔 수 없이 유빈이 아빠 생각이 많이 나는 날이에요. 이럴 줄 알았으면…… 좋아하는 친구들 좀 더 만나라고 할 걸 그랬나 봐요. 힘들게 일만 하지 말고, 그렇게 좋아하던 시만 쓰라고 할 걸. 다른 사람 책만 만들어주다가 가게 한 게 후회가 되요. 여보 미안해. 내가 우리 유빈이 잘 키울게. 당신이 맘 안 아프도록 씩씩하게 잘 살게."

그녀의 고백에 덩달아 두 눈이 뻘게진다. 저를 꼭 닮은 유빈을 품에 안고 씩씩하게 돌잔치를 치루는 려가 눈물겹도록 아름답다.

돌잡이가 시작되자 사람들의 눈물은 환호로 바뀌었다. 유빈이는 연필을 잡기 원하는 엄마의 바람을 가볍게 무시하고 골프공을 집었다. 려는 당황했지만 곧 소감을 묻는 사회자의 마이크에 대고 이렇게 말했다.

"유빈아. 엄마가 힘닿는 데까지 밀어줄게. 우리 LPGA 가자!"

모든 게 제법 돌잔치다운 분위기를 찾아가고 있었다. 그때 왼쪽에 앉아 있던 혜린이 내 옆구리를 콕 찌르더니 귓가에 대고 속삭인다.

"나 말이야. 나도 아이를 갖고 싶어. 엄마가 되고 싶어."

아이에게 인생을 바치지 않는다던 혜린이 아니었나. 그런 혜린이 엄마가 되고 싶다고?

"늦지 않았어. 지금부터 노력해봐. 혜린아."

"오우. 그건 불가능해. 나 이혼하거든."

그녀는 당황해하는 나를 바라보며 오히려 대수롭지 않게 말했다.

"마이 허즈번이 이번엔 내 뇌가 싫대. 어쩔 수 없잖니. 이 머릿속은 눈이나 코처럼 수술도 안 되는데. 아이 돈 케어."

그녀는 담담했지만 나는 알 것 같다. 아내의 눈, 코, 입, 가슴과 종아리, 엉덩이까지 싹 다 뜯어고치게 한 남편은 결국 그녀의 뇌가 맘에 들지 않는다며 불평을 늘어놓은 것이다. 말할 수 없이 고단했을 그녀의 결혼 생활 눈앞에 보이는 듯했다. 그리고 정말로 뇌를 뜯어고치는 신경외과 전문의는 없을까 고민하며 밤새 인터넷을 뒤졌을 혜린의 쓸쓸한 뒷모습까지도 말이다.

그녀의 이혼 소식에 어딘지 쓸쓸해진다. 실은 나 역시도 지훈과 별거 중이라고 고백하지 못하는 용기 없는 내 모습 때문인지도 몰랐다.

우리는 지금 어디로 흘러가고 있을까. 그리고 그 방향을 결정하는 이는 누구일까.

문학이 좋아 국문과에 들어간 우리 중 누구도 작가가 되지 못했고, 자유를 꿈꿨지만 여전히 모든 것에 속박되어 있으며 '그후로 오랫동안 사랑하는 사람과 행복하게 살았습니다' 같은 흔한 결말조차 얻지 못한 우리에게 남은 것은 어설픈 자기 위안뿐이다.

핸드백 속에서 드르륵. 휴대전화 진동음이 울린다.

'저녁에 도서관으로 올래요?'

수호로부터 온 문자다. 바리스타 2급 필기 시험이 코앞에 닥친 상황이었다. 반사적으로 지훈 쪽을 보니 그 역시 휴대전화에 정신이 팔려 내 시선을 의식하지 못한다.

얼마 전 수호는 내게 남편과의 관계에 대해 물은 적이 있다.

"지금 내 예감이 맞죠? 사랑, 아니잖아요."

그의 질문에 아무 답도 하지 못했다. 사랑이요? 그게 뭐죠? 커피에 타먹는 건가요? 난 잠 잘 시간도 부족한 일하는 엄마라구요. 그런 내가 심지어 사랑까지 해야 되나요? 라고 되묻고 싶었지만 혹여나 정신 나간 여자로 보일까 봐 관두었다. 아니 좀 더 솔직해지자면 타인의 눈에 사랑받지 못하는 여자로 비춰지고 있다는 사실이 말할 수 없이 창피했다.

세상에서 감출 수 없는 것 중의 하나가 사랑이라더니 사랑이 아닌 것도 감출 수 없는 모양이었다.

그 순간 사회자가 이벤트 당첨 번호를 호명한다.

"오늘 행운의 번호는 36번입니다. 36번 번호표 가진 분 어디 계신가요?"

바로 옆에서 손을 번쩍 들고 흥분한 여자의 목소리가 들린다. 행운의 주인공은 혜린이다. 그녀는 앞으로 나가 려가 건네는 선물상자를 받아들고 유빈이에게 근사한 덕담까지 건넨다.

모든 것이 제법 돌잔치다운 모습을 갖추어가고 있었다.

테이블 위에 놓인 내 접시 위 음식들은 이미 차갑게 식어버린 후다.

"언젠가 이탈리아에 가볼래요?"

도서관 앞 벤치에 나와 바람을 쐬는데 수호가 불쑥 꺼낸 말이다.

"지금 이탈리아라고 했어요?"

"그래요. 에스프레소와 커피의 나라. 가서 좋은 커피 실컷 맛보고 오는 거예요. 뭐든 아는 만큼 보인다는 말 있잖아요."

실례인줄 알면서도 그만 큭 웃음이 나온다. 가끔 철없는 아이 같은 말을 꺼내는 그가 재미있다.

"왜요. 내 말이 뭐 우스워요?"

"아뇨. 아니요."

그는 작정을 했는지 자리에서 일어서는 나를 붙잡고는 재차 물었다.

"왜 웃는 건데요? 말해줘요."

"너무…… 허무맹랑하잖아요."

"허무맹랑이라구요? 내가요?"

분명 수호는 기분이 상한 것처럼 보인다. 그럼 이 남자, 진심으로 한 말이었단 말인가.

H백화점 문화센터에서 바리스타 과정을 수강하면서 그와 나는 꽤 친해졌다. 그동안 함께 도서관을 두 번 찾았고, 여섯 번 커피를 마셨으며 세 번 저녁을 먹었다. 저녁을 먹은 횟수만큼 그는 제 차로 나를 집까지 바래다줬다. 차와 밥을 먹으며 나눈

이야기들은 많았지만 그 부피는 숫자로 헤아릴 수 없었다. 그런 그가 방금 전에 아무렇지도 않게 언젠가 커피를 마시러 이탈리아에 가자고 한다. 그가 내게 한 말은 꿈냥꿈을 먹으러 태국에 가고 탄두리 치킨을 먹으러 인도에 가는 것과는 분명 다르다.

그는 알고 있을까.

한 남자가 한 여자에게 '언젠가 무엇을 함께 하자'는 문장이 주는 의미가 얼마나 희망적인지. 수치를 가늠할 수 없는 그 모호한 경계 속에서 여자는 얼마나 많은 꿈을 꾸는지 말이다. 오늘 이 순간만큼은 그냥 두 눈 질끈 감고 언젠가, 라는 부사어가 주는 거짓 같은 포근함에 빠지고 싶다.

언젠가 나는 눈앞의 이 남자와 정말 이탈리아에 갈 수 있을까…….

무엇도 분명치 않은 목마른 여름이 흐르고 있다.

"삶이 어쩜 이리도 무료할 수 있는 거니!"

혜린의 전화를 받은 것은 오전 7시였다. 안타깝게도 아침 7시는 수업 자료 만드느라 새벽 3시가 넘어 잠든 내게 친구의 투정을 받아줄 만큼 여유로운 때가 아니다.

그녀의 난데없는 전화는 오늘뿐이 아니다. 혜린은 때와 시간을 가리지 않고 전화를 걸어 심심하다, 무료하다, 허무하다는 같은 말을 꺼냈다. 이럴 땐 정말이지 친구의 추상적인 고민에 만사 제칠 수 있었던 스무 살이 그립다.

비몽사몽 그녀와 전화를 끊는데 머릿속에 어젯밤 엄마의 말씀이 스쳤다.

"현수 넌 아무래도 힘들겠지. 함께하면 참 좋을 텐데……."

엄마는 봉사 다니시는 천사원에 일손이 부족해 큰일이라며 걱정하셨다. 지오를 낳고나서부터는 아이들만 보면 유독 눈에 밟혔다. 특히나 버려진 아기들이나 아픈 아기들을 볼 때면 머리가 인식하기도 전에 눈물부터 줄줄 흘러내렸다. 그러나 현실적으로 영아원에 갈 시간을 빼기란 불가능하다는 결론에 이르렀을 때는 막막하기만 했는데.

궁즉통(窮則通). 역시 죽으란 법은 없는 모양이다.

그 어린 천사들을 보듬어줄 적임자가 지금 내 앞에 떡하니 나타났으니 말이다.

예상대로 처음 천사원 이야기를 꺼냈을 때 혜린의 반응은 시큰둥했다.

"봉사? 어우~ 얘 나 그런 거 할 줄 몰라."

그런 그녀를 설득하는 데는 그리 오래 걸리지 않았다.

'노블리스 오블리제' '상류층의 사회적 책임' '워렌 버핏' 같은 단어는 그녀의 마음을 흔드는 데 직효였다.

"하긴 니 말이 맞다. 나같이 의식 있는 사람들이 움직여야 세상이 바뀌지. 대신 나 마사지랑 스파 가는 날은 절대로 안 되는 거 알지?"

경기도 시흥에 있는 천사원은 신생아부터 만 3세까지의 아기들이 보살핌을 받는 곳이다. 미혼모에게서 태어나 버려진 아기들이 대부분이었지만 영아원 앞에 또는 아파트 단지 분리수거함에 버려진 아기도 있었다.

혜린이 천사원에 처음 방문한 날, 나는 그녀를 보낸 것이 섣부른 판단이었을지 모른다는 불안을 떨칠 수 없었다. 전해들은 바에 의하면 그녀는 아무것도 못하고 한쪽 구석에 쪼그려 앉아 울기만 했다고 한다. 그토록 많은 아기들이 부모로부터 버려졌다는 사실이 믿기지 않았던 것이다. 다른 봉사자들은 반나절 동안 아무것도 못하고 울다 간 혜린이 다시 오지 않을 거라 장담했다. 그동안의 경험으로 비추어봤을 때 그런 이들은 절대 아기를 돌볼 수 없었으니까. 아기에게 필요한 것은 씻겨주고 먹여주고 보듬어 안아줄 손길이었다. 그저 동정심에 질질 눈물만 흘리는 나약한 아줌마 따위는 필요치 않았다.

"혜린아. 아기들을 있는 그대로 받아들여야 한다. 그저 불쌍하기만 한 게 아니라 다른 아이들처럼 똑같이 도움이 필요한 사랑스러운 존재로 봐주면 돼."

엄마는 훌쩍이며 돌아서는 혜린에게 그렇게 말씀하셨다고 한다.

모두의 예상대로 그녀는 한동안 영아원에 나타나지 않았다. 하지만 놀랍게도 3주가 지난 어느 날, 그녀는 누구보다 씩씩한 얼굴로 다시 그곳을 찾았다. 첫날 입었던 시폰 블라우스와 미니스커트 대신 아기 피부에 닿아도 자극적이지 않을 면 티셔츠에 면바지 차림이었다. 진한 향수나 화장품도 바르지 않았고 길게 기른 손톱도 분홍 속살이 보일 만큼 짧고 깨끗하게 다듬어진 상태였다.

그녀에게 처음 맡겨진 일은 아기들을 씻기는 일이었다. 그것은 혜린이 가장 두려워하던 일 중 하나였다. 목도 못 가누는 아기를 씻기기란 생각보다 어려운 일이다. 미숙한 손놀림 때문에 아기의 코에 물이 들어가자 제가 몹쓸 짓을 한 것만 같아 한없이 괴로웠다. 그날 혜린은 집으로 돌아가는 길에 신생아 크기의 인형을 하나 샀다. 그리고 인형을 안고 밤새도록 씻기는 연습을 하고 또 했다고 한다. 아기에게 무리가 가지 않도록 부드럽고 재빠르게 머리를 감기고 몸을 씻겼다.

어느 날은 스무 명의 아기를 씻기고 이불 빨래를 했다. 또 어떤 하루는 아픈 아기들을 데리고 직접 운전을 해서 소아과에 다녀오기도 했다.

매주 수요일과 일요일 오전 11시부터 오후 6시까지 아기들과 함께 하는 시간은 그녀의 겉모습만 바꿔놓은 것이 아니었다. 그녀는 더 이상 무료하다는 단어를 사용하지 않았다.

저 스스로도 주체 못한 공허한 시간을 채워준 것은 아기의 맑은 웃음과 달콤한 살내음이었다.

지오 맘의 TO DO LIST

1. 이모님 월급 챙기기. (이번 달 선물(을 가장한 뇌물)은 뭘로 한담?)

2. 지오 샴푸 사기. (떨어진 지 일주일째다.)

3. 화장실 청소. (머리카락 뭉치가 하수구가 완전히 막아버렸다.)

4. 고장 난 아기세탁기 AS 요청하기.

5. 다음 주 모의고사 대비 기출문제 페이퍼 만들기.

6. 원장에게 수업을 줄일 수 있는지 상의하기.

7. 그러나 수업을 줄이는 게 과연 가능이나 할까…… 를 먼저 고민하기.

8. 아! 그리고 YOON'S LIST 기억하기.

커플
탬퍼

밤 10시 30분. 대치동에서 날 실은 택시는 곧장 반포로 향했다.

늦은 시간임에도 도로에 넘치는 차들을 보니 가슴이 답답해진다. 택시가 자이 아파트 단지로 들어서자 눌러둔 피로감이 몰려든다. 당장 차를 돌려 집으로 가서 뜨거운 욕조에 몸을 담그고 싶은 생각이 간절했다.

보여줄 것이 있으니 퇴근 후 집으로 와줄 수 있느냐는 수호의 전화가 걸려온 것은 퇴근 무렵이었다.

그의 집을 방문하는 것은 이번이 처음이다. 그 긴장 때문인 걸까. 아니다. 원인은 따로 있다. 원장은 마지막 타임을 마치고 나오는 나를 호출하더니 폭탄선언을 했다.

"조만간 초등생 전문 학원을 오픈 할 예정이야. 그래서 말인데 윤 선생이 날 대신해서 '하이클래스 에듀'의 부원장을 맡아줘야겠어. 가능하겠지?"

초등 전문 학원을 새로 연다고? 원장은 이미 벌인 일만으로도 어마어마하게 바쁜 사람이다. 그런데 대체 언제 새 학원 오픈 준비까지 한 걸까. 역시 괜히 대치동 독사라 불리는 게 아닌가 보다.

내 속마음을 눈치채기라도 한 듯 원장은 이렇게 덧붙였다.

"윤 선생도 알지? 교육에 대한 내 확고한 철학 말이야. 교육 시장의 노예로 전락해버린 소중한 우리 아이들. 얼마나 안쓰러워! 난 이 한 몸 바쳐서라도 아이들을 위해 발 벗고 나서기로 결심한 거야! 그게 내 교육자로서의 인생의 마지막 소명이라 생각하는 바이고……."

암요. 그럼요. 그렇고 말구요. 역시 독사다운 멘트다.

민사고나 특목고, 자사고에 입학하려면 초등학교 3학년부터 입시 전쟁에 뛰어들어야 하는 실정을 귀신같이 간파하고 있는 그로서는 알짜배기 황금어장을 놓치고 싶지 않았을 것이다. 이미 중고등부로는 탄탄한 입지를 세운 상황에서 초등부 오픈은 그야말로 날로 먹을 수 있는 시장일 수 있다.

이제 갓 쉰이 된 그는 대치동에서 잔뼈가 굵은 전직 수학 강사 출신이다. 날카로운 직관과 판단을 바탕으로 족집게 강의로 유명세 타던 시절에는 그의 강의를 듣기 위해 제주도에서 날아오는 경우도 있었다고 한다. 그 시절부터 꽤 큰돈을 만졌지만 돈에 대한 그의 욕망은 가히 놀라울 지경이다. 그가 지금까지 독신을 고수하는 이유도 '강사 똥은 개도 안 먹는다'고 할 만큼 힘들 게 번 돈을 생판 남인 여자와 나눠 써야 하는 게 아까워서라니 할 말 다했다.

"윤 선생도 이제 이 바닥에서 제대로 승부 볼 때 아닌가. 설마 일개 강사로만 끝낼 생각은 아니겠지?"

그의 말도 틀리진 않다. 지금이야 경력이나 스킬 면에서 최고점을 찍고 있지만 몇 년 뒤면 나도 마흔이다. 학원 강사로서 마흔이란 다음 인생을 준비해야 하는 나이이다.

'하이클래스 에듀 부원장 출신'이란 명함은 나중에 독립을 하는 데도 큰 도움이 될 것이다. 그러나 부원장 자리는 수업은 물론 강사들 관리와 학원 행정 전반에 관한 모든 일을 책임져야 한다. 나는 더 바빠질 것이고 그것은 곧 내 아이와 보내는 시간이 더 줄어든다는 의미다. 엄마인 나로서는 결코 쉬운 결정이 아니다.

양쪽 관자놀이가 지끈거린다. 팔다리 근육까지 으슬으슬하

168

는 꼴이 곧 몸살이 들이닥치려나 보다. 엘리베이터는 빠른 속도로 17층에 도착했고 벨을 누르자 수호가 나왔다.

이런. 집에서조차 반듯하게 다려진 화이트 셔츠를 입고 있는 남자라니.

수호의 안내로 복도를 따라 들어가니 탁 트인 거실에 은은한 한약재 냄새가 풍긴다.

거실 통유리로 내다보이는 풍경은 전형적인 도시의 밤이다.

이렇게 높다란 곳에 올라 야경을 보는 것이 얼마만인가. 반짝이는 불빛에 잠시 마음을 빼앗긴 순간 나도 모르게 온몸이 휘청거리는 현기증을 느낀다. 그것은 일종의 기시감처럼 빠른 속도로 내 머릿속을 뒤죽박죽 흔들어놓는다. 그리고 나는 세상에서 가장 높은 번지점프대 위에 아무 보호 장비도 없이 발끝으로만 몸을 지탱하고 있는 고소공포증 환자처럼 두려워진다.

"약재를 방향제 대신 쓰고 있는데 거슬리진 않죠?"

내 기색을 눈치채지 못한 수호가 다가오자 얼른 후들거리는 다리를 추스른다.

그는 날 주방 쪽으로 데리고 가더니 다소 긴장한 얼굴로 블랙 상판의 아일랜드 조리대 위를 가리킨다. 손가락을 따라 시선을 옮기자 그 위에는 세련된 메탈 장식의 커피 머신이 자리 잡고 있었다.

"어? 이거!"

예전에 본 적 있는 물건이다. 문화센터 수업을 마친 어느 날 전기 포트를 사야한다는 그를 따라 백화점 8층을 둘러보다 함께 보았던 머신. 이탈리아 직수입품으로 국내에는 딱 스무 점만 들어왔다던 머신은 전자동인 요즘 제품들과 달리 모든 게 수동으로 이뤄지는 게 특징이었다.

"이미 써보신 고객들의 만족이 대단하세요. 이 머신은 커피 장인이 추출한 에스프레소를 산마르코 광장 노천카페에서 즐기는 맛 그대로 재현해드린답니다."

야무지게 설명하는 매니저 얼굴에 자부심이 가득했다. 그녀의 설명 때문이었을까. 이 머신이 만드는 에스프레소 맛이 궁금해 가슴이 두근댔지만 그 호기심 때문에 500만 원이 넘는 금액을 지불할 수는 없는 노릇이었다. 그런데 지금 그 머신이 나의 눈앞에 나타난 것이다.

"윤 선생님한테 잘 어울릴 것 같아서요. 필기 시험 합격 축하 선물입니다."

수호는 잘 모르는 모양이지만 내 머리는 그다지 나쁜 편은 아니다. 종종 산후 치매 현상에 시달리고는 있지만 학창시절 우등상도 몇 번 탄 적 있는 내가 필기 시험에 붙었다고 요란 떨 만한 일은 아니라는 말이다.

이런 고가의 물건을 받을 수는 없다며 거절하자 그는 난처한 얼굴로 아일랜드 조리대 서랍에서 무언가를 꺼내들었다. 원두 가루를 누를 때 쓰는 탬퍼였다. 손잡이에 입혀진 블루와 레드 컬러만 다를 뿐 똑같이 생긴 두 개의 탬퍼를 양손에 쥔 그가 말했다.

"어쩌죠. 나도 똑같이 합격했으니까 내 선물은 이걸로 정했는데. 윤 선생님한테 탬퍼 비용 청구하려고 했거든요. 이 녀석 구하느라 얼마나 애를 먹었는지⋯⋯."

그는 장난감 가게에서 엄마의 동정을 구하며 애교 부리는 사내아이 같은 눈동자를 보여준다.

그가 쥐고 있는 탬퍼는 유니크한 디자인을 뽐내고 있었다. 저 잘빠진 라인 좀 보라지. 이렇게 섹시한 녀석은 어디서 찾아낸 걸까.

"너무 예뻐요⋯⋯."

"그렇죠? 이걸로 탬핑하면 진짜 끝내주는 커피가 나올 것 같지 않아요?"

수호는 때를 놓치지 않으려는 듯 나의 손에 레드 컬러의 탬퍼를 쥐어주었다.

"들어는 보셨나요? 이게 바로 커플 탬퍼랍니다! 하하하."

맙소사. 직접 쥐어보니 그립감이 더할 나위 없이 훌륭하다. 그의 말대로 이 탬퍼만 있으면 세상에서 제일 멋진 커피를 뽑아

낼 수 있을 것 같은 근거 없는 자신감마저 쑥쑥 솟았다.

"그럼 탬퍼 두개 금액이랑 제 계좌번호 문자로 보냅니다. 생각보다 비싸도 놀라지 마세요."

그리고는 머신 앞으로 잡아끌더니 얼른 시연해보라며 재촉한다.

나는 무언가 홀린 사람처럼 커피를 뽑기 위한 준비를 시작한다. 원두를 갈고, 탬핑을 하는 손끝이 왠지 모르게 미세하게 떨린다. 가장 좋은 탬핑은 누를 때 15킬로그램의 힘이 들어간다던 강사의 말이 떠오른다. 15킬로그램의 압력이 어느 정도인지는 모르겠지만 분명 지금 옆에 앉아 나를 보는 수호의 눈빛보다는 가벼울 것이라는 확신이 든다.

또르르륵. 고소하면서도 시큼한 향이 금세 주방을 채운다.

이미 그 향기만으로 뇌가 각성되는 것 같은 착각이 든다.

"저기, 민이가요. 요즘 좀 이상해요. 내 딸, 아닌 거 같아요."

낮게 깔리는 목소리에 스팀 밀크를 만드느라 분주하던 손길이 멈춰진다.

"무슨 일이 있는 거예요?"

아이는 여전히 수호가 사다놓은 생리대를 쓰지 않는다고 했다. 그렇다고 별다른 문제가 있는 것은 아니었다. 여전히 민이는 흠잡을 데 없는 아이였다.

"왜 날 거부하려는 걸까요?"

요 근래 민이 어딘가 멍하니 응시하는 횟수가 늘 때마다 그는 자신이 채울 수 없는 빈자리를 남기고 간 아내가 원망스럽다고 했다.

수호가 손바닥으로 제 마른 얼굴을 비빈다. 기다란 손가락 사이사이로 어찌할 바를 모르는 안타까움이 새어나온다. 그의 곁으로 가 그의 머리를 내 가슴으로 끌어당긴다. 온순한 아이처럼 내 품에 머리를 묻던 그가 다정하지만 어느 때 보다 확신에 찬 말투로 말했다.

"나는요, 마음을 정했어요."

아닌 척 모르는 척 순진한 얼굴을 하고 되묻고 싶진 않았다. 그의 말이 무슨 뜻인지 정확히 알고 있으니까. 지금 우리는 명백한 공범이니까.

그는 두 팔을 벌려 내 허리를 안는다. 그의 팔은 더없이 따스했지만 몸 깊은 곳에서부터 스멀스멀 올라오는 냉기가 점점 나의 몸을 집어 삼킨다.

수호는 일어서서 정면으로 나의 얼굴을 응시한다. 떨리는 눈동자가 정직하게 다가온다. 그는 막 알을 깨고 나온 병아리를 안는 손짓으로 나의 얼굴을 감싸더니 천천히 목덜미로 입술을 가져온다. 나는 내 목덜미에 화상을 입을지도 모른다고 생각했다.

홧홧하게 타오르는 열기가 목 줄기를 타고 온몸으로 전해진다.

그만 정신이 까무룩해진다. 그는 내게 제 마지막 숨까지 모두 불어 넣으려고 작정한 사람 같았다.

그와 나. 이래도 되는 걸까.

이제 나는 어떻게 되는 거지.

그와 나는 입 맞추게 되는 걸까? 저녁 먹고 양치질도 아직 못했는데? 이 남자는 민이의 아버지인데?

그리고 나는…… 나는 남편이 있는 여자인데.

마치 모든 것이 내게 처음 일어나는 일인 것처럼 생소하고 설레고 놀랍기만 하다. 아이까지 낳은 여자의 가슴속에도 이런 심장이 살아 숨 쉰다는 사실을 알아주는 이가 얼마나 될까. 로맨틱 영화에 나올 법한 애틋한 고백이나 냉정한 줄다리기 없이도 서로의 마음이 온전히 포개지는 이 순간. 나는 이 감정을 무어라 정의 내려야 할 지 혼란스럽다.

바로 그때 뒤편으로 가늘게 떨리는 음성이 들려온다.

"선생님이…… 왜……."

두 사람이 동시에 소리 나는 쪽을 바라봤을 때 민이는 온풍기 앞의 아이스 카빙처럼 대책 없이 줄줄 녹아내리고 있었다.

민아. 수호는 아이 이름을 불렀고 동시에 나는 다리가 풀려 바닥으로 그대로 쓰러져버렸다.

귓가로 달려 나가는 아이의 발자국 소리와 함께 현관문이 무겁게 닫히는 소리가 들렸다.

낯선 침대 위에서 눈을 뜬다.

이곳은 어디일까. 기분 좋은 스킨 향이다. 순간적으로 수호에게서 나던 향이라는 것을 자각한다.

머리는 일어나라 신호를 보내지만 그의 향이 밴 포근한 감촉을 더 느끼고픈 가슴을 움직이는 데는 역부족이었다.

"그동안 내가 보낸 약은 안 먹은 겁니까! 지금 당신 몸 상태가 어떤 줄 알아요!"

그는 내가 깨어나면 화부터 내기로 작정한 사람처럼 소리쳤다.

당신이 무슨 권리로 나한테 화내는 거죠? 아이 키우고 일하는 여자가 제 몸 챙기자고 약까지 챙겨먹는 게 쉬운 일인 줄 알아요? 당신이 내 사정을 알기나 하냐구요! 소리치고 싶지만 그저 눈물이 나오려는 것을 꾹 참을 뿐이다.

이제는 혼자라고 생각했는데. 누군가에게 걱정되는 존재라는 것이 이토록 마음 놓이는 일이었던가. 그는 나를 염려하고 있다. 나 때문에 속상해서 화를 내고 있다. 찰나였지만 그가 쳐놓은 울타리 안에서 보호받는 듯한 안도감이 든다.

끝내 흐르는 눈물이 볼을 타고 귓바퀴 속으로 흐른다. 손등으

175

로 눈가를 훔치며 일어나려는데 뜨거운 입술이 내 위에 포개졌다. 그와 나의 입술은 지금껏 이 순간만을 기다려온 듯 순식간에 부풀어 올랐다.

첫 입맞춤.

물론 내 생애 처음은 아니지만 우리 둘에 있어 이것은 분명 처음이다.

그동안 이 남자의 입술은 어떤 감촉일까 수없이 상상했다. 그와 입 맞추는 나의 모습을 떠올리고는 혼자 얼굴이 빨개진 적도 있다. 하지만 그것은 아이돌과의 연애를 꿈꾸는 아줌마의 그것처럼 가능성 제로인 드라마 속 설정일 뿐이었다.

한없이 뜨거우면서도 달달한 그의 입술이 나를 섬세하게 감싸준다.

심장이 빨라지는 속도에 맞춰 점점 숨이 가빠온다.

차라리 숨 따위 쉬지 않았으면 좋겠다고 생각한다.

누군가와의 입맞춤이 이토록 커다란 위로가 될 줄은 상상도 못한 일이었다.

새들은
페루에
가서
죽다

"지금 압구정 갤러리아야. 신상 보디슈트가 들어왔대서. 우리 비비안은 말이지, 파리의 시크한 감성을 덧입힌 프렌치룩이 제일 잘 어울리잖니. 호호호."

참으로 오랜만에 혜린의 전화로 눈 뜬 아침이다.

완연한 가을로 접어들 무렵, 혜린에게는 믿기 어려운 일이 일어났다. 바로 그녀가 바람대로 엄마가 된 것이다. 남편과 헤어진 뒤 누구와도 섹스를 하지 않았고 임신한 적도 없는 혜린이 말이다.

상처로 점철된 결혼 생활을 완전히 끝내던 날 혜린은 홀로 천사원을 찾았다고 한다.

이혼 앞에서 애써 쿨한 척해왔던 그녀도 머릿속이 복잡한 것
은 어쩔 수 없었다. 생각을 다른 데로 돌리기 위한 몸부림처럼
그녀는 정성스레 아기들을 씻겼고 보습제를 발라준 후 깨끗한
옷으로 갈아 입혔다. 그리고 캄캄한 저녁이 되어서야 집으로 돌
아갔다.

"근데 말이지. 침대에 눕자마자 딱 한 얼굴이 떠오르는 거야."

그녀의 머릿속에 등장한 아기는 영아원에 들어온 지 일주일
도 안 된 여자아기였다.

"날이 밝자마자 다시 찾아갔지. 그랬더니 그 꼬물이가 나한
테 아는 척을 하더라니까. 그리고 그러더라. 괜찮냐고. 엄마 괜
찮느냐고……."

그녀의 증언대로 50일도 안 된 아기가 그런 말을 했는지는
확인할 길은 없지만 중요한 것은 정말로 혜린이 괜찮아졌다는
것이다. 그녀는 이 사랑스러운 아기가 다른 가정으로 입양될지
모른다는 생각이 들자 조바심이 났다. 그때부터 오직 아기를 데
려와야겠다는 생각뿐이었다고 한다.

"우리 비비안. 다른 사람의 자궁을 빌려 태어난 것뿐이야. 그
러니까 처음부터 내가 비비안의 진짜 엄마였던 거라고."

그녀는 확신했지만 정식 입양절차를 밟아 아기를 데려오는

일은 생각만큼 쉽지 않았다.

무엇보다 그녀가 이혼녀라는 사실이 걸림돌이 됐다.

그러나 다행히도 혜린이 사는 집은 도곡동에서도 가장 값나가는 주상복합 아파트였다. 전 남편이 건넨 위자료 중 일부였다. 결국 그녀 명의의 아파트와 상가, 주식 등에 관한 서류를 꼼꼼히 확인한 천사원 원장님은 '부유한 재정상태가 좋은 부모의 절대적인 기준은 아니지만……'라며 말끝을 흐리고는 서류에 사인을 했다고 한다.

그날부터 '비비안'이라는 (순전히 그녀의 주장에 의하면) 유니크하고 러블리하면서도 상류층의 품위가 고스란히 느껴지는 이름을 갖게 된 아기는 '극성 강남 맘의 럭셔리 베이비 만들기 프로젝트'의 유일무이한 주인공으로 발탁되었다.

혜린은 하루걸러 백화점 명품관을 드나들며 비비안을 위한 쇼핑을 했다. 이전에 백화점은 제 옷과 구두를 사는 장소였지만 이제는 봉쁘앙과 버버리, 구찌에 들러 아기 의상을 구입했고 헐리웃 스타베이비 수리 크루즈가 신어 유명해졌다는 에나멜 구두를 색깔별로 골라들었다. 재벌가만 드나든다는 일급 보모를 섭외한 것도 혜린이 비비안을 사랑하는 방법 중 하나였다.

그 무엇도 아까울 것이 없었다. 유아용품 매장에 들러 아기 잇몸을 자극하는 치발기를 고르던 날은 얼마나 까다롭게 굴었는지 백화점 직원들이 혜린 옆에서 한참동안 진땀을 뺐다고 한다.

두 여자의 동거는 그렇게 요란하게 시작됐다.

혜린의 집에서 처음 비비안을 만나던 날의 감격은 이루 말할 수 없었다. 어딘지 모르게 예전 혜린의 모습과 꼭 닮은 아기를 보자마자 뜨거운 인사가 절로 튀어나왔다.

안녕. 나는 현수 이모라고 해. 너 혹시 아니. 네가 엄마를 살렸다는 사실을 말이야. 고마워. 비비안 너는 세상 가장 위대한 존재란다.

민이가 날 찾아온 것은 수호 집에서의 일이 있고 일주일 후였다. 그동안 수업에 빠졌던 민은 학원 앞에서 퇴근하는 나를 기다리고 있었다.

조용한 곳으로 가고 싶다는 아이를 우리 집 서재로 데려와 뜨거운 코코아를 타주었다. 머그컵을 받아드는 민의 손은 어딘지 갈피를 못 잡고 있었다.

"민아."

가만히 이름을 부르자 아이는 1분쯤 아무 말도 없더니 조촘조촘 일어나 내 쪽으로 온다. 그리고는 천천히 제 교복 스커트의 지퍼를 내렸다.

차르르르. 스커트가 방바닥으로 힘없이 흘러내렸다.

무얼 하려는 거지. 아이는 내게 생각할 틈도 주지 않고 짧은 심호흡을 하고는 제 상의를 들춰 보인다.

가느다란 허리를 칭칭 감싸고 있는 흰 붕대 같은 것이 보인다.

허리를 다친 걸까. 아니면 그 또래의 소녀들이 그렇듯 귀여운 뱃살을 가리기 위한 임시방편일까.

아이는 내게 일말의 상상력도 허용하지 않으려는 것처럼 과감히 그 붕대를 풀어보였다.

그 안에 눌려있다 드러난 배는 족히 6개월은 되어 보인다. 아니면, 7개월쯤.

"여기. 아기가 있어요."

아이는 이제 겨우 열일곱이다.

"아빠도 어제야 아셨어요. 많이 우셨어요. 다 자기 잘못이라고."

아이의 말투에서 오랜 고민의 시간을 보낸 이의 담담함이 드러난다.

그렇다면 지금 수호는 얼마나 힘든 시간을 보내고 있을까. 임신 중인 여자아이에게 생리대는 필요하지 않았을 것이다. 이런 일이 일어나게 될 줄은 상상도 못 한 그는 민이가 저를 밀어내는 것만 같다며 괴로운 시간을 보내는 중이었다.

아이를 가만히 안는다.

볼록한 배가 느껴진다. 민의 자궁과 맞닿은 나의 자궁이 지오를 품었던 그 순간을 되살려낸다.

"저는요. 두 분 사이 신경 안 써요. 놀라긴 했지만…… 어디까지나 두 분의 문제니까요. 아빠는 아빠의 인생에 솔직하면 되고 전 제 인생에 솔직하면 되요. 그래서 전 제 아이를 지킬 거예요."

다부진 말을 마친 아이는 다시 복대를 두르고 스커트를 입는다. 그러자 방금 눈앞의 일은 모두 거짓이 돼버리고 여느 또래의 모습으로 돌아간다.

"돕고 싶어. 내가 어쩌면 좋겠니."

민이는 수호의 딸이기 전에 내 학생이고 한 여자이다. 그리고 한 아이의 엄마다.

나는 아무런 이견 없이 이 아이를 돕고 싶은 바람이다.

"같이 병원에 가주실 수 있어요? 아직 한 번도 검진을 받지 못했어요. 잘 자라고 있는지 궁금해요."

방금 전 복대 안을 확인했을 때보다 더 복잡한 심경이다.

민이 돌아가자마자 수호에게 전화를 걸어보았다. 그는 받지 않았고 한 시간쯤 후에 다시 전화가 걸려왔다.

"민이가 왔었어요. 괜찮지 않겠지만…… 괜찮아요?"

마땅한 위로조차 떠오르지 않을 때 할 수 있는 말이라곤 고작 이런 바보 같은 질문뿐이다.

"난 위선자예요. 늘 아이의 판단과 결정을 존중한다고 말해 왔으면서 그 녀석의 결정에 너무 화가 났어요. 사람들한테 손가 락질 받으면서 살게 될까 봐, 그 애가 가진 것들을 모두 잃게 될 까 봐……."

아이 아빠가 누구냐며 당장 지워야 한다는 수호의 말에 민은 생전 처음 보는 무서운 얼굴로 이렇게 소리쳤다고 한다.

"아빠. 이 아이한테 손대면 나도 죽어. 아무것도. 제발. 아무 것도 궁금해하지 말아요."

민이는 다른 친구들보다 일찍 엄마가 되는 것뿐이라며 설득 했지만 수호는 동의할 수 없었다.

"모든 게 내 탓이에요. 내가 그 애를 더 잘 돌봤어야 했어요."

"당신은 좋은 아빠예요."

이미 일어난 결과와 상관없이 그가 좋은 아빠인 것만은 분명 한 사실이었다.

"같이 병원에 가줄 수 있냐고 묻더군요. 그러겠다고 했어요."

"그럼…… 부탁해요."

왜 부모는 목숨보다 소중한 자식 일 앞에서 늘 이토록 속수무 책일까.

왜 자식은 부모 마음을 헤아리는 데 늘 이토록 무심한 걸까.

진화론을 연구하는 생물학자나 사회학자들은 이미 알고 있었을까. 인간은 애초부터 부모를 아프게 한 만큼 제 자식에게 빚을 갚으며 살아가도록 만들어진 가장 불행한 동물이라는 것을 말이다. 정말이지 이보다 잔인하고 연쇄적인 천형은 없을 것이다.

사흘 후 토요일 오전 11시. 방배동에 위치한 산부인과 앞에서 민을 만났다.

민이가 인터넷에서 검색을 통해 찾아낸 병원이다.

성큼 앞장서 들어가는 뒷모습에 마음이 덜컥 내려앉았다. 당장이라도 불러 세워서 묻고 싶었다. '정말. 단 한 번도 포기할 생각은 안 한 거니.'

의사는 차트에서 생년월일을 확인하고도 인상을 찌푸리거나 놀라지 않았다. 어린 임산부들을 대하는 데 익숙한 눈치다.

먼저 초음파로 아기 상태를 알아보기로 했다. 베드에 누워 불룩한 배를 내밀고 있는 민을 보고 있자니 다시 오만 가지 생각이 밀려든다. 저 뱃속 아기의 아빠는 누굴까? 화실에서 만난 학생일까? 민이 또래일까 아니면 나이 많은 남자일까? 그 남자는 민이가 아기를 가진 사실을 알고는 있을까?

온갖 추측으로 복잡한 나와 달리 민이는 지금 이 순간을 즐기는 듯 보였다. 아기 심장 소리를 듣고 기쁨의 탄성을 질렀고 제법 사람 모습을 갖춘 초음파 사진을 보고 눈물이 맺혔다. 만약 아이의 상황을 전혀 모르는 누군가 이 모습을 봤다면 고대하던 자손을 수태한 7대 독자 집안의 외며느리로 착각하기에 딱 좋을 지경이었다.

"성별 궁금하니?"

"아뇨. 알려주지 마세요! 낳을 때까지 궁금해하면서 기다릴래요."

아기가 주수에 맞춰 잘 자라고 있다는 말에 안심한 민은 제 이름이 적힌 산모수첩을 소중히 품었다.

마침 점심시간이라 병원 근처 고기 집에 들어갔다. 먹기 좋게 익은 갈비를 부지런히 아이의 접시로 옮겨주었다. 민이는 금세 3인분의 양념갈비를 먹어치우더니 식사로 비빔냉면을 주문한다.

"선생님. 제가 이상해 보이죠?"

딱히 대답하기가 그래서 어깨를 살짝 으쓱해 보인다.

"제가 아기에게 약속할 수 있는 건 딱 한 가지 뿐예요. 옆에 오래 있어주는 엄마가 되겠다는 거. 저 아기 낳고 미국으로 갈 거예요. 거기 이모가 셋이나 계세요. 아이 기르며 공부도 다시 해야죠."

발랄한 종달새처럼 제 계획을 늘어놓는 아이를 보며 지금까지 이토록 들떠 있는 모습을 본 적 있었나 싶었다. 전국 모의고사에서 상위 1퍼센트의 성적표를 받아놓고도 무표정하던 아이.
아이는 대치동의 여느 학생들과는 다른 선택을 했지만 여전히
꿈꾸고 있는 중이었다.

그간의 내 걱정이 한낱 기우였음을 깨닫자 부끄러운 마음이
앞선다.

민이가 페이스북에 올려놓았던 로맹 가리의 《새들은 페루에
가서 죽다》라는 책이 생각났다. 새들이 해변으로 날아와 죽기
로 결정한 데는 그럴 만한 이유가 있을 거라고 했었지. 그렇다.
세상 모든 일에는 분명한 한 가지 이유가 숨어 있는 법이다.

민이 역시 그 한 가지를 제 가슴 속에 품고 있는 것이리라.

호르륵. 차가운 면발을 잡아당기는 아이의 예쁜 입술에 자꾸
만 목구멍이 따끔거린다.

그저 낯선 타인일 뿐이던 서로를 가슴에 들여놓은 순간 더 이
상 어쩔 수 없는 관계는 시작된다.

이 지구상의 숱한 만남 속에서 그 많고 많은 사람들 중에서
하필 너와 나의 눈빛이 통했다는 것. 그것은 무엇으로도 설명할
수 없는 운명일 것이다.

"첫눈에 알았어. 그 애가 내 딸이라는 거. 그리고 내가 엄마
라는 거."

확신 가득 찬 눈빛으로 말하던 혜린의 얼굴이 겹쳐 보인다.

이른 아침. 식탁 한구석에 쌓인 우편물을 정리하다 지오의 3차 영유아 검진 만료일이 얼마 남지 않았다는 것을 알았다. 당장 아파트 단지 안의 Y소아청소년과에 전화를 걸었다.

"저희 병원은 이제 영유아검진 안 해요. 다른 소아과 알아보세요."

갑자기 영유아 검진을 안 한다니. 단지 내에 소아과라고는 한 곳뿐인데 어쩐다. 서둘러 근방의 다른 병원을 수소문해 전화를 걸었지만 예약이 밀려 최소 3주일은 더 기다려야 한다고 했다.

다음날 지오 어린이집 버스를 태우다 아래층의 민주 맘에게 Y소아청소년과 사건의 진상을 듣게 됐다. 사건인즉, 얼마 전 한 엄마가 Y소아청소년과의 성의 없는 시간 때우기 식 영유아 검진에 불만을 제기했는데 기분이 상한 의사가 앞으로 영유아 검진을 하지 않겠다고 선포해버렸다는 것이다.

"그 엄마도 참. 자기야 큰소리 한번 치면 그만이지만 딴 엄마들 불편하게 만든 건 어떻게 책임지려나 몰라. 그쵸. 지오 엄마."

그러더니 민주 맘은 지오를 내려다보며 이렇게 물었다.

"그런데, 지오는 아직도 말이 안 트였나 보네?"

지오와 같은 월령인 민주는 이미 몇 개의 단어를 붙여 문장을 구사하고 있었다. 나를 보고도 "안녕하세요. 아줌마"라고 인사하거나 제 엄마에게 "엄마 나 피곤하니까 가만 놔둬"라고 꽤 정확하게 발음한다. 보통 여자아이가 말문이 빨리 트인다고는 하지만 눈앞에서 비교하다보면 조바심 나는 것은 어쩔 수가 없다.

그녀는 또래 엄마로서 걱정스러워 물었을 뿐이겠지만 내 귀에는 '쯧쯧. 다 일하느라 바쁜 엄마 탓이지 뭐'라고 말하는 것처럼 들렸다.

"아는 닥터가 소아 언어 클리닉에 있는데, 원하면 소개할까요?"

민주 맘은 내 눈치를 살피며 물어왔지만 그 배려가 조금도 고맙지 않았다.

하지만 내 자존심 따위는 조금도 중요치 않다는 것을 깨닫는 데는 그리 오래 걸리지 않았다.

정확히 3주 후, 이모님이 식탁 위에 올려놓은 영유아 검진 결과지는 꽤나 충격적이었다.

지오는 키와 몸무게 모두 평균치보다 한참을 밑돌았다.

백분율로 아이의 상태를 나타낸 결과지에서 지오의 키는 33퍼센트, 몸무게는 30퍼센트 범주에 속해 있었다. 그 와중에 머리 둘레는 90퍼센트에 속한다는 것으로 위안을 삼아야 할까. 나름대로 잘 먹이려고 애쓴다고 썼지만 아이에게는 한참이나 부족했던 모양이다.

"아참. 의사 선생이 지오 말이 한참 늦되다고 함다."

마지막 이모님의 말이 가슴에 와 박힌다. 역시 엄마와 함께하는 시간이 짧은 게 문제일까.

지오에게 책 읽어주는 시간은 일주일을 통 털어 채 한 시간도 되지 않는다. 종일 학원에서 목을 쓴다는 핑계로 퇴근 후에는 입에 자물쇠라도 걸어놓고 싶은 심정이었으니까. 애초에 조선족 이모님을 들일 때도 언어적인 부분을 염려하지 않은 것은 아니지만 육아도우미 구하기가 하늘의 별따기보다 어려운 실정에 이것저것 따질 입장도 못되었다.

그래. 물론 나도 안다. 이 모두 나의 어설픈 변명에 불과하다는 것을.

콜록콜록.

방 안에서 잠든 아이의 기침 소리가 깊어진다.

오전에 어린이집을 보내기 시작한 뒤로는 감기가 떨어질 줄 모른다. 늘 항생제를 달고 사는 지오의 뒷모습을 볼 때마다 미안함과 죄책감을 속으로만 삭혀야 했다. 오늘따라 더 크게 울리는 기침 소리가 지오의 항의처럼 들리며 내 가슴을 때린다.

엄마는 날 사랑하긴 하나요? 엄마는 왜 나에게 하루 스무 권의 동화책을 읽어주지 않는 거죠? 왜 민주 엄마처럼 엄마 목소리로 녹음된 영어 동요를 들려주지 않는 거예요? 내가 친구들

189

보다 키가 작은 것은 엄마가 매주 문화센터에 있는 '쑥쑥이 키크기 체조'에 데려가지 않았기 때문 아니냐구요!

혹시 지오는 이런 생각을 하고 있는 것은 아닐까.

후— 긴 한숨이 거실 바닥에 벗어놓은 아이의 바지에 머문다. 아무렇게나 구겨져 있는 그 모양이 마치 지오인 양 안쓰럽기만 하다.

오늘은 밤 11시부터 12시까지 한 시간 가량 강사 회의가 이어졌다.

지오가 엄마를 기다리느라 아직까지 안 자고 있다는 이모님의 문자가 온건 10분 전쯤이다.

원장은 회의를 마치고 서둘러 일어서는 나를 불러 세웠다. 무슨 이야기를 꺼낼지 짐작이 갔다.

"지하철, 버스, 현수막, 지역방송 광고까지 준비 다 됐어. 이제 한번 힘을 모아 전쟁을 시작해보자고. 이왕 시작한 싸움, 이겨야 하지 않겠나. 우선 윤 부원장이 새로 선발한 강사들 오리엔테이션을 맡아 시작하는 걸로 하고."

원장은 내게 빳빳하게 프린트된 계약서를 내민다. 그리고 내가 여기에 사인을 하리라는 데 한 치의 의심도 없다는 얼굴로 만년필을 건넨다.

테이블 위에 놓인 흰 종이를 본다.

어쩐 일인지 자꾸만 다리가 후들거려 펜을 쥔 손으로 무릎을 움켜쥔다. 윤현수 인생에 중요한 획을 긋는 순간. 나는 지금을 위해 거친 대치동에서 악착같이 버텨온 건지도 모른다.

계약서 맨 아래 적힌 내 이름 석 자 위로 날 보는 지오의 얼굴이 겹친다.

응급수술을 받으러 들어가던 지오의 핏기 없는 얼굴, 감기약을 달고 살며 또래보다 체구도 작고 아직 말도 트이지 않은 아이, 늘 엄마 품이 그리운 아이의 안쓰러운 얼굴이 말이다.

가슴이 뻐근해진다.

과연 나는 그 얼굴을 외면한 채 그 위에 내 이름 석 자를 써넣을 용기가 있을까.

나 자신을 설득할 수 있을까.

솔직히 말하자면. 정말 솔직히 고백하자면. 소중한 내 아이를 지키는 일에 더 이상 남의 손을 빌리고 싶지 않다. 성공과 커리어라는 화려한 욕심 때문에 아이에게 희생을 강요하고 싶지 않다.

후들거리는 손으로 펜을 내려놓았다. 예상을 벗어난 광경에 당황하는 원장을 향해 인사를 하고 원장실을 나왔다. 문 밖으로 원장의 흥분한 목소리가 들려왔다. 그제야 바보 같은 일을 저지르고야 말았다는 확신이 엄습했다.

일주일 뒤 사직서를 냈다. 곧 크게 후회할 거라는 원장의 예언은 아마도 맞을 것이다. 그의 예상이 적중하지 않은 적은 한 번도 없었으니까.

소지품을 박스에 챙기고 모두 퇴근해서 텅 빈 교무실을 둘러본다. 나의 젊은 날의 열정을 고스란히 바친 이곳. 반듯한 책꽂이에 꽂힌 교재와 컵라면을 먹던 낡은 소파를 보고 있자니 익숙한 사물들과의 이별이 못내 서운하다.

마지막 수업을 하면서도 아이들에게 작별을 말하지 않았다. 다음 주부터 새로운 강사가 오면 잠시 혼란스럽겠지만 곧 별 탈없이 적응해 나갈 것이다. 아쉽지만 학원 강사와 수강생 사이의 관계란 늘 거기까지다.

다음날 집을 나서 부동산을 찾았다. 비상식적인 전세보증금에도 불구하고 대치동에 살았던 이유는 학원과의 접근성 때문이었다. 이제 대출금 이자까지 갚아가며 이 동네에 머무를 필요는 없다.

전세보증금을 빼서 대출금을 상환하고 남는 돈으로 집을 구해볼 작정이다. 어디일지는 모르지만 그곳이 지오와 나의 새로운 보금자리가 되겠지. 즐비한 부동산 중에 삼익부동산을 택한 것은 지금 집도 이곳을 통해 얻었다는 것을 지훈에게 들은 적이 있기 때문이다. 60대 초반으로 보이는 사장님은 동호수를 받아 적더니 고개를 들고 나를 물끄러미 본다.

"103호? 아~ 그 집 애기 엄마구만. 이젠 좀 괜찮은 거요?"

의심과 걱정이 뒤섞인 사장님의 눈빛에 나는 도망치듯 그곳을 빠져나와야 했다. 그리고 한참이나 그 시선이 나를 쫓는 것만 같아 몇 번이나 뒤를 돌아봤다.

지오 맘의 TO DO LIST

1. 지오 언어 클리닉 알아보기.

2. 지오 반찬 만들기.

3. 지오 유산균 사기.

4. 매일 동화책 스무 권 읽어주기.

5. 영어 동화책 다섯 권 읽어주기.

6. 이모님을 내보내는 방법에 대한 고민하기.

7. 이사 갈 동네 찾아보기.

8. 바리스타 자격증 실기 시험 준비.

9. 수업 자료 정리. (아! 이제 이건 패스.)

10. YOON'S LIST 기억하기!

11. 그리고 생각나지 않는 모든 것들.

그
여자의
방

집을 내놓은 지 한 달 만에 사당역 부근의 아파트로 이사했다.

학원을 그만뒀지만 나의 TO DO LIST는 빈틈없이 차 있었고 여전히 시간은 부족했다.

그 사이 바리스타 2급 실기 시험도 치렀다.

그리고 지금은 이혼 수속을 진행 중이다.

이모님이 그만두던 날 지오는 큼직한 여행 가방에 이상한 눈치를 채고는 이모님의 바짓가랑이를 붙들고 목 놓아 울었다. 손수건으로 눈물을 훔치는 이모님과 아이 사이를 떼어내는 동안 내가 못된 어른이 된 것 같아 가슴이 쓰렸다.

아이는 혼돈의 기간을 겪으며 찬찬히 엄마와의 시간에 적응하는 중이다. 어린이집도 쉬면서 시간표를 만들어 함께 책도 보고 노래도 불렀다. 해가 비치면 놀이터에 데리고 나가 뛰어 놀고 싶을 때까지 풀어두기도 했다.

'YOON'S LIST'에 적어둔 것처럼 지오와 늘어지게 낮잠도 잤다. 아이와의 시간은 예상만큼, 아니 그보다 훨씬 더 달콤했다.

그렇게 한 주, 두 주 시간이 흐르는 동안 조금씩 걱정도 늘었다.

이것이 육아의 정답일까? 절대 오답을 내면 안 되는 수험생처럼 나는 초조해졌다.

지오는 하루가 다르게 자라고 있었고 계속해서 새로운 자극을 갈구했다. 아이의 성장이 내게는 또 다른 고민과 스트레스로 다가왔다. 신생아를 덥석 받아 안았을 때의 불안처럼 내가 이 아이를 잘 키우고 있는 건지 도무지 종잡을 수 없어 혼란스러웠다.

답답한 마음에 스마트폰으로 육아맘 카페에 접속했다. 때마침 지역 방에 뜬 정모 공지가 눈길을 사로잡았다.

12월 1일 오전 11시 30분. 사당동 빕스.

예약자명 '사당 맘들의 모임'

1세~3세 아기 가진 맘들 환영해요.

우리 정보 공유도 하고 친해져요!

대화 상대라고는 세 살짜리 지오뿐이다 보니 쓰는 단어도 한정적으로 변하고 어른들의 세상과 멀어지는 느낌이 들던 참이다. 또래를 키우는 엄마들과 대화하면 속이 후련해질 것 같은 기대감에 얼른 댓글을 달았다.

"지오 맘 맞죠? 어서 와요."

정모일. 유모차를 끌고 패밀리 레스토랑에 도착하자 민준 맘이 먼저 아는 체를 했다. 그녀는 지오와 동갑내기 남자아이를 키우는 맘으로 온라인에서 두어 번 쪽지를 주고받은 적이 있었다.

오늘 정모에는 총 열 명의 맘들이 참석했다.

두 달 된 아기를 아기 띠에 안고 온 스물한 살 맘부터 잠든 아기를 유모차에 태우고 나타난 40대 맘까지 나이도 다르고 스타일도 다르지만 그런 것들은 전혀 문제되지 않았다. 대부분 처음만난 사이인 우리는 오직 '맘'이라는 공통분모 아래 정보를 공유하고 최신 육아용품의 장단점을 비교하면서 끈끈한 육아 동지애를 쌓아나갔다.

누군가 유아복 브랜드 패밀리 세일 기간에 대한 이야기를 꺼내자 다른 한쪽에서는 영어 유치원에 관한 정보가 흘러나왔다. 모두 스마트폰에 저장해놓고 싶을 정도로 솔깃하고 유용한 정

보들이다. 그렇게 한참이나 수다를 쏟아내느라 음식을 먹는 것
조차 잊고 있었다. 우리에게 절실한 것은 한 끼의 양식이 아닌
고된 육아의 피로를 씻어줄 '어른들의 대화'였다.

그때 민준 맘이 퍼뜩 생각난 듯 맞은편에 앉은 채린 맘에게
물었다.

"같은 단지에 사는 정윤 맘은 왜 같이 안 나왔어? 요즘 카페
에서도 통 글이 안 보이던데."

그러자 스물한 살 채린 맘의 얼굴에 짙은 그늘이 드리워진다.

"왜 그래. 무슨 일 있어?"

옆에 앉은 또 다른 맘의 재촉에 채린 맘이 머뭇거리더니 어렵
게 말을 꺼내기 시작했다.

"언니, 그게요……."

그녀의 입을 통해 흘러나온 사실은 삽시간에 우리를 충격에
빠뜨렸다.

조금 전까지 화기애애하던 모임 분위기는 일순 가라앉아버
렸고 이제 아무도 웃지 않았다. 숨죽여 듣고 있던 나머지 아홉
명의 맘들은 간간히 한숨만 내쉴 뿐 아무 말도 못했다. 스무 개
의 눈동자에 뜨거운 눈물이 맺혀갔다.

조기 출산. 영아 산통. 남편과의 불화. 우울증. 아파트 옥상
같은 단어들이 제발 모두 거짓이길 바랐다.

채린 맘의 말이 끝나자 어떤 맘은 이미 빈 커피 잔을 들고 연신 홀짝거렸고 다른 맘은 눈물을 훔치며 밖으로 도망가버렸다. 그리고 또 어떤 맘은 유모차에서 곤히 자고 있는 아기를 괜히 들어 안아 토닥이더니 울려버리고 말았다.

비록 정윤 맘이라는 여자를 한 번도 본 적 없지만 알 수 있었다.

그녀가 얼마나 외로운 시간을 보냈을지.

모두 당연시 여기는 모성이란 굴레에 갇혀 얼마나 아팠을지.

그녀가 떠나버린 이 계절이 못내 서럽다.

고개를 돌려 창밖을 보니 차가운 겨울 하늘이 푸른빛을 발하고 있다.

그 푸름 탓인지 자꾸만 눈동자가 시려온다. 그리고 내가 아는 어느 한 여자가 떠올랐다.

2012년 11월 30일, 그날은 금요일이었다.

지오를 낳은 지 100일째 되던 그날 오전, 나는 난생 처음으로 연예인들만 다닌다는 청담동 미용실에서 머리를 했다. 두피 케어를 시작으로 염색과 펌을 마치고 나니 55만 원짜리 카드결제 영수증이 손에 쥐어졌다. 그길로 건너편에 위치한 G백화점에 가서 명품 백을 샀다. 3개월 무이자 할부를 감행할 만큼 가지고 싶던 것은 아니었지만 잠시라도 기분이 좋아지는 데 도움이 될 것 같았다. 나 자신을 위해 하루 동안 이렇게 큰돈을 써보기는 처음이었다.

헤어스타일에 바꾸거나 쇼핑을 해보면 어때, 라고 먼저 제안한 쪽은 지훈이었다.

"여자들은 그러고 나면 기분 전환 된다잖아?"

명품 브랜드의 이름이 찍힌 오렌지색 쇼핑백을 들고서 정류장에 서자 560번 파란색 버스가 도착했다. 친정 쪽으로 가는 버스였다. 집으로 갈 생각이었던 나는 그 버스를 보자마자 그간의 피로가 몰려들었다. 아기 울음소리가 없는 곳에서 한 시간이라도 자고 싶다는 간절함에 부리나케 버스에 올랐다.

익숙한 현관 비밀번호를 누르고 집 안에 들어섰지만 아무도 없었다.

나는 신발을 벗고 들어가 안방 문부터 열었다. 늘 그랬듯 대낮에도 훤히 형광등이 켜져 있었다. 스위치를 끄고 작은 방으로 갔다.

결혼 전까지 쓰던 작은 방은 고요했다. 나는 여기서 시험공부를 했고 일기를 썼고 데이트할 때 입을 옷을 골랐다. 이 방은 내가 좋아하는 작가의 신간이 나오면 누구의 눈치도 안 보고 밤새워 읽을 수 있는 공간이었고 학원 강의를 시작한 초기, 드센 학생들에게 상처 받고 돌아와 이불 뒤집어쓰고 울던 곳이었다. 그러니까 이 방은 예전의 윤현수가 머물던 공간이다.

낡은 싱글침대가 눈에 들어온다. 지금 누우면 바로 죽은 듯이 열 시간도 넘게 잘 수 있을 것 같았다.

대학 때 산 책상 위에는 좋아하던 소설책이 몇 권 놓여 있다. 고작 책 몇 권일 뿐인데도 마치 오랜 친구를 만난 것처럼 반가웠다. 고등학교 1학년 생일에 아빠가 사주신 미니 오디오와 먼지를 잔뜩 뒤집어쓴 큼직한 곰 인형도 보인다. 거울 한쪽에 금이 간 채 그대로인 화장대까지 모두가 그 자리를 고대로 지키고 있었다.

나는 화장대 앞에 가서 섰다. 그리고 거울 속으로 비치는 한 여자를 가만히 응시했다. 조금 전 미용실에서 나온 머리는 부자연스러웠고 출산 후 부기가 그대로 살로 자리 잡은 여자의 얼굴은 실제보다 열 살은 더 들어 보였다.

분명 나의 방이었지만 이곳에 내가 알던 윤현수는 없다. 그녀는 이제는 다시 볼 수 없는 곳으로 영영 사라져버린 모양이었다. 자기를 잃어버린 절망이란 그렇게 예고도 없이 들이닥쳤다. 그것은 불안이고 살아 있는 죽음이었다. 이제는 침대에 누워 잠들고 싶다는 생각도 들지 않았다.

나는 모든 것을 잃은 사람의 얼굴로 허탈한 발걸음을 옮겼다. 그리고 가야 할 곳이 어딘지도 모르는 채 맨발로 현관문을 나섰다.

2012년 12월 1일.

지훈은 아침 일찍 부동산 문이 열리자마자 우리가 살던 집을 내놓았다. 전세 만기일까지는 여유가 충분했지만 하루라도 빨리 이 집을 떠나야 살 것 같다고 했다.

"1층이요. 무조건 1층으로만 알아봐주세요!"

지훈이 이사 갈 집을 알아보며 당부한 조건은 그것 하나뿐이었다.

그는 전날 회의 중에 산후도우미 아주머니의 전화를 받고서 제 귀를 의심했다.

아주머니는 부엌에서 분유를 타서 나오는 길에 베란다 난간을 딛고 막 뛰어내리려는 나를 발견했다.

"에구머니나! 애기 엄마!!!"

아주머니는 젖병을 내동댕이치고 사력을 다해 뛰었다. 그리고 이미 오른쪽 다리가 넘어간 내 허리춤을 붙잡았다.

"놔! 내버려둬! 놓으라고!"

그 순간 나는 당장 뛰어내리지 않으면 안 되는 사람이었다.

죽겠다는 이와 살리려는 이의 전투는 힘겨웠다. 짐승처럼 울부짖던 나는 실랑이 끝에 베란다 바닥으로 나동그라졌다.

아주머니의 승(勝)이었다.

떨어지면서 타일 바닥에 머리가 세게 부딪혀 어찌나 아팠던지 그제야 무슨 일이 생겼다는 것을 인지할 수 있었다. 아주머니가 날 발견한 시점이 몇 초만 늦었더라면 모든 일은 벌어지고 난 뒤였을 것이다.

155센티미터의 키에 몸무게 80킬로그램은 너끈히 넘는 아주머니의 아귀 힘 덕에 내 카디건 소매는 다 찢겨져 나갔고, 온몸은 두들겨 맞은 것처럼 욱신거렸다. 트레이닝복 바지는 벗겨져 엉덩이와 허벅지에 깊은 손톱자국이 패였다. 나는 죽을힘으로 결투를 벌인 후의 검투사처럼 한참을 그대로 쓰러져 있어야 했다.

"애기 엄마. 이렇게 독헌 사람인줄 몰랐네. 이건 아녀. 세상에 사람 목숨보다 중한 게 워딨다구……."

놀란 가슴을 쓸어내리던 아주머니는 그제야 거실에 뉘인 아기가 보이지 않는 것을 알았다.

아주머니 얼굴이 금세 새하얗게 질렸다. 그리고 후들거리는 다리로 일어나 베란다 밖을 내려다봤지만 이미 어둠이 새까맣게 내려앉아 아무것도 보이지 않았다. 그 작은 몸뚱이가 저 차가운 바닥 어딘가에 처박혀버렸대도 보이지 않는 게 당연해 보였다.

아주머니는 바닥에 주저앉아 사시나무 떨 듯 바들 바들거리며 나를 매섭게 노려보았다.

"나쁜 년. 천벌을 받아 뒈질 년……."

나 같은 여자가 그런 욕설쯤 듣는 것은 어쩌면 당연하다고 느껴졌다.

응애애애애애 ― 응애애애애애 ―

그때 어디선가 흐릿한 울음이 들려왔다. 아주머니는 반사적으로 발딱 일어나 소리가 나는 쪽으로 걸음을 옮겼다. 가만히 귀 기울이니 울음의 근원지는 안방이었다. 그러나 침대 위는 텅 비어 있었고 울음은 계속해서 방 어딘가에서 들려왔다.

"아가…… 아가…… 어딨누……."

아주머니가 애타는 소리로 아기를 부르자 붙박이장 쪽에서 신호를 보내왔다.

숨을 죽이고 장이 있는 쪽으로 발걸음을 옮겼다. 다가갈수록 소리는 점점 더 선명하게 들려왔다. 파르르 떨리는 아주머니의 손이 붙박이장 미닫이문을 단숨에 열어젖혔다.

차곡차곡 쌓여 있는 이불 꼭대기에 아기가 보였다.

아기는 어둡고 좁은 장 안이 갑갑해서인지 온몸이 시뻘겋게 달아올라 있었다. 저를 이곳에 데려다놓은 존재에게 몹시 화가 난 것처럼 보이기도 했다.

"이게 웬일이여. 이구 불쌍한 것……."

구출된 아기의 몸은 온 힘을 써서 울어댄 탓에 터질듯이 뜨거워져 있었다.

아주머니는 줄줄 흐르는 눈물을 훔치며 아기를 어르고 달랬다.

"누구여! 누가 이런 몹쓸 짓을 한 거여! 이제 괜찮다, 이제 괜찮다 아가……."

배를 곯은 아기에게 젖병을 물렸지만 완강하게 거부했다. 그렇게 한참을 울어대다가 더 이상 울 힘조차 남아있지 않은 상태가 되자 아기는 겨우 젖병을 빨기 시작했다. 우유를 빠는 입술에는 아직도 분한 기운이 가시지 않았다.

지훈이 내게 느낀 배신감의 크기는 얼마만큼일까.

나는 뉴스 사회면을 장식하는 인물들처럼 알코올중독 남편을 가진 것도 아니고 가정 폭력의 피해자도 아니다. 원치 않은 아이를 가진 것도 아니고, 아이 건강에 문제가 있는 것도 아니다. 부자는 아니지만 당장 돈 때문에 죽고 살 정도로 가난하지도 않다. 그러니까 나는 어떻게 보면 그냥 흔하디흔한 평범한 사람일 뿐이다.

매달 계산기를 두드리며 한숨 쉴 때마다 지훈은 옆에서 이렇게 말했다.

"사람 사는 게 다 그렇지. 뭐 부자는 하루에 다섯 끼 먹냐? 평범하게 사는 게 가장 어렵다잖아. 그러니까 우리 정도면 잘 살고 있는 거라고."

남편으로서의 그는 평범하거나 그 이상이었다. 남자들이 결혼 후 처음 한눈을 판다는 임신 기간에도 그는 내게 충실했으니까. 부른 배 때문에 새우처럼 구부리고 자는 나를 안쓰럽게 여겼고 문득 욕구가 솟구치는 날에는 혼자 서재로 가서 외롭게 해결해왔다는 것도 알고 있다.

비록 교수가 되겠다는 꿈을 포기해야 했을 때는 잠시 방황했지만 곧 제자리로 돌아왔다. 그는 우주를 다 준대도 바꿀 수 없는 지오와 내가 있어 다시 힘이 난다고 했다. 그런데 내가 18층에서 뛰어내리려 했다는 아주머니의 말을 어떻게 받아들일 수 있었을까. 그것도 버젓이 아기가 있는 집 안에서 말이다. 아주머니의 전화를 받고 집으로 오기 위해 운전을 하면서 그는 무슨 생각을 했을까.

그는 아무 말도 하지 않았다. 조용히 아주머니를 돌려보냈고 엉망진창인 마룻바닥을 물걸레질했다. 바닥이 왜 검은 얼룩 천지인지도 묻지 않았다. 그저 그는 아기 기저귀를 갈고 따뜻한 물을 받아 뽀드득 목욕을 시켰다. 어색하기 짝이 없는 손길로 분유를 타면서도 그저 침묵할 뿐이었다.

그리고 그날 밤. 침대에 누워있던 나를 보던 그의 눈빛을 잊을 수가 없다. 지오를 재우느라 아기 띠를 한 채 문 쪽에 서 있던 그가 내게 보낸 경멸 섞인 그 시선을.

사건 이후 그가 처음 말을 꺼낸 것은 그 다음날 월차를 내고 부동산에 다녀온 뒤였다. 밤새 한숨도 못 이루고 거실 소파에서 뒤척거린 그의 퀭한 눈과 까칠한 턱수염이 안쓰러웠다.

"집 내놨다. 병원에 가보자."

"그런다고 뭐가 달라지는데."

"그럼 다 포기한 채로 손 놓겠다고! 지오 생각은 눈꼽만큼도 안 하니!"

그제야 그는 꾹 눌러둔 말들을 퍼붓기 시작했다.

"말 나온 김에 좀 묻자. 당신 뭐가 그렇게 힘들고 죽겠는 건데!"

어쩌면 그것은 나 스스로도 가장 궁금한 질문이었다.

"모르겠어…… 왜 자꾸만 눈물이 나는지. 어떡해야 편하게 숨을 쉴 수 있는 건지……."

굵은 눈물만 떨구는 나를 보다 못한 그가 양손으로 내 어깨를 쥐고 흔든다.

"현수야. 윤현수! 제발 정신 좀 차려! 너 이런 애 아니었잖아!"

"나도 이런 내가 싫어. 너무 싫어 죽겠다구. 창밖에 나뭇잎이 흔들리기만 해도 눈물이 나. 지오가 날 보며 웃어도 그냥 눈물이 나. 이제 난 어쩌면 좋지……."

그 일이 있은 후 한동안 집 밖으로 나가지 않았다. 제대로 씻지도 먹지도 않았다. 그저 거실 한쪽에 놓여 있는 산세베리아 화분처럼 간신히 숨만 쉬고 있을 뿐이었다.

나를 갉아먹는 이름 모를 고통을 바라볼 수밖에 없는 그는 좌절하고 또 좌절해야 했다. 막연히 내일은 나아지겠지 하는 기대가 그가 할 수 있는 최선이었을 것이다.

우리는 같은 아파트 단지 내에서 1층으로 이사했다.

이삿짐을 내려놓은 베란다는 당장 뛰어내린 데도 털끝 하나 다치지 않을 만큼 안전해 보였다. 채광이나 벽지 상태, 화장실 바닥의 타일 파손 유무를 체크하는 일은 더 이상 우리에게 무의미했다.

엄마는 매일같이 나의 손을 잡고 기도하셨다. 엄마의 하염없는 눈물에도 그저 나는 멍하니 창밖만 바라보았다.

아내의 손길이 닿은 지 오래인 지훈은 점점 초췌해져 갔다.

모두에게 힘든 시간이 흐르고 있었다.

절망은 아무런 죄책감도 없이 우리의 삶을 송두리째 집어삼켰고 오로지 지오의 웃음소리만이 이곳에 사람이 살고 있음을 알려주었다. 다행히도 아이는 발달 과정에 맞춰 뒤집기를 하고 용을 쓰며 배밀이를 하고 있었다. 마치 제 엄마라는 사람이 저

지른 무시무시한 일을 용서하기로 마음먹은 것처럼 말이다.

　처음 신경정신과를 찾은 것은 1층으로 이사를 하고나서 40일 정도 지난 후였다.

　정확히 말하면 진료를 받아보자는 엄마와 지훈의 요청을 처음으로 거절하지 않은 것뿐이다. 내 눈을 맞추며 웃는 아기를 보면서 어떻게든 살아봐야겠다는 생각이 들기 시작한 것도 같다.

　전문의는 나보다 열 살은 많아 보이는 여자였다. 그녀 역시 아이 둘을 출산한 엄마라고 했다.

　첫 상담을 받던 날, 나는 의사 앞에서 별다른 말을 꺼내지 못했다. 무슨 말부터 어떻게 해야 할지 막막했다. 그리고 일주일 뒤, 두 번째 상담이 있던 날에 나는 예정된 시간을 한참이나 넘기고 진료실을 나왔다. 아직도 흐르는 눈물을 주체 못 한 채였다.

　진료 횟수가 거듭될수록 아주 조금씩 변화가 느껴졌다. 아니 정확히 말하면 변화가 아니라 본래 윤현수의 모습을 되찾아가고 있었다는 표현이 더 정확할 것이다.

　매주 정해진 시간 동안 의사 앞에서 내 속에 담긴 것들을 토해냈다. 창피할 것도 숨길 것도 없이 쌓인 이야기의 실타래를 한 올 한 올 풀어내기 시작했다. 가끔은 잔뜩 엉켜버린 이야기들이 두서없이 밖으로 튀어나오기도 했다.

의사는 한결같이 사려 깊은 눈으로 공감과 관찰을 오갔다. 빤한 조언을 곁들이는 대신 내 말을 끝까지 경청해주었다. 그러고 나서 마지막에는 매우 객관적으로 들리는 코멘트를 덧붙였다.

"윤현수 씨. 당신은 본인 생각처럼 이상한 여자가 아니에요."

"……."

"통계적으로 봐도 이맘때 엄마들 대부분이 아기와 애착을 쌓기 위해 눈물을 쏟는 걸요. 단지 겉으로 드러나지만 않았을 뿐이죠. 우리 여자들은, 엄마들은 모두 외롭고 힘들답니다."

아무 사적인 감정이 실리지 않은 의사의 말이 희망의 메시지인 양 동심원을 그리며 내 귓가를 울렸다. 그 말은 곧 내게 살아도 된다는 신의 허락처럼 들렸다. 나만 나쁜 엄마가 아니라고, 다들 그렇게 힘들고 어렵게 엄마가 되어가는 거라고 느끼게끔 해주었다.

윤현수가 다시 평범한 사람들의 세상 속으로 편입되어지는 순간이었다.

그러면서 내 머릿속에 떠오른 한 사람이 있었다.

엄·마.

어릴 적 엄마는 뭐든 뚝딱 해내는 사람이라고 생각했다. 우체국 공무원이던 엄마는 워킹맘으로 30년을 살면서 나와 두 살터울의 남동생을 키워 내셨다.

그때는 몰랐다. 왜 엄마는 항상 동시에 서너 가지의 일을 하고 있는지. 자식들에게는 늘 한 번에 한 가지씩 찬찬히 행동하라 이르던 엄마가 아닌가. 엄마는 바쁜 아침에도 국이 있어야 하는 아빠를 위해 매일 다른 국을 끓이고 우리 남매가 학교에서 돌아와 먹을 간식을 준비해 냉장고에 넣어두면서 출근 준비를 하셨다. 퇴근 후도 마찬가지였다. 엄마는 옷도 갈아입지 못한 채 주방으로 들어가 앞치마를 두르고 쌀부터 씻어 앉혔다. 그리고 한쪽 어깨에는 무선 전화기를 끼고 속셈 학원 선생님과 상담 전화를 하며 세탁기 전원버튼을 누르고 어질러진 거실을 정리했다. 그 와중에 반상회비를 걷으러 온 반장 아주머니에게 회비를 건네주고 마른 빨래를 걷었다.

엄마는 분주했고 늘 쫓기는 사람 같았다. 무엇이 엄마를 바쁘게 만드는지 몰랐지만 그저 무의식적으로 나중에 엄마처럼은 살지 않겠다고 다짐했던 것 같다.

명절에 모인 친척들은 그런 엄마를 억척이라고 불렀다. 나는 어렸지만 평생 집에서 살림만 해온 할머니와 두 명의 고모들이 내뱉는 그 말이 결코 호의적이지만은 않다는 것을 알 수 있었다.

중학교에 입학한 지 며칠 안 된 새벽녘, 나는 화장실에 다녀오다가 주방 한 구석에 쪼그리고 앉은 엄마의 등을 봤다. 어둠 속이었지만 옆에 놓인 게 소주병이라는 것쯤은 보였다. 나는 엄

210

마가 술을 마실 줄 안다는 것을 그때 처음 알았고 또 엄마 등이
그토록 작다는 것도 처음 알았다.

놀랍게도 엄마는 흐느끼고 있었다.

엄마는 왜 그 시간에 그곳에서 그렇게 작게 울고 있었을까…….

엄마의 울음이 모두 내 탓인 것만 같았다. 나는 친구의 일기
장을 몰래 훔쳐본 아이처럼 초조했다. 내일 눈을 뜨면 엄마가
사라지고 없을 지도 모른다는 불안이 엄습했다.

숨을 틀어막고 살금살금 침대로 돌아왔다. 그리고 두 눈을 꼭
감고 누워 이렇게 중얼댔다.

"난 아무것도 보지 못했어. 엄마는 아무렇지도 않아……."

"육아는 현대 여성에게 힘겨운 스트레스가 되죠. 아이를 낳
기 전까지 자기 일만 잘하면 됐던 여자들에게 한 생명을 돌보는
일은 두려움일 수밖에 없습니다. 우리 쪽에서는 그것을 '자기
애와 모성애의 충돌'이라고 표현하기도 하죠. 우리 사회가 여
자가 아이를 위해 희생하는 것을 당연시 여기는 것도 문제죠.
심지어 그렇지 못한 엄마에게는 손가락질까지 하면서요. 유행
처럼 모유 수유를 강요하고 자연분만만이 최고의 분만법인 것
처럼 강조하는 것도 분명 문제예요."

"……."

"현수 씨, 아프리카 속담 중에 이런 말이 있대요. 아이를 하나 키우기 위해선 온 마을이 필요하다. 육아는 엄마 혼자 짊어져야 할 숙제가 아니에요. 앞으로는 죄책감 때문에 혼자 앓지 말아 요. 윤현수 씨. 파이팅."

의사는 힘껏 주먹을 쥐어 보이더니 조심스레 마지막 말을 덧 붙였다.

"현수 씨 가슴 안에는 늘 아버지가 들어 있는 거 알고 있죠?"

그 말이 몹시도 아프게 다가왔다.

"아플 거예요. 이해해요. 그렇지만 외면하지 말고 그 상처를 들여다봐주세요. 토닥이고 말을 걸어주세요. 현수 씨와 현수 씨 의 아이, 그리고 가족 모두를 위해서 말이에요."

목구멍 깊숙이 걸렸던 가시가 튀어나오는 것 같았다. 늘 태연 한 척했지만 가슴에 자리 잡은 아빠의 환영은 아물지 않은 상처 였던 것일까. 의사가 덧붙인 말처럼 한 사람의 영혼이 곪아 터 지기까지는 타인의 눈에 보이지 않는 많은 것들이 숨어 있는 모 양이었다.

"우리 인간은 거미줄처럼 얽힌 가족이란 굴레에서 단 한순간 도 자유로울 수 없어요. 그건 누구에게나 마찬가지죠."

나는 그녀의 조언대로 항우울제를 복용하며 운동을 시작했다. 임신 전 사이즈의 옷을 입을 수 있게 되면서부터 세상이 다르게 보였다. 의식적으로 베란다 쪽은 내다보지도 않았다. 컨디션을 되찾자 아기를 돌보는 데도 여유가 생겼다. 눈빛만으로 아이가 원하는 것이 보이면서 지오가 점점 더 사랑스러워졌다. 적당한 온도로 분유 타는 일에 누구보다 자신이 붙었을 때쯤 학원으로 복귀를 준비했다.

지오를 출산한 지 꼭 일곱 달 반 만의 일이었다.

너는
내게
가깝다

오후 1시 57분. 창밖으로 보이는 하늘은 금방이라도 눈이 펑펑 내릴 것처럼 꾸물거린다.

수 한의원 근처 스타벅스. 얼음 넣은 에스프레소를 단번에 들이마신 수호가 벌떡 일어섰다.

"아무래도 난 못 보겠어요. 보려면 현수 씨 혼자 봐요."

옆에서 치즈 케이크를 떠먹고 있던 지오가 수호를 멀뚱히 올려본다.

정확히 3분 후면 바리스타 2급 실기 시험 합격자 발표가 난다.

"후우. 한의사 시험 발표 때보다 더 떨릴 줄은 몰랐네."

"수험표 이리 줘요. 대신 확인해줄게요."

수호의 수험표를 받아든 나는 스마트폰을 이용해 홈페이지에 접속한다.

"잠깐만! 현수 씨 것부터 확인해보면 안 될까요?"

문제없다는 듯 끄덕였지만 나 역시 긴장되기는 마찬가지였다.

수험번호를 입력하라는 화면 위에 신중하게 열 자리 숫자를 입력한 뒤 두 눈을 질끈 감는다. 실기 시험 때 예상치 못한 변수들이 있었던 지라 마음 편히 결과를 기다리기 힘든 상황이었다.

카푸치노 만들 때 우유 거품의 밀도도 성에 차지 않았고 손가락은 왜 그리 떨리던지. 결과를 기다리는 가슴이 콩닥콩닥 두 방망이질 친다.

잠시 후 옆에서 수호의 실망 섞인 목소리가 들려온다.

역시 떨어진 건가. 슬며시 실눈을 떠보니 수호가 잔뜩 불만 섞인 표정으로 투덜대고 있다.

"이거 공인 인증 시험 확실해요? 그냥 아무나 다 붙나 봐요."

그제야 스마트폰을 들여다본다. '축하합니다. 윤현수 님은 바리스타 2급 실기 시험에 합격하였습니다'라는 문장이 또렷이 보인다.

환하게 웃는 내 모습에 지오도 덩달아 신이 나서 박수를 친다.

"이제 수호 씨 것도 확인해봐야죠. 내가 할까요?"

그는 고개를 젓더니 비장한 얼굴로 자신의 수험번호를 입력한다. 결과가 나오기까지의 짧은 시간 동안 매섭게 스마트폰을 노려보는 모습에 웃음이 난다. 곧이어 뜬 합격 소식에 그의 얼굴이 의기양양해진다.

"그럼 그렇지. 내가 말이죠. 시험 같은 거 떨어지고 그러는 스타일이 아니거든요."

방금 전 그 비장감은 대체 어디로 갔담. 그는 얼굴을 바짝 들이대더니 작정한 듯한 얼굴로 묻는다.

"이름은 어떻게 지을까요?"

"네?"

"동업합시다! 두 바리스타가 만났으니 이제 카페 차려야죠."

"카페요?"

"뭘 놀라세요. 당연한 순서 아닌가? 내가 생각해봤는데, 현수의 수, 수호의 수를 따서 '카페 수' 어때요? 우리 한의원 이름이랑 같아 계열사 같은 느낌도 있고. 수우미양가 중에서도 수가 제일 좋은 거 알죠?"

"한의원은 어쩌구요? 문 닫을 거예요?"

"뭐가 걱정이에요. 나보다 똑똑한 한의사들은 세상에 차고 넘치는데."

수호의 눈빛이 진심으로 반짝인다. 지금 당장이라도 카페 자리를 알아보러 갈 기세였다.

"나는요. 그냥 도전의 의미였어요. 카페를 차린다는 생각은 해본 적 없어요."

"기껏 힘들게 시험까지 붙어놓고 그게 무슨 말입니까? 혹시 파트너가 맘에 안 들어요?"

"누가…… 그렇대요."

"그럼 뭡니까? 문제가."

뭐가 문제냐구? 해맑은 그 질문에 갑자기 말문이 막힌다.

그러면 이 순간 이렇게 솔직히 외쳐야 할까.

당신과 카페를 연다구요? 좋아요! 매일 같이 커피 향으로 하루를 열고 또 그렇게 하루를 마감한다니. 그 꿈같은 일이 현실이 될 수만 있다면 난 당장 커피콩이 되어 당신 손끝에서 그라인딩되고 싶어요.

커피 원두로 변신한 내 모습을 상상하자 큭 웃음이 터진다.

"이런 답답한 여자를 봤나. 아직도 상황 판단이 안 됩니까?"

수호는 혼자 큭큭 대는 날 보며 지금까지 중 가장 진지한 눈으로 말한다.

"나 지금 당신한테 프러포즈하는 중입니다."

그는 내 앞에 무릎을 꿇고 앉았다. 그리고 제 손에 내 손을 얹고는 그 위로 작은 지오의 손도 포갠다.

"우리 앞으로는 후회 같은 거 남기지 말고 살아요. 당신, 충분히 그럴 자격 있는 여자니까."

지오가 응급실에 갔던 밤에 깨진 내 무릎에 약을 발라주던 모습이 떠오른다. 그때도 이 남자는 이렇게 내 앞에 무릎을 꿇고 앉았었지. 그에게 끝도 없는 빚을 지고 있는 이 기분은 무엇일까. 대체 이 많은 빚을 어떻게 갚아야 할까.

요즘 지훈과는 '카톡 부부'로 살고 있다. 사나흘에 한번 지오의 사진을 전송해주는 일이 그와 나의 유일한 소통이었다.

얼마 전까지만 해도 명탐정 놀이에 빠져 카드 내역을 GPS 삼아 지훈의 사생활을 뒤쫓았지만 이젠 아니다. 여자의 미세한 촉은 카드 결제 내역만으로 치정 소설 한 편쯤은 가뿐히 쓸 수 있다는 사실이 끔찍해졌기 때문이다. 상상은 또 다른 상상을 낳았고 어느새 눈덩이처럼 불어난 불신은 나를 아무 희망 없는 세상 끝으로 몰아내기 충분했다.

정확히 2주일 전 금요일.

신용카드 결제 내역에 따르면 그는 살고 있는 전주에서 가까운 군산이란 도시에 간 모양이었다. 그는 누군가와 '군산항'이라는 횟집에서 식사를 하고 7만5000원을 결제했고 그 뒤 로즈힐이란 곳에서 5만원을 결제했다. 스마트폰으로 군산의 로즈힐을 검색해 확인한 결과 그곳은 횟집이 즐비한 곳에 위치한 숙박

업소였다.

"네. 로즈힐 모텔입니다."

상대의 목소리를 확인한 순간 하늘이 무너지는 소리라도 들은 사람처럼 나도 모르게 통화 종료 버튼을 눌러버렸다. 그리고 그 순간부터 앞이 보이지 않았다. 캄캄한 어둠속에 갇혀 빛을 잃은 나는 태어나 한 번도 앞을 보지 못한 사람과 다를 게 없었다.

손등에 놓인 수호의 손길이 따스하다. 따스하다는 말은 적어도 이 순간만큼은 외롭지 않다는 의미다.

창밖으로 하나둘 눈발이 날리기 시작했다.

'내일 10시. 법원 앞에서 보자.'

지훈에게 카톡을 보내고 나서 서재를 치우기로 한다.

작은 방은 지훈이 보던 책과 지오의 장난감 블록, 인형들이 뒤섞여 발 디딜 틈도 없다. 장난감부터 빠른 손놀림으로 분류해 정리함에 넣는다. 한쪽 벽을 꽉 채운 책장 안에 제 멋대로 꽂혀 있는 책들이 보인다.《국어 음운론》,《현대시 개론》,《방언의 흐름》,《소설쓰기의 기초》와 같은 전공서적들이다. 주인이 떠나버린 책들은 무기력하게 먼지와 시간만 꾸역꾸역 집어삼키는 중이다.

빈 상자를 가져다 책장 맨 위에 있는 책부터 꺼내 차곡차곡 정리한다. 내일 지훈에게 차로 실어가도록 할 작정이다. 집에 돌아오는 길에는 지훈이 지오를 보러 매주 올 것인지, 격주로 올 것인지 상의하게 될 것이다. 아이가 어려 밖에서 만나기는 힘들 테니 그때마다 내가 자리를 피해줄지도 의논해야 한다. 남녀의 이별 끝에는 결국 이토록 현실적인 이야기만 남는다. 아무이견 없이 양육권을 내준 그에게 조금은 고마운 심정이다.

'그래. 내일 보자.'

답장을 확인하다가 그만 다른 손에 들고 있던 두꺼운 전공 책 한 권을 떨어트리고 말았다. 2킬로그램은 족히 될 법한 하드커버의 뾰족한 모서리가 수직낙하해 나의 엄지발가락을 찍었다. 날카로운 비명이 절로 나왔다.

제길. 이 와중에 무슨 꼴이람. 간신히 의자에서 내려와 방바닥에 주저앉는다. 맞은 자리가 욱신거리며 금세 부어오른다. 나는 분풀이라도 하듯 책을 집어 벽 쪽으로 세게 던져버렸다.

픽. 저만치 나가떨어진 책의 갈피 사이에서 봉투 하나가 삐죽 고개를 내민다.

슬그머니 엉덩이를 밀고 다가가 그 봉투를 집어 든다.

희푸른 겉봉에는 색 바랜 잉크로 이렇게 쓰여 있다.

'나의 윤현수에게'.

현수야. 내가 언젠가 말했었지?

나는 아주 기다란 하수구 안에서 고교 시절을 보냈다고.

친구들과 어울리기보단 두 평 남짓한 자취방에 있길 좋아했고

또래들이 가요를 듣고 춤 연습을 할 때

난 형의 레코드 중에서 우울한 음악만 녹음해 가지고 다니며 흥얼
거렸지.

그래서였을까?

자연히 책 읽는 시간이 늘게 되었다.

일종의 돌파구로서 문학을 이용했다고 할까.

하지만 이 이기적인 이용이 문제였나 보다.

시간이 흐르면서 난 다른 비상구를 찾는 방법을 잃고 말았어.

현수야. 내 안에는 분노가 꿈틀대고 있다.

그 혀를 날름거리는 분노 덕에 이곳까지 왔다 해도 과언이 아니다.

다시 말하면 '글'이 좋아서 여기에 왔다기보다

어쩔 수 없이 이끌려 이곳에 온 거야.

글을 써보고 싶다는 너. 자각이 있는 네가 난 너무 부럽다.

그것은 내게는 없는 것이니까.

그러기에 넌 충분한 결실을 얻을 수 있으리라 믿어 의심치 않는다.

그리고 잊지 말기 바란다.

잘할 수 있는 게 따로 있는 게 아니고 잘할 수 있도록 만들어 가야 한다는 걸.

현재 너의 초조함은 모든 걸 이길 수 있는 힘이 될 거라 생각해본다.

.

.

.

오늘은 강의 시간에 너의 목을 뚫어지게 쳐다보았어.

그리고 깃이 세워진 셔츠 칼라를 보았다.

거기에서는 너의 자존심이 보였지.

날카롭게 세워져 있지만 부드럽게 목을 감싸고 있던 곡선.

창밖엔 봄비가 내리고 있었고 습도 덕에 약간은 구부정할 수 있음에도 불구하고

너에게는 자연법칙이 적용되지 않는 듯했다.

이런 것들을 자세히 본 것은 별다른 뜻이 있어서는 아니다.

난 항상 사람들의 목선을 자세히 본다.

목은 개인의 노력으로 변할 수 없는 거라 믿고 있다.

목선의 느낌을 드러내는 데에는 여러 가지 기준이 있다.

조화, 주름, 둘레, 잔 머리카락, 길이, 목과 머리의 각도,

하다못해 점, 여드름, 기미에 이르기까지.

뒤에서 네 목을 미치도록 쳐다봤다.

너는 닫혀 있었다.

넌 들어줄 아량은 있어도 말할 용기는 없는 것 같았다.

화를 내기보다는 삼키는 게 많아 보였다.

나는 네가 화를 낼 줄 아는 윤현수이기를 바란다.

만약 다른 이에게 화 낼 용기가 생기지 않는다면 내게 화를 내도 좋다.

혼자 삼키지만 말아주기를…….

나는 네 목선이 가진 향내가 좋다.

느끼게 되면 시원해지는…… 뭐라 말해야 할까.

은은히 다가오는 동양란 같다고 할까? 아니면 민트일지도 모르겠다.

여하튼 너는 향내 나는 사람임에는 틀림이 없는 것 같다.

네가 느끼는 나는 어떤 향, 아니 냄새가 날까?

궁금하기는 하지만 대답을 듣는 건 미루기로 한다.

난 아직 꽃을 피우기에는 멀었으니까.

.

.

.

우리는 감정에 대해 과대포장을 하지 말자.

그리고 부탁하건대 틀을 만들어놓고 그 속에 사람을 구겨 넣지 않

223

았으면 좋겠다.

그러면 상대는 먼저 지쳐서 천천히 틀을 벗어나려고 할 거야.

다듬어지지 못한 이 문장이 너에게 제대로 전달이 될지 걱정스럽다.

이래서 밤에 쓰는 편지는 부쳐서는 안 되는 법인가 보다.

나에게 네가 가깝냐고 물었지?

정말 소중한 것은 말로 할 수 있는 게 아니야.

될 수 있으면 내가 너에게 표현하는 방법은 말이 아니었으면 한다.

한 사람을 진실로 그리며 몇 날을 세고도 할 수 있는 말은

고작 '사랑해' 이것뿐이니까.

그러면 그 사랑은 평범해지고 마는 것이다.

윤현수. 중요한 사실은,

너는 내게 가깝다.

나는 너와 가까이 있다.

기억나니?

우리가 처음 만난 3월 3일.

학교 앞 호프집에서 신입생 환영회를 마치고 나오던 길.

자리를 옮기느라 밖으로 나와서 너와 나는 함께 걸었다.

그때구나. 너에게서 처음 민트향이 나던 게⋯⋯.

네가 기쁠 땐 날 잊어도 좋아.

네가 슬플 땐 날 찾아와줘.

너를 감싸 안고 같이 울어줄게.

네가 좋은 친구와 함께 있을 때면 구경꾼처럼 휘파람을 불게.

대신 네가 외로워 걷고 있을 때면 길동무가 되어줄게⋯⋯.

1997년 3월. 갓 대학생이 된 내게 또래의 생기발랄함을 찾기란 어려운 일이었다.

IMF 경제 위기가 닥치기 직전 그 회오리가 우리 집을 덮쳤으니까. 국내 유명 제과업체들에 과자 포장지를 납품하던 아버지의 공장은 거짓말처럼 하루아침에 부도가 났고 긴 세월 동고동락한 직원들은 매서운 빚쟁이로 둔갑해 들이닥쳤다. 집 안의 가구와 가전, 내 고물 워크맨에까지 빨간딱지가 붙었다.

우리 네 식구는 15년을 산 집보다 훨씬 더 어둡고 비좁은 곳으로 이사해야 했다.

동생은 다니던 입시학원을 그만두었다. 아버지는 집에 들어오는 날보다 들어오지 않는 날이 많아졌다.

그러던 어느 날 평소보다 일찍 들어온 나는 세수를 하고 나오다 아버지와 맞닥뜨렸다. 며칠 만에 본 아버지는 다시 어디론가 나가시려고 구두를 신던 참이었다. 수건을 들고 어색하게 서 있는 나를 본 아버지는 땟물 흐르는 점퍼 주머니에서 무언가를 꺼내어 건네셨다.

내가 받아든 것은 꼬깃꼬깃 접힌 지폐였다. 만 원짜리 한 장과 천 원짜리 두 장. 그것은 아마도 아버지가 가진 전부인 듯 보였다.

"밥 사먹어라."

나지막한 소리로 말씀하셨던 아버지. 나는 그저 오랜만에 받는 용돈에 기분이 좋았다. 내가 돈을 바지 주머니에 집어넣는 것을 보자 아버지는 다 낡아빠진 구두에 발을 욱여넣고 나가셨다. 그 등 뒤에 대고 "다녀오세요"라고 조그맣게 말한 것, 그것이 아버지와의 마지막이다.

그로부터 사흘이 지났다. 나흘이 지나고 일주일이 지나도 아버지는 돌아오시지 않았다. 곧 오시겠지 생각했지만 3주가 지나서야 덜컥 무서운 생각이 들었다. 남은 가족들은 부랴부랴 경찰에 실종신고를 하고 전단지를 돌리고 지인들을 찾아다녔다. 할 수 있는 모든 방법을 동원해도 아버지의 흔적은 어디에도 없었다.

아버지는 그렇게 사라져버렸다.

그때부터다. 엄마가 안방에 불을 켜두기 시작한 것은. 전기요금 걱정을 늘 달고 살던 엄마지만 아버지와 함께 지내던 안방은 낮이고 밤이고 언제나 훤히 밝혀두셨다.

나는 더 슬퍼할 겨를도 없이 곧장 다음 학기 등록금을 걱정했다. 일주일에 이틀은 중학생 과외를 했고 사흘은 집 근처 한식당에서 접시를 닦았다. 그리고 주말에는 서울 시내 예식장을 돌며 서빙을 했다. 예식 홀 뷔페에서 접시를 나르는 일은 생각보다 고됐지만 개중 보수가 괜찮은 편이었다.

스무 살의 자유, 신입생의 설렘 같은 감상적 단어는 나에게 광고 카피에나 나오는 먼 말이었다.

그렇게 고단한 스무 살의 윤현수를 바라봐 준 다른 스무 살 지훈이 있었다는 것은 기적이었을지 모른다. 이틀에 한번 꼴로 내 사물함 안에 들어있던 그의 편지는 빡빡한 내 삶에 한줄기 숨통을 터주었다. 지겨운 아르바이트로 찌들은 내게서 반짝임을 발견해준 사람이 있다는 것은 그 시절 나를 버티게 해준 유일한 힘이었다.

언젠가 맥도날드에서 햄버거를 먹으며 물은 적이 있다.

"근데 말이야. 니가 준 편지에서 그랬잖아. 내가 너에게서 가깝다고⋯⋯."

"응."

"니가 말한 가깝다는 게 정확히 얼마큼인지 말해줄 수 있니? 예를 들어 사람의 두 눈 사이의 거리만큼 가깝다거나 엄지와 검지사이만큼 가깝다거나, 아니면 서울에서 제주도거리만큼 가깝다거나⋯⋯."

"수학자처럼, 말이야?"

끄덕이는 내게 지훈은 무척 난처한 표정을 지어보였다.

"그건 불가능해."

"왜 불가능하다는 거니?"

그는 조바심 내는 내게 친절한 과외선생님처럼 또박또박 설명하기 시작했다.

"왜냐면 말이지. 정확한 수치로 측정되는 순간 그건 마음이 아니라 숫자가 돼버릴 뿐이거든. 그러면 더 이상 가까운 게 아닌 게 돼버리는 거야."

이해할 수 없었다. 대체 왜 우리가 얼마만큼 가까운 사이인지 속 시원히 말해주지 않는 걸까. 어쩌면 나를 진심으로 사랑하지 않기 때문이 아닐까.

당시 스무 살짜리 여자애가 내릴 수 있는 사랑의 유일한 정의는 '표현'이었다. 그의 애정을 갈구하는 별 볼 일 없는 여자가 되어버린 것 같아 속상했다.

"윤현수. 하지만 다른 방식으로 말해 줄 수는 있어."

"뭔데? 그게."

"음……."

지훈은 잠시 뜸을 들이더니 조금의 막힘도 없는 말을 꺼내놓기 시작했다.

"윤현수 넌 말이야. 내가 아침에 눈을 떴을 때 가장 먼저 전화하고 싶을 만큼 가까워. 그리고 눈부시게 파란 하늘을 바라볼 때 그 기쁨보다 가까워. 윤현수, 너는…… 말이야. 내가 널 알지 못하던 시절의 네 친구들까지도 질투하게 할 만큼 가까워. 그리고 너는 내게 너 없는 미래는 아무 기쁨도 느낄 수 없을 거라고 믿게 할 만큼 가까워……."

그만 숨이 턱 하고 막혔다. 그 덕에 들고 있던 햄버거를 손에서 떨어뜨렸던 것 같다. 겨우 햄버거 따위를 씹다가 그런 근사한 고백을 받게 될 줄은 예상 못했으니까.

낮잠에서 깬 지오가 눈을 비비며 들어온다.

아이는 피가 고인 엄마의 엄지발가락을 보더니 걱정스레 묻는다.

"아포? 엄마 발 아야아야."

"아니야. 괜찮아. 엄마 아무렇지도 않아."

아이를 끌어안고서 정수리에 얼굴을 묻는다. 파우더 향 샴푸 냄새에 마음이 평온해진다.

무슨 생각인지 지오가 나의 등을 찬찬히 토닥인다. 그 손의 온기가 등을 지나 가슴까지 뜨겁게 전해진다.

"많이 컸네…… 우리 지오."

지오 맘의 TO DO LIST

1. 지오 소아과 데려가기 + 감기약 먹이기.

2. 동화책 읽어주기. (영어 동화책도!)

3. 발톱 빠진 곳에 연고 바르기.

4. 청소. 청소. 청소. 그리고 빨래. 빨래. 빨래.

5. 텅 빈 냉장고 채우기.

6. 내일 지훈을 만나면 어떤 표정을 지을까 고민하기.

춘천 가는 기차

　서초동 가정법원 앞에는 나처럼 상대를 기다리며 서 있는 사람이 꽤 있었다.

　하필이면 올 겨울 들어 가장 추운 날씨이다.

　쌩한 바람이 불어올 때마다 패딩점퍼 깃을 움켜 세운다. 재작년 겨울 지훈이 사준 점퍼다. 18층에서 1층으로 이사를 한 뒤 지훈은 나를 데리고 백화점 아웃도어 매장에 갔다.

　"북극에 가도 살아남을 정도로 따뜻한 점퍼 보여주세요."

　지훈은 그 모든 일이 너무 추워서 일어났다고 믿는 사람 같았다.

　"이걸로 하자. 이게 제일 따뜻한 거래."

지훈이 들이민 점퍼는 투박했다. 한눈에 봐도 내 취향이 아니었다.

내가 고개를 젓자 그는 디즈니 애니메이션 슈렉의 목소리까지 흉내 내며 나를 꼬드겼다.

"윤현수, 당장 날 입어. 그럼 당장이라도 엄홍길 대장이 이끄는 히말라야 원정대에 참가해도 끄떡없을 테니."

결국 내게 고성능 패딩 점퍼를 입히고 나서야 한숨 놓겠다는 얼굴을 하던 그가 떠오른다.

빠앙—

지훈의 차가 보인다. 주차부터 하라는 내 말에 그는 일단 타라는 손짓을 한다.

"아침이라도 먹자. 너도 아직일 거 아냐."

"그냥 들어가자."

냉정한 내 대답에 그는 마지막 비상구마저 차단돼버린 도망자처럼 고개를 숙인다. 순간 내가 몹쓸 짓을 한 것처럼 민망해졌다. 그래서 생각에도 없던 말을 내뱉고야 말았다.

"나 드라이브…… 하고 싶어."

"그래? 그럴래? 어디로 갈까?"

추운 겨울. 평일 오전의 국도는 예상보다 더 적막하고 쓸쓸하다.

조수석에 앉은 나는 괜히 창문을 열어본다. 갑자기 훅 밀려드는 찬바람에 잠시 숨이 멎는다.

서울에서 그리 멀지 않은 데도 이곳까지 나와 본 지가 언제인지 까마득하다.

좋구나. 나오니까.

남편과 이혼하러 나온 날, 다른 여자들도 나 같은 생각을 할까 싶어 헛웃음이 난다.

앞만 보며 운전하던 지훈이 시디 하나를 건다. 곧 스피커에서 익숙한 멜로디가 흘러나온다.

김현철의 〈춘천 가는 기차〉다.

그는 아무 말 없이 운전만 하고 있지만 내 귀에는 그가 건네는 말이 들리는 듯 했다.

'현수야. 들리니? 우리 노래야.'

스무 살의 나는 좁은 거실 한 구석에 앉아 가뜩이나 꼬불꼬불한 유선 전화 줄을 더 꼬아대고 있었다.

벌써 새벽 3시를 넘긴지 한참이었지만 우리 통화는 끝날 줄 몰랐다.

"윤현수. 넌 대학 오면 제일 하고 싶은 게 뭐였니?"

"하고 싶었던 거?"

"응. 뭐야?"

"글쎄……."

지훈과 전화 데이트를 시작한 지 얼마 안 된 때였다. 정확히 2주 전, 전공 수업인 '현대소설의 이해' 수업이 끝나고 내 뒷자리에 앉아 있던 지훈이 이렇게 물었다.

"윤현수. 전화해도 되니?"

그날 밤, 아르바이트가 끝나고 12시가 다 돼 들어온 나는 얼른 씻고 전화기 앞에 앉았다. 그리고 다른 식구들이 깰까 봐 벨이 울리길 기다렸다 단번에 받았다.

그날부터 우리는 매일 목소리를 죽여가며 끝도 없는 이야기를 나누었다. 어느 날은 동 틀 무렵 상대가 잠든 숨소리를 확인하고 끊은 적도 있다.

"그럼 지금 얼른 생각해봐."

"지금? 음…… 아! 그거!"

"뭔데?"

"춘천 가는 기차 타보기! 나 그거 해보고 싶었어."

"춘천?"

"나 가수 김현철 팬이거든. 고3 때 독서실에서 워크맨으로 〈춘천 가는 기차〉를 들으면서 결심했어. 대학 가면 꼭 기차타고 춘천에 가보리라."

234

"그래? 그럼 타자."

"응?"

"타보자구. 기차 타고 춘천 가자. 기차표는 내가 예매할게. 넌 알바 시간만 조정해."

"정말?"

정말로 우리는 중간고사가 끝난 날 청량리역으로 갔다.

"청량리역에 와본 건 처음이야."

나는 서울에서 나고 자란 아이였지만 그때까지 학교와 집, 아르바이트 장소를 제외한 지리에는 까막눈이나 다름없었다.

"윤현수. 너 한강 유람선도 안 타봤지?"

"어떻게 알았어?"

"63빌딩은 가봤어? 아이맥스 영화 본 적 있어?"

대답 없는 날 보며 지훈은 안쓰러운 얼굴로 물었다.

"윤현수 너 같은 애들을 뭐라고 부르는 줄 아냐?"

"뭐라고 하는데?"

"서울 촌년!"

"뭐어!"

내가 요란하게 팔을 때리자 그는 여자 손이 왜 이리 맵냐며 엄살을 부렸다.

그때 낡고 덜컹거리는 기차가 요란한 소리를 내며 역 안으로 들어섰다. 실내 공기는 후텁지근했고 천장에 매달려 있는 선풍기마저 먹통이었다. 기차가 출발하자 지훈이 배낭에서 뭔가 주섬주섬 꺼냈다. 반투명 비닐 백에 담긴 것은 반쯤 깨진 삶은 계란과 사이다였다.

"이게 다 뭐야. 촌스럽게."

"너 기차 여행에 계란이 빠지면 얼마나 서운한 줄 알아. 아침에 이거 삶느라고 오늘 시험과목 공부 한 시간 못했다는 것만 알아줘라. 아! 그리고 또 있어."

그다음 지훈이 가방에서 꺼낸 것은 시디플레이어와 시디 한 장이었다.

김현철 1집 앨범 재킷이 내 눈에 들어왔다.

지훈도 나처럼 김현철 팬이었나 궁금했지만 가만히 그가 건넨 이어폰 한쪽을 꽂고 기다렸다.

그는 매끈하게 껍질을 벗긴 계란에 소금을 찍어 내게 건넸다. 소금 묻은 쪽으로 한입 베어 물자 고소한 맛이 입안에 퍼졌다. 삶은 계란이 이렇게 맛있는 음식인 줄 그날 처음 알았다.

계란을 먹는데 지훈이 내 왼손을 슬며시 잡았다. 이래도 괜찮은 걸까 잠시 고민했지만 곧 떨쳐버렸다. 오히려 자꾸 배어나오는 땀 때문에 그가 불쾌감을 느끼지는 않을지 조바심만 났다.

지훈은 이제 모든 준비가 다 되었다는 듯이 시디플레이어의 재생 버튼을 눌렀다.

나눠 낀 이어폰 사이로 우리 둘만을 위한 완벽한 공연이 막을 올렸다.

그날 춘천행 무궁화호는 스무 살의 두 청춘을 새로운 세상으로 데려다 줄 환상 특급 열차였다.

조금은 지쳐 있었나 봐 쫓기는 듯한 내 생활

아무 계획도 없이 무작정 몸을 부대어보면

힘들게 올라탄 기차는 어딘고 하니 춘천행

지난 일이 생각나 차라리 혼자도 좋겠네

춘천 가는 기차는 나를 데리고 가네

오월의 내 사랑이 숨 쉬는 곳

지금은 눈이 내린 끝없는 철길 위에

초라한 내 모습만 이 길을 따라가네

그리운 사람 그리운 모습

차창 가득 뽀얗게 서린 입김을 닦아내보니

흘러가는 한강은 예나 지금이나 변함없고

그곳에 도착하게 되면 술 한 잔 마시고 싶어

저녁때 돌아오는 내 취한 모습도 좋겠네

춘천 가는 기차는 나를 데리고 가네
오월의 내 사랑이 숨 쉬는 곳
지금은 눈이 내린 끝없는 철길위에
초라한 내 모습만 이 길을 따라 가네
그리운 사람 그리운 모습

이혼하려고 만난 부부 앞에 펼쳐진 소양강댐이라니.

두 팔을 벌리고 폐 속 깊은 곳까지 맑은 공기를 들이 마셔본다.

"당신 기억나? 그때 춘천역에서 우리 태웠던 택시기사 아저씨."

그의 물음에 동시에 이심전심 게임을 하는 사람처럼 검지를 앞으로 내밀고 소리친다.

"엉터리 닭갈비집!"

그때 택시 아저씨를 생각하면 아직도 원망스럽다. 아저씨는 맛있는 닭갈비집이 묻는 애송이들을 손님 하나 없는 최악의 닭 갈비집에 내려줬다.

"당신은 두어 번 먹어보더니 투덜대느라 먹지도 않았잖아. 발로 만들어도 이것보다 낫겠다면서."

"지금 생각해도 울렁거린다. 그래도 현수 넌 끝까지 싹싹 잘도 긁어먹더라."

"그럼 버려? 닭갈비 값으로 내 하루 알바비를 썼는데. 맛은 없어도 몸에 해롭진 않겠지 하는 심정으로 먹었지 뭐."

주머니를 강탈당한 기억조차 시간이란 공정을 거치면 그럴듯한 추억 한 장으로 탈바꿈된다.

"나 실은 그날 돌아오지 않을 작정으로 떠났었어."

지훈은 고해성사라도 하듯 가라앉은 목소리로 말을 꺼냈다.

"너랑 자고 싶었으니까."

마땅한 답이 떠오르지 않았다.

"새삼스럽게 지금 고해성사해? 그럼 난 이렇게 답해야 하나. 그날 나를 지켜줘서 고마웠어. 정말 감동이야."

"너. 정말……."

"나도 알고 있었어."

"……."

"당신이 호주머니 속에 있던 막차 표 만지작거리면서 망설인 거."

"……."

"그러니까 내가 당신이란 남자랑 결혼했지. 뭐 별거 있었는 줄 알아?"

"미안하다…… 별 거 있는 남자이고 싶었는데."

"그럴 필요 없어. 나 역시 별 거 없는 아내였으니까."

슬픈 인정의 시간이다.

"마지막 기차야……."

스무 살의 지훈은 누구에게 하는 말인지 모를 말을 혼자 중얼거리고 있었다.

춘천역 앞 커다란 바늘 시계는 밤 9시 55분을 가리키고 있었고 분침이 다시 움직이자 그는 결심한 듯이 내 손을 잡고 개찰구 쪽으로 뛰어갔다. 그리고 역무원에게 표를 보인 후 플랫폼을 향해 뛰었다. 헐떡이며 숨을 참으며 기차에 타고 나서야 지훈은 나를 보고 미소 지었다. 제 결정이 옳았다는 확신에 찬 얼굴이었다.

우리는 스마트폰으로 요즘 유명하다는 닭갈비집을 검색했다.

평일임에도 불구하고 식당은 손님들로 바글바글했다. 입구에는 전국각지로 배송될 닭갈비들이 스티로폼 상자에 포장된 채 택배기사를 기다리고 있었다.

옆 테이블에서 먹음직스럽게 볶아지고 있는 닭갈비를 보니 갑자기 식욕이 돌았다. 젊은 아르바이트생이 다가와 우리 테이블의 무쇠 팬에 닭과 채소, 떡과 고구마 사리를 넣고는 능숙하게 버무린다. 슥삭슥삭. 넓은 스테인리스 주걱이 거친 소리를 내며 재료와 양념을 고루 섞는다. 닭갈비가 기름 속에서 지글거리며 익는다. 매콤한 연기가 코로 들어오는 바람에 재채기를 하자 지훈이 자리를 바꿔준다.

"우리 어쩌다 여기까지 온 거니."

연기 때문인지 그의 목소리가 매콤하게 들린다.

"현수야. 나 한번 믿어주면 안 되겠니. 이은이랑 관계, 네가 생각하는 그런 거 아냐. 그냥 같은 부서 후배니까 밥 먹고 차 마시고, 고민 있으면 서로 얘기 들어주고……."

"그만해. 그런 거 중요하지 않다고 했잖아."

여기까지 와서 그 여자의 이름을 듣고 싶지는 않았다.

"지오도 있는데, 우리 이러면 안 되잖아. 안 그래?"

지오 생각을 하면 저 끝에서부터 뜨거운 것이 훅 올라온다.

"이제 와서 이런 말 소용없는 거 알지만……."

"……."

"너 많이 아팠던 그때…… 나도 많이 힘들었다."

그는 이제 모든 것을 체념한 얼굴이다.

"네가 나같이 모자란 놈 만나서 아픈 것만 같았어. 너 같은 애가 그런 극단적인 행동을 했을 때는 분명히……."

그는 무슨 말을 하고 싶은 것일까. 솔직히 그날 일은 누구의 잘못도 아니다. 그냥 어느 순간 예고 없이 닥친 자연 재해 같은 것이었다. 우리 힘으로는 어쩔 도리가 없는 그런 일말이다.

"나 그날, 엄마 집에 갔었어."

사건이 있던 그날 친정에 갔었다는 말을 꺼낸 적은 처음이다.

"집은 비어 있었고 내 방에 혼자 서 있는데 온몸에 소름이 돋았어. 모든 게 그대로인데 거울에 비친 나만 딴 사람처럼 변해 있더라."

"현수야……."

"내가 만약, 그때 아빠를 잡았다면…… 어땠을까 생각했어."

"……."

"내가 만약 그 돈을 받지 않았다면 아빠는 돌아오셨을까? 자꾸만 후회돼서 미칠 것만 같았어. 대체 어디 계신 걸까. 살아계시기는 한 걸까? 그렇게 한참 동안 밖으로 나가 아빠를 찾아다녔어. 그러다가…… 집으로 돌아온 거였어."

그날 내 발과 거실이 시커먼 얼룩으로 엉망이던 이유를 이제야 고백하게 된 것이다.

가만히 듣고 있던 지훈이 내 두 손을 꼭 잡는다. 그리고 지금이 아니면 영원히 기회를 놓칠 것 같은 사람의 얼굴로 입을 뗐다.

"내가 비겁한 놈인 거 알지만 이 말은 꼭 해야 할 것 같아서 할게."

"……."

"실은 전주로 내려간 거…… 일부러 자원한 거야."

이게 무슨 말이지. 지훈이 일부러 주말부부를 택했다고? 왜? 나한테서 도망치기 위해서? 별안간 바보가 돼버린 기분이다. 만약 사실이라면 지훈은 나뿐 아니라 지오까지도 속인 셈이다.

나는 순간 상처받은 마음을 들키지 않으려고 내게도 비장의 카드가 있다는 유치한 얼굴로 그를 본다.

"상관없어."

"……."

"그 말은 나도 당신한테 따져 물을 자격이 없는 사람이란 뜻 이야."

그는 한대 얻어맞은 표정이더니 낯빛이 점점 하얗게 바뀐다.

"그게 무슨 뜻이야. 윤현수 너 설마 다른 사람이 있단 거야?"

길어지는 나의 침묵에 그가 의자를 뒤로 밀치며 일어나 소리 친다.

"얼른 대답해! 씨팔!"

식사하던 손님들의 시선이 모두 우리 쪽으로 쏠린다.

내가 시선을 피하자 그는 쓴웃음을 한번 보이더니 그대로 뒤 도 보지 않고 나가버린다.

지글거리는 팬에서 탄 냄새가 올라온다. 아르바이트생이 불을 끄고는 눌어붙은 닭갈비를 뒤적인다.

지훈의 차가 황급히 주차장을 빠져나가는 모습이 보인다.

예나 지금이나 이놈의 닭갈비와는 인연이 없는 모양이다.

지오를 뽀로로 테마파크에 데려간 어느 날 예전 수강생의 어머니에게서 전화가 걸려왔다.

그녀는 일간지 경제면에 칼럼을 기고하고 있는 경제학과 교수로 3형제 중 둘을 나란히 명문대에 합격시킨 자타공인 슈퍼맘이다. 전화의 요지는 고2가 되는 막내아들과 친구들까지 세 명으로 그룹을 꾸릴 테니 논술 수업을 맡아달라는 것이었다.

쉽게 답할 수는 없었다. 수강생이던 아이를 데리고 팀을 짜는 것은 누가 봐도 보기 좋은 그림이 아니다. 원장 입장에서는 학생을 빼돌리는 것으로 볼 수도 있는 민감한 문제다. 나의 정중한 거절에 그녀는 반응을 예상한 사람처럼 깔끔하게 말했다.

"원장님과는 이미 얘기 다 마쳤으니까 불편해할 필요 없어요."

지훈이 매달 양육비를 보내주고 있고 통장 잔고도 아직 남아 있지만 언제까지 거기에만 의존할 수는 없는 터였다.

"윤 선생님, 내가 어드바이스 하나 할까요? 일하던 엄마는 집에 못 있어요. 날 불러주는 곳이 있을 때 맘껏 일하는 거예요."

그녀는 아이들이 수학 과외를 하는 오피스텔이 있으니 거기

서 수업을 하면 된다는 설명과 함께 전화를 끊었다. 뽀로로 테
마파크에서 지오의 넘치는 에너지를 모두 소진시키고 나가는
것만이 목표이던 내 머리가 다시금 복잡해진다.

그녀의 조언처럼 일하던 엄마가 육아하고 살림하는 엄마로
살기는 정녕 어려운 일일까.

나 역시 지오와 둘만 있는 하루가 행복했지만 공허하고 조바
심이 날 때도 있었다. 혹시 내가 다른 엄마들보다 모성애가 부
족한 것은 아닌지 고민도 됐다. 그럴 때마다 일이 적성에 맞는
사람도 있고 육아와 살림이 적성인 사람도 있을 거라며 스스로
를 다독이던 참이었다.

일이 좋으면 워킹맘으로 살고 살림이 좋으면 전업맘으로 살
수 있다면 얼마나 좋을까. 그러나 안타깝게도 하고 싶은 것과
해야 하는 것 사이의 간극은 좁혀지지 않는다. 어쩌면 엄마란
존재는 죽는 순간까지 이 슬픈 불일치를 감내하며 살아야 하는
지도 모르겠다.

"선생님, 저 아기 낳았어요. 딸이에요."

민이의 목소리는 이제 막 몸을 푼 산모치고 씩씩했다. 보통
초산은 예정일을 넘기곤 하는데 민이는 예정일보다 사흘이나
빨리 진통이 왔고 여섯 시간 진통 끝에 순산을 했다고 한다.

아기와 산모를 들여다보기 위해 미리 준비해둔 배냇저고리
며 내복을 챙기는 사이 미역국이 생각났다. 비록 친정 엄마는
아니지만 맛있게 끓인 미역국을 먹이고 싶어졌다. 다행히 냉동
실에 국거리용 소고기가 있었다. 달궈진 냄비에 참기름을 두르
고 다진 마늘을 볶다가 불려둔 미역과 소고기를 함께 넣고 달달
볶는다. 미역국은 오래 끓일수록 부드럽고 맛있지만 지금은 마
음이 급하다.

국이 끓자 한입 떠서 호— 불어 지오에게 맛보인다. 아이는
국물 맛을 보더니 엄지를 치켜 올린다.

"징짜징짜 마시쩌."

요즘 부쩍 말이 늘었다. 또래에 비하면 아직 한참이나 느리지
만 지난번 영유아 검진 때 부정적인 소견을 들었던 것을 생각하
면 눈부신 발전이다.

아이를 언어 클리닉에 보내는 대신 아이만의 속도를 지켜보
는 쪽을 택하기란 쉽지 않았다. 하지만 이 어린 아이도 나처럼
대책 없는 엄마를 믿고 따라주는데 내가 아이를 믿지 못할 이유
는 없었다.

지오의 합격점을 받은 미역국을 보온병에 담는다. 갓난아기
다루듯 한 국자씩 조심히 담는 엄마를 보는 지오의 눈빛도 덩달
아 설레어 보인다.

"아까 병원에서 나온 미역국이랑 차원이 달라. 대박 맛있어요."

민이는 국 한 그릇을 금세 비우고 한 그릇 더 먹겠다고 한다.

"너 다이어트 언제 할래? 오늘부터 당장 시작한다며?"

"아빠! 아까 의사 선생님 말씀 못 들었어요? 잘 먹어야 초유도 잘 나온대요."

자궁에 품고 있던 소중한 아기를 이제 막 세상 밖으로 내놓은 엄마다운 말이다.

잠든 민이를 두고 신생아실로 내려가 아기를 보는데 지오가 유리창 너머 아기를 보고 환하게 웃는다.

"우와. 이쁘다."

녀석. 저도 얼마 전까지 비슷한 처지였다는 사실을 잊은 모양이지.

49센티미터, 2.8킬로그램의 아기는 첫눈에 봐도 민이와 꼭 닮았다. 오랜만에 아기를 마주하니 생명의 신비와 탄생을 다룬 다큐멘터리를 감상하는 것처럼 경건해진다.

"축하해요. 할아버지 된 거."

내 인사에 수호가 두 눈을 크게 부릅뜨고는 정색한다. 민이가 아기를 낳은 것과 자신이 할아버지가 되는 것은 전혀 상관없다는 얼굴이다.

"할아버지라니요?"

"맞잖아요. 할아버지. 아니에요?"

"놀리지 마요. 나한테 왜 그러는 겁니까! 내 나이가 몇인데······."

점점 벌겋게 달아오르는 얼굴을 보니 처음 만났을 때가 떠오른다. 딸의 담임 강사에게 대뜸 좋은 생리대가 뭐냐고 묻던 그 강수호가 말이다.

그때는 정말 상상도 못 했던 일이다. 그 변태를 좋아하게 될 줄은.

그리고 그가 이렇게 일찍 손녀를 만나게 될 줄은······.

"강수호 할아버지. 손녀 보신 소감이 어떠세요?"

싫다는 수호를 자꾸 놀려대니 재미있다. 지오도 옆에서 할비 할비 하면서 엄마를 거든다.

급기야 그의 눈에서 눈물이 터져 나올 기세다.

뭐가 그리 억울한 걸까. 할아버지를 그저 할아버지라고 불렀을 뿐인데 말이다.

서른일곱 살의

파자마 파티

흥겨운 캐롤이 흩어지는 카페 통유리 너머로 명동성당이 보인다.

"솔직히 오늘 같은 날 내가 아기 똥 기저귀 갈면서 보내게 될 줄은 몰랐습니다."

"말했잖아요. 일찍부터 잡아놓은 약속이라구. 그래도 그렇지, 여기까지 따라와요?"

"그럼 어떡합니까. 크리스마스이브인데, 얼굴이라도 잠깐 보려면 아쉬운 내가 움직여야지."

볼멘소리로 투덜대는 수호의 눈이 퀭하다. 아기가 밤낮이 바

뛰어서 맘 편히 잠을 자본 게 언젠지도 모르겠다는 그는 힘겨운 육아 전쟁 중이다. 만성 피로에 찌든 것은 수호뿐이 아니다. 새벽마다 문자로 카톡으로 질문이 쏟아지는 통에 나까지 수면부족에 시달리고 있으니까.

'어쩌죠? 아기가 분유를 먹고 토했어요! 분수처럼요!'

'아무리 달래도 두 시간째 우는데 어디 아픈 걸까요?'

'눈동자가 이상한 거 같아요. 자꾸 가운데로 몰리는데 사시일까요?'

'목욕 시킬 때 그냥 물로만 헹구면 아기가 찝찝해하진 않을까요?'

'아기는 원래 이렇게 자주 똥을 쌉니까?'

'볼이 빨간데 혹시 아토피성 피부염이면 어쩌죠?'

처음에는 나도 육아 선배로서의 역할에 충실하고 싶어 그의 질문에 성심성의껏 응했다.

'분수 토를 한다구요? 분유를 조금씩 먹이고 반드시 트림을 시켜주세요.'

'계속 운다구요? 말을 할 수 없으니 울 수밖에요.'

'눈동자가 몰린다고 걱정할 필요 없어요. 그맘때 아기들은 대부분 그러니까요.'

'아기는 물로만 씻겨도 충분히 깨끗하답니다.'

'지오는 신생아 때 하루에 열 번도 넘게 똥을 쌌는걸요?'

'태열일 가능성이 커요. 춥다고 너무 싸매지 말고 서늘하게 해주세요.'

어마어마한 질문 폭탄에 시달리다 지친 나는 즐겨 찾던 육아맘 카페 주소를 알려주는 것으로 마지막 질문의 답변을 대신했다.

'앞으로 궁금한 게 있으면 이곳에 물어봐요!'

그 다음날 수호에게 답장이 날아왔다.

'와우— 이런 곳이 있다니 놀라워요! 모든 해답이 여기 있었네! 감사감사.'

그리고 연이어서 날아온 그의 문자에 웃음이 빵 터지고 말았다.

'내 카페 닉네임이 뭔지 않아요? 리틀 할배랍니다. 어때요? 어울리죠?'

"왜 하필 오늘 다른 약속을 잡은 겁니까?"

"내가 원하는 것들을 리스트로 만들어보라고 한 건 수호 씨였어요. 기억 안나요?"

나는 스마트폰의 메모장을 클릭해 수호에게 보여주었다.

오늘은 바로 'YOON'S LIST'의 세 번째 항목 '싱글 때처럼 친구들과 밤새 놀아보기'를 실천하기로 한 날이다. 얼마 전 셋이 모인 날, 크리스마스이브에 우리만의 모임을 가지면 어떻겠냐는 제안을 했다.

혜린은 오케이를 외치며 그 자리에서 호텔 하얏트에 전화를 걸었다.

"고객님. 12월 24일은 6개월 전부터 이미 모든 룸의 예약이 끝났습니다만"이라는 말을 전해 듣자 혜린은 포기하지 않고 총지배인까지 연결해 결국 스위트룸을 얻는데 성공했다. 그리하여 우리는 부모 몰래 파자마 파티를 여는 10대 소녀들처럼 오늘을 기다려온 것이다.

호기심으로 가득 차 메모장을 들여다보던 그의 얼굴에 그늘이 드리운다.

순간적으로 아차 싶은 맘에 스마트폰을 뺏어들었지만 그는 이미 'YOON'S LIST'의 마지막 항목을 보고난 후였다.

'지훈과 헤어지기'.

미처 끝내지 못한 숙제를 들켜버린 기분이 든다. 기다리고 있는 그에게 어떤 말도 꺼낼 수가 없었다.

"어머! 벌써 와 있었네. 나 늦은 거 아니다."

막 카페 문을 열고 들어온 혜린이 나를 보고 호들갑을 떤다.

"근데 이 낯선 비주얼은 누구실까?"

"처음 뵙겠습니다. 강수호라고 합니다."

그녀는 빛의 속도로 수호를 머리부터 발끝까지 스캔했다. 작은 것 하나도 놓치지 않겠다는 까다로운 눈빛. 그리고 채 1분도 지나지 않아 그녀의 눈빛은 호감으로 바뀌었고 아예 수호 쪽으로 몸을 돌려 앉았다.

"한의사시라구요. 제가 요즘 체력이 약해져서 약을 좀 먹을까 하는데, 병원이 어디?"

체력이 약해져? 혜린은 A급 육아도우미 덕에 마음 놓고 주 3회 PT를 받고, 주 2회 이상은 골프 연습장에 나가 퍼팅 연습을 한다. 그리고 뭣보다 체력이 약한 사람이라면 매일같이 축구 경기장보다 넓은 백화점을 층마다 누비며 쇼핑하는 일 자체가 불가능할 것이다.

"진맥해봐야 알겠지만 건강해 보이시네요. 약도 남용하면 오히려 해가 됩니다."

딱 부러지는 수호의 대답에 혜린의 입이 금세 뾰족해진다.

창밖으로 려가 보인다. 반가운 마음에 손 인사를 하려는데 그녀 옆의 낯선 사람이 서 있다. 카페 건너편에 서서 려의 목에 머플러를 둘러매주는 한 남자. 우리보다 서너 살 쯤 많을까. 175센

티미터 정도의 키에 무테안경을 쓴 남자는 짙은 네이비 컬러의
모직 코트를 입고 있었다.

세상을 다 가진 이의 행복한 미소로 려를 챙기는 그는 대체
누구일까.

하얏트 호텔의 스위트룸은 근사했다.

우리의 시선을 가장 먼저 잡아끈 것은 욕실. 이탈리아산 최고
급 대리석으로 만들었다는 커다란 욕조에 차례로 몸을 담그니
부러울 게 없다.

목욕을 끝낸 우리는 혜린이 준비해온 헬로 키티가 그려진 핫
핑크 잠옷으로 똑같이 갈아입었다. 비록 서른일곱에 어울리는
디자인은 아니었지만 오늘은 무엇이든 용납될 것이다.

"아직 젊은 우리의 날을 위하여! 치어스!"

혜린의 제의에 와인 잔을 들었다. 오늘 파티를 위해 수호가
주문해준 와인 맛은 훌륭했다.

"여기 100평은 돼 보인다. 이런 방은 하룻밤에 얼마나 해?"

려가 방안을 두리번거리자 혜린이 대수롭지 않다는 듯 답한다.

"세금, 봉사료 텐텐 붙어서 한 천만 원쯤?"

"뭐어!! 너 미쳤니!"

이번엔 려와 내가 동시에 소리친다.

"그 정도 가지고 뭘. 너희가 깔고 앉은 카펫이 한 장에 얼마 짜린 줄이나 아니? 억이다, 억."

와인 잔을 들고 있던 려의 손이 움찔한다. 만약 이 크림색 카펫에 실수로 붉은 와인 한 방울이라도 떨어뜨린다면 어떤 일이 벌어질지 겁이 나는 모양이다.

"언니가 큰맘 먹고 쏘는 거니까 걱정 마. 나 이 호텔 VIP라 추가 디시도 받아."

혜린은 아직도 놀란 얼굴의 려를 향해 잔을 들어 보인다.

"오늘밤은 스무 살로 돌아가서 밤새 놀아보는 거다. 잔소리할 남편도 없겠다. 애도 맡기고 왔겠다. 우리 진짜 끝내주지 않니?"

쨍 하고 부딪히는 크리스털 소리가 경쾌하다.

정말이지 친구들과 술 마시며 밤을 지새우는 일이 얼마만인가.

셋의 나이를 합해 60이던 그때와 111라는 숫자가 나오는 지금, 우리는 불어난 숫자만큼 멀리 왔을까.

담배 연기 자욱한 학교 앞 지하 호프에서 1500원짜리 생맥주 잔을 부딪치던 그때와 하룻밤 숙박료가 천만 원인 호텔 방에서 값비싼 와인을 마시는 지금 사이에는 얼마나 많은 변화가 있을까.

서른이 넘어가면서 인생에 대해 아는 척 우쭐거릴 때도 있었다.

불합리와 부조리에 공분하고 소리 높이는 대신 세상 다 그런 거야. 인생이 그렇지 뭐 따위의 말들로 스스로와 타협하는 날들이 늘어갔고 마치 그것이 진짜 어른이 되는 과정인 양 까불었다.

하지만 나는 여전히 궁금하다.

진정 어른이 된다는 것은 무엇일까.

서른일곱. 아직까지 삶이 이토록 아픈 이유는 대체 무엇일까.

"윤현수, 너 지오 딴 눈 안 팔게 관리 잘 해라."

무슨 뜻이냐며 묻는 내게 혜린이 눈을 흘긴다.

"무슨 말이긴. 잘 키워서 내 사위 삼으려고 그러지."

"뭐어!"

"이 반응은 뭐지? 너 혹시 촌스럽게 우리 비비안 출생의 비밀에 집착하니!"

"그게 아니라 지금이 조선 시대도 아니구⋯⋯."

"조선 시대가 아니니까 그렇지. 요즘 세상 얼마나 험해. 믿을 만한 놈한테 보낼 거야, 우리 비비안."

그때 려가 잔을 소리 나게 내려놓는다.

"그건 안 되겠는데. 지오는 내가 먼저 찍었거든. 우리 유빈이랑 짝지어줄 거야."

"어머. 애 웬일이니. 내가 지오 취향을 좀 아는데, 유빈이 보다 우리 비비안이 더 어울려."

한 치도 물러섬도 없는 두 엄마의 팽팽한 기 싸움은 차마 눈뜨고 바라볼 수 없을 정도다.

우리는 빠른 시간에 네 병의 와인을 비웠고 세 접시의 치즈와 과일을 먹어 치웠다. 평소 이슬만 먹고사는 여자들만의 만찬에 음식이 부족한 것은 정말이지 미스터리다. 추가로 룸서비스에 페페로니를 더블로 얹은 피자와 치즈를 멜팅한 감자튀김을 주문해서 먹고 나서야 우리는 배를 두드렸다.

"현수야. 나 하나만 묻자."

"뭔데?"

"너 아까 그 한의사랑 잤지. 잘하디?"

느닷없는 혜린의 공격에 좀 전에 먹은 감자튀김이 도로 튀어 나올 뻔 했다.

물론 수호와 밤을 보내고 싶다는 생각을 하지 않은 것은 아니다. 아니 수없이 했다. 수호처럼 매력 있는 남자를 거부할 수 있는 여자는 지구상에 없을 테니까. 그러나 내 안의 무엇이 나를 가로막고 있는지는 나도 알지 못했다.

"음 내 느낌엔 말이야, 강수호. 그 남자. 잘 할 거 같애······."

혜린이 군침까지 꿀꺽 삼키며 중얼거린다.

"나혜린. 너 정말 웃긴다. 왜 니가 침을 삼키고 그래?"

려의 면박에도 그녀는 표정하나 변하지 않더니 되레 소리친다.

"너무 오래돼서 그런다! 상상하는 것도 죄니? 그것도 죄야?"

혜린의 억눌린 변명에 동시에 웃음이 터졌다.

"나같이 섹시한 여자가 근사한 수컷에게 시선 가는 건 지극히 자연스러운 현상이지. 물론 려 니 앞에서는 내가 미안하다. 나보다 더 오래됐을 텐데……."

그러자 려가 어깨를 으쓱해 보이며 의미심장하게 웃는다.

"내가 제일 오래됐다구? 장담할 수 있어?"

뭐지 저 표정은. 설마 려가? 다른 여자도 아니고 남자라곤 종일이밖에 모르던 려가?

"혹시 아까 그 사람이니?"

조심스런 내 질문에 려는 양 볼이 발개지며 끄덕인다.

"아까 누구? 현수 넌 알아? 누군데? 빨리 말해봐!"

네이비 코트의 남자를 보지 못한 혜린이 질문을 퍼붓는다.

"총각이니? 아님 돌싱? 딸린 자식은?"

려는 크게 심호흡을 한번 하고 침착하게 말을 꺼낸다.

"다 얘기할게. 나이는 우리보다 두 살 많아. 서른아홉. 그리고 내가 주말에 일하는 키즈 카페 있지. 거기 대표야."

"대표와 직원의 로맨스라. 좀 구린 냄새가 나는데?"

그녀는 혜린의 빈정거림에도 아랑곳 않고 계속 이야기를 이어갔다.

"사적인 사이는 아니었는데 지난번 유빈이 돌잔치에 다녀간 뒤로 가까워졌어. 그 사람도 혼자 아들을 키우고 있거든."

"와이프는?"

"유방암이었대. 아이 낳고 일 년 만에……."

그랬구나. 너와 같은 상처를 가진 남자였구나.

"다시 이 길을 가야 할지 망설였어. 그런데 한번 더 노력해보려고 해. 아무것도 하지 않는 것보다 그게 나을 거 같아서."

혜린이 슬그머니 일어나 화장실로 향한다. 잠시 후 안에서 수도꼭지를 세게 틀어놓는 소리가 난다. 그녀는 아마도 종일이를 떠올렸으리라.

"려…… 잘됐어. 정말 잘 된 일이야."

려의 눈시울이 붉어지더니 나의 목을 끌어안고 귓가에 속삭인다.

"너 이제 정말 괜찮은 거지? 현수야 나는 말이야. 그때 얼마나 무서웠는지 몰라. 사랑하는 내 친구를 영영 잃어버리는 줄 알고. 이렇게 다시 돌아와줘서 고마워."

바보. 고마운 사람은 나잖아. 신경정신과에 다니며 치료받던 그때 매일 전화해주고 날 보러와 준 그녀가 없었다면 아마도 더 오래 힘들었을 것이다.

"자. 청승은 이제 그만! 잊었니? 오늘은 크리스마스이브라구."

퉁퉁 부은 눈으로 돌아온 혜린이 가방에서 시디 한 장 꺼내

오디오에 건다.

곧이어 쿨의 〈슬퍼지려 하기 전에〉 전주가 흘러나오자 세 여자의 눈빛이 동시에 통한다.

그 시절 어딜 가나 흘러나오던 바로 그 노래. 그 멜로디를 듣고 있자니 이미 퇴화된 청춘 세포들이 꾸물꾸물 되살아나는 느낌이다.

"다들 어서 일어나! 고고!"

우릴 일으켜 세운 혜린은 걸 그룹 기죽이는 섹시한 포즈로 리듬을 타기 시작한다.

려와 나는 숨죽이고 그녀를 바라봤다.

그러나 기대와 달리 그녀의 몸은 딱딱한 나무토막에 불과했다. 의욕은 앞서지만 몸이 절대 따라주지 않는 통 아저씨 저리 가라 할 막춤.

"우우우우우. 그만! 그만둬!"

우리의 거센 야유에도 꿈쩍 않는 모습은 그녀가 가진 거부할 수 없는 매력이다. 그녀에게서 용기(?)를 얻은 나도 천천히 음악에 몸을 맡겨본다. 그저 몸을 움직였을 뿐인데 조금씩 기분이 좋아진다. 우리는 한참 그렇게 춤을 추고 나른한 기분으로 소파에 기대앉았다. 그때 별안간 려가 소파 위로 올라서더니 손나팔을 만들고 천정에 대고 외친다.

"종일아. 미안해…… 그리고 지켜봐줘!"

그 뒤로 동그란 눈으로 보던 혜린이 려 옆에 올라서서 소리친다.

"나도 할 말 좀 할게. 브라이언, 이 개자식! 성병에나 걸려 죽어버려!"

혜린은 거기서 끝나지 않았다.

"참. 깜박할 뻔했는데 이 말은 꼭 해야겠다. 너 밤에 진짜 꽝이야! 너랑 살면서 한 번도 오르가즘을 느낀 적이 없었다는 것만 알아둬. 이제 알겠니? 니 실력을! 어휴. 속 시원해."

오 마이 갓. 그녀의 고백에 웃음과 눈물이 함께 터진다.

너희가 그렇게 솔직해버리면 나는, 나는 어떡하라고.

이번엔 내 차례다. 심호흡을 크게 하고 혜린 옆에 섰다.

"윤현수. 난 너한테 말할게."

그동안 나에게 해주고 싶은 말을 너무 많았던 것일까.

"이 바보천치! 헛똑똑이. 너처럼 모자란 여자는 정말 처음이다. 앞으로 정신 똑바로 차리고 살아!"

구질구질한 넋두리는 생각보다 길게 이어졌다.

화장기 없는 맨얼굴이 불편해져버린 나이 서른일곱.

꿈과 자신감이 있던 자리는 이제 눈물과 주름 차지지만 그녀들과 함께인 지금 이 순간만큼은 서른일곱이라는 숫자가 조금도 부끄럽지 않다.

그녀는 너무 예뻤어. 하늘에서 온 천사였어.

잠시 침체됐던 분위기는 박진영의 〈그녀는 예뻤다〉가 나오면서 다시 뜨겁게 달아올랐다.

혜린은 음악에 맞춰 입고 있던 목욕 가운의 허리끈을 천천히 풀어 보이기 시작했다. 마치 쇼걸을 보는 듯 했다. 막춤 속에서 피어나는 뇌쇄적인 눈빛은 여자들만 보기에 아까울 정도로 섹시했다. 그리고 급기야 가운 안에 입고 있던 키티 잠옷까지 완전히 벗어 던지는 용기를 발휘했다.

아무 예고도 없이 마주한 그녀의 알몸 앞에 우리는 입이 떡 벌어졌다.

박진영의 노래 가사처럼 그녀의 몸은 너무도 너무도 예·뻤·다.

매끈하고 윤기 나는 피부와 군살하나 없이 완벽한 S라인은 21세기 현대 의학 기술이 만들어낸 최고의 예술품이 분명했다.

혜린은 그녀의 몸에 연신 감탄사만 연발하는 우리에게 다가와 음흉하게 말했다.

"나만 벗는 건 뭔가 억울하지 않니. 니들도 빨리 벗어. 우리끼린데 뭐 어때! 좀 보자! 응?"

"으아아악!! 왜 이래! 현수야. 애 미쳤나봐!"

려와 나는 혜린을 피해 100평이 넘는 스위트룸 구석구석으로 도망 다니기 시작했다.

이 순간만큼은 행복이라 믿고 싶은 우리만의 크리스마스이브가 지나고 있었다.

동트지 않은 새벽, 요의에 잠을 깬 나는 카펫 바닥에서 잠든 려와 혜린을 발견했다. 이 침대에서 자기 위해 얼마나 큰돈을 지불했는지 생각하면 절대 있을 수 없는 일이다. 초인적인 힘을 발휘해 두 여자를 침대로 데려가 눕힌다. 그러자 둘은 잠결에 서로를 꼭 끌어안는다.

휴대전화를 확인 해보니 새벽 5시가 조금 안 된 시간이다.

지오는 할머니와 단 둘이 자는 게 낯설진 않았을까. 수호에게 와인 잘 마셨다는 인사도 못했는데…… 크리스마스이브를 똥 기저귀와 함께 하도록 내버려둔 것이 이제 와서 조금 미안해진다.

잠시 접어두었던 걱정을 챙기는 사이 배경화면에 카톡 수신 표시가 뜬다.

이 시간에 누구일까. 수호에게 온 메시지인가 싶어 확인해보니 발신자는 지훈이다.

'메리 크리스마스. 윤현수 그리고 김지오. 사랑한다.'

그에게서 단 한 번도 사랑한다는 말을 들어 보지 못한 여자처럼 불안해진다.

노력해보는 것이 아무것도 하지 않는 것보다 나을 거라던 려의 말이 떠오른다.

그래. 오늘은 크리스마스가 아닌가.

'당신도. 메리 크리스마스!'

망설임에 떨리던 손가락이 끝내 전송 버튼을 누르고 만다.

오전 11시 30분. 우리는 지하 베이커리에서 케이크를 하나씩 사들고 각자 집으로 향했다.

택시 안에서 지오가 보고 싶어 마음이 조급해졌다. 같이 있으면 피곤하지만 떨어지면 금세 그 살 냄새가 그리워지는 게 부모 자식 관계일까.

"엄마아아."

현관에 들어서자마자 지오가 달려 나온다. 부엌에서 나오신 엄마의 표정이 평소와 달리 긴장돼 보인다. 엄마의 등 뒤로 지훈이 얼굴을 드러낸다.

"왔어? 오랜만이야."

잔뜩 주눅 든 얼굴의 그는 며칠 굶은 사람처럼 홀쭉하다.

"내가 불렀다. 크리스마스잖니, 현수야."

엄마는 내가 대놓고 싫은 내색을 할까 걱정되셨는지 조용히 말씀하신다.

식사 중이던 식탁을 보니 도미찜부터 엘에이 갈비까지 지훈이 좋아하는 반찬들 일색이다.

안방으로 들어가 옷을 갈아입는데 똑똑 노크와 함께 지훈이 들어온다.

"당신이 오해할까 봐. 어머님이 전화하셨더라구. 지오가 날 찾는다고. 어머님이 부르시는데 모르는 척할 순 없잖아."

"새벽에 보낸 문자 하나에 오버한 건 아니구? 됐으니까 이제 그만 가봐."

냉랭한 내 태도에 그가 바닥에 꿇어앉았더니 내 다리를 붙든 채 매달린다.

"현수야. 춘천에서 일은 미안하다. 내가 지금 당신한테 따질 입장 아닌 거 알아."

"......"

"나 서울로 전근 신청했어. 안 받아들여지면 회사 관둘 거야. 앞으로는 절대 당신이랑 지오 옆에서 안 떨어질게. 니들 없으면 나 죽는다. 진심이야."

그에게서 후두둑 눈물이 떨어진다. 이제 와 눈물 따위가 다 무슨 소용이란 말인가. 대체 뭘 어쩌라는 거지. 나는 그 자리에 주저앉아버린다. 그리고 주먹으로 지훈의 가슴을 마구마구 후려치기 시작했다.

"나쁜 자식! 니가 어떻게 그래······ 나한테 어떻게······."

지훈은 그저 묵묵하게 한참이나 계속되는 내 악다구니를 고스란히 받아냈다.

남편이 심각한 산후 우울증을 앓았다고 고백해왔을 때 아내로서 어떤 반응을 보여야 할까.

두 눈이 퉁퉁 부은 지훈이 털어놓은 이야기는 꽤나 충격적이었다. 그는 한동안 아무도 모르게 정신과 치료를 받았다고 한다. 왜 진작 말하지 않았느냐고 묻자 간단명료하게 답했다.

"쪽 팔려서."

듣고 보니 그보다 더 적절한 이유는 없을 것 같았다.

"네가 상담받고 치료받을 동안 내 자신이 너무 무능하게 느껴져서 견딜 수가 없었어. 네가 다시 학원에 나가고 나서도 한동안 악몽을 꿨지. 매일같이 네가 베란다에서 추락하는 꿈을 꿨어. 떨어지고 또 떨어지고······ 넌 수도 없이 그 차디찬 시멘트 바닥에 머리가 깨진 채 산산조각이 났다고. 시뻘겋게 흐르는 피까지 어찌나 생생하던지······."

바로 지금 내 눈앞에 그가 꾼 꿈이 그대로 목격되는 기분이다. 참혹하게 깨진 나의 머리와 부서진 팔다리가 보인다. 그리고 이미 주인을 떠난 슬픈 영혼까지도.

"서로만 사랑하던 예전이 얼마나 그리웠는지 몰라. 미치도록 돌아가고 싶었어. 너는 나에게, 나는 너에게만 집중하던 그때로 말이야. 지오가 예쁜 것하고는 별개였어. 돈 잘 벌고 능력 있는 와이프 있어 좋겠다는 주변 사람들 비아냥거림보다 네 앞에서 작아지는 내가 미치도록 싫었어. 나도 꿈이 있었는데…… 이게 아닌데…… 어느 날 화장실에 거울에 보이는 이 못난 자식이 누군가 싶더라."

고민 끝에 병원을 찾은 지훈은 남성 산후 우울증이라는 진단을 받았다. 잠시 가족과 떨어져 지내보라는 것도 의사의 처방이었다.

"몰랐던 거야. 아빠가 되는 것도 준비가 필요한 일인 줄."

그의 이야기를 듣고 있자니 내가 무슨 일을 저지른 건지 혼란스러워진다. 처음 해보는 부모 노릇이 나만 힘겹다고 생각했던 걸까. 아니면 지훈이라는 남자에 대한 막연한 기대가 그를 완벽한 남자로 만들어버리는 위험천만한 잘못을 저지른 걸까. 지오가 태어난 뒤로 그의 마음은 조금도 챙기지 못했다는 자각에 가슴이 무거워진다.

"그때 이은이 나타난 거야. 너 말고 다른 여자를 품에 안다니…… 내가 돌았었나봐."

그 순간 허락도 없이 내 귓속으로 들어온 그의 자백을 도로 토해버리고 싶었다. 남자들은 왜 모르는 걸까. 사실 여부를 떠나 죽기 전까지 아니 죽어서도 확인하고 싶지 않은 일이 있다는 사실을.

남녀가 진정한 소통을 하는 것은 지구가 멸망하는 순간까지 절대 불가능한 일인 모양이다.

지오가 잠든 것을 확인하고 슬그머니 몸을 일으킨다. 아이는 살짝 뒤척이더니 입술을 오물거린다.

"압빠⋯⋯."

제 아빠 꿈을 꾸는 모양이다. 지오는 곧 옆에 놓인 로봇 인형을 안고 편한 얼굴로 다시 잠에 빠진다.

이제 네 살이 될 아이는 아빠의 모습을 그대로 닮아간다. 심지어 잘 때 한쪽 팔만 위로 올리고 자는 버릇까지 꼭 닮았다.

세상 모든 아이들이 그러하듯 지오 역시 제 아빠의 모습을 보며 커가겠지. 아빠와 비슷한 신발을 신고 싶어 하고 아빠 스킨을 몰래 발라보고 함께 야구를 하고 목욕을 하면서 그렇게 아이에서 소년으로 그리고 진짜 남자로 자라게 될 것이다.

훌쩍 커버린 지오를 상상하자 벌써부터 콧잔등이 시큰해진다.

커피를 마실 시간이다.

2014년의 마지막 날, 이제 몇 분 후면 새해가 밝는다.

오랜만에 원두를 갈고 탬퍼를 꾹꾹 누르자 처음 머신을 선물하던 날 수호가 떠오른다.

며칠째 그의 전화를 받지 않고 있다.

크리스마스이브, 명동성당 앞에서 본 것이 그와의 마지막 만남이다.

'무슨 일이 있는 겁니까. 연락 좀 줘요. 숨이 막힐 지경이니까.'

그의 걱정 담긴 문자에도 답을 하지 못하고 있다.

카푸치노를 내려 보기로 한다. 그가 제일 좋아하는 커피다.

입술에 닿는 폭신한 거품의 감촉이 처음 입 맞추던 날 그의 입술과 닮아 있음을 기억한다.

그의 이름 석 자를 머릿속에 되뇌고 나니 보고픈 마음은 더욱더 간절해진다. 주체할 수 없는 그리움이 나를 짓누른다.

나는 휴대전화 속에 담긴 고유명사를 삭제하기로 한다.

강·수·호. 010 — 90×× — 09××

'연락처가 삭제됩니다'.

확인 버튼을 눌렀지만 열한 자리 숫자는 더 또렷이 각인된다.

그 순간 휴대전화 액정 속 날짜 표시가 바뀌면서 새로운 해가 밝았음을 알린다.

2015. 1. 1. 오전 00:00

앞에 놓인 카푸치노 잔과 단 둘이 담담하고 조용한 새해인사를 나눈다.

해피 뉴 이어.

혹시 모든 것은 꿈이었을까.

지오 맘의 TO DO LIST

1. YOON'S LIST 기억하기.

1
퍼
센
트의
여
자

강수호 원장님을 만나러왔다는 말에 간호사는 진료실과 통화를 하더니 잠시 기다려달라고 했다.

"지금 보시는 환자분만 끝나면 점심시간이거든요."

시계를 보니 12시 40분을 가리킨다. 대기실로 가서 크림 컬러의 가죽소파에 앉는다.

괜히 여성지 한 권을 들고 뒤적인다. 잡지 중간쯤을 손에 쥐고 페이지를 대강 넘기자 화려한 광고들이 필름처럼 지나간다. 언제 봐도 값비싼 몸값을 뽐내는 명품 광고는 모델도 물건도 비현실적으로 느껴진단 말이야, 라는 생각이 들 때쯤 특집 기사

271

하나에 시선이 멈춘다.

'혼자 두기 아까운 남자들의 라이프 스타일'이라는 제목을 단 기사다.

단정한 블랙 슈트를 차려입은 다섯 명의 남자들 사이로 낯익은 얼굴이 보인다. 기다란 스툴에 걸터앉은 채 오른손으로 턱을 감싸고 있는 그 모습은 어딘지 낯설기도 하다. 지금껏 슈트를 입고 있는 모습을 본 적이 없어서 일까. 잡지 안의 그는 무리 중에서도 가장 눈에 띄고 근사하게 빛난다.

프렌치 레스토랑의 오너 쉐프, IT 기업의 CEO, 텔레비전에 자주 보이던 변호사, 유명 영화감독, 그리고 수 한의원 대표 원장 강수호로 구성된 30대 후반에서 40대 초반의 남자들은 싱글이거나 아니면 흔히들 말하는 돌싱으로 그들의 연애관과 식습관, 취미, 평소 즐기는 스포츠 등에 관한 이야기를 풀어내고 있었다.

'올해 서른아홉의 강수호 원장은 잠원동에 자리한 여성 전문의원 수 한의원의 대표 원장이다. 현재는 몇 년 전 사별한 전처의 딸과 함께 살고 있다'라고 시작되는 인터뷰 기사는 그가 얼마나 괜찮은 남자인지를 만방에 알리기로 작정한 광고 같았다.

기사는 계속해서 그의 병원이 요즘 얼마나 잘나가는지에 대해 늘어놓았다. 민감한 여성의 몸을 최우선으로 여기는 진료 방식에 강남 아줌마들의 발길이 연일 이어진다는 내용과 함께 기자는 이렇게 인터뷰를 마무리 지었다.

"혹시 현재 연애 중이신가요?"라는 기자의 돌발 질문에 강 원장은 수줍어하며 이렇게 답했다. "네. 사랑하는 사람이 있습니다. 마치 태어나 처음 연애하는 기분이에요. 많은 부분이 닮은 우린 마치 데칼코마니로 찍어낸 것 같죠. 그 사람의 표정 하나, 동작 하나하나에 긴장하게 되는데 그 긴장마저 행복합니다." 환하게 미소 짓는 그는 분명 진짜 사랑에 빠진 한 남자의 모습이었다. 이토록 완벽한 1퍼센트의 남자를 사랑에 빠지게 한 그녀는 누구일까. 기자는 내심 그 주인공이 무척 궁금했지만 이내 이렇게 결론 내렸다. 분명 그에 걸맞은 완벽한 1퍼센트의 여자일 거라고. 기자 역시 같은 여자로서 잘 알지도 못하는 그녀에게 말할 수 없는 질투가 느껴진다.

나는 누가 볼세라 황급히 잡지를 덮었다. 이 기자가 어디선가 나를 보고 비웃고 있을지 모른다는 생각이 들었다.

수호는 예고 없는 내 방문에 당황한 듯 보였지만 여느 때처럼 날 위해 의자를 빼주었고 뜨거운 차를 건네준다.
"약차인데 마셔 봐요. 몸이 따뜻해질 거예요."

찬잔을 두 손으로 감싼 채 한 모금 마셔본다.

"좋네요."

거짓말이다. 아무 맛도 느껴지지 않는다.

"두 달하고…… 일주일 만입니다."

부쩍 상한 그의 얼굴에 마음이 안 좋다. 여기서 더 늦어지면 안 된다는 것을 알 수 있었다.

그의 눈동자는 무언가 직감한 듯 흔들리고 있다.

"오늘 나는 지금까지 누구한테도 한 적 없는 이야기를 꺼내려고 해요…… 들어줄래요?"

"무슨 말이든. 좋아요."

그의 목소리에서 그간의 간절함이 전해진다.

"대신 놀라지는 말아요. 윤현수가 얼마나 형편없는 여자인지에 대한 고백이니까."

"……"

"나는……"

"……"

"난요. 고작 100일 된 아기를 두고 죽을 마음을 먹은 적이 있어요."

그의 눈이 대체 무슨 말을 하고 있는 거냐고 묻는다.

"꾸역꾸역 하루를 견디는 것보다 아파트 18층에서 뛰어내리는 게 더 나을 것 같았죠. 그건…… 내가 아닌 나의 선택이었어요."

굳이 그의 아픈 시선을 피하지 않고 계속 말을 잇기로 한다.

"내겐 절망이었지만 사람들은 병이라고 하더군요. 산후 우울증. 아기 낳은 여자들에겐 흔하게 나타나는 거라고. 솔직히 말하면 그 말도 소름끼치게 싫었어요. 그건 마치 패배자들에게나 붙는 이름 같았으니까요. 아기에게 젖도 물리지 못하는 엄마라는 죄책감이 끝도 없이 날 짓눌렀어요."

부인과 전문인 그는 나와 비슷한 고통을 받고 있는 환자들을 많이 봐왔을 터였다. 그러나 지금 이 순간만큼은 그 어떤 객관적인 자세도 취할 수 없어 보인다.

"그래서요…… 그래서 그게 뭐가 문제라는 겁니까?"

"그렇게 엉망인 여자라구요, 난."

"하나만 묻겠습니다."

그가 깊은 호흡을 내쉰 뒤 나를 바로 본다.

"윤현수란 여자한테, 나는 어디까지였습니까."

벼랑 끝에 선 사람의 절규처럼 간절한 그 소리가 나의 가슴을 후빈다.

나는 말해야 할까. 얼마나 그를 원했는지. 그에게 마음을 얹는 그 시간들이 얼마나 따스했는지.

그러나 말을 내뱉는 순간 그 모든 것이 물거품이 되어 사라질까 두려워진다.

"재밌는 얘기 하나 할까요. 나는요, 스무 살 때까지 순댓국을 못 먹었어요. 그렇게 안 생겼죠?"

"……."

"문제는 그때 남자친구였던 남편이 그걸 너무 좋아한 거예요. 뭐 먹을까? 그러면 맨날 순댓국. 그래서 내가 물었어요. 어떻게 물에 빠진 순대를 먹을 수 있어?"

"……."

"그랬던 내가 언제부턴가 그걸 좋아하고 있더라구요. 문득 불안해졌죠. 내가 변하고 있다는 생각에. 원래의 내가 사라지는 것 같아 무서웠어요."

"……."

"그런데 그 사람도 마찬가지더군요. 비빔냉면만 먹던 사람이 나처럼 물냉면을 시키고 있고 내가 좋아하는 김현철 노래만 듣고…… 우린 닮아가고 있었어요."

"……."

"처음부터 데칼코마니처럼 똑같은 게 아니라 그저 노력할 뿐이었죠. 좋아하니까. 사랑하니까……."

"……."

"다시, 노력해보려고 해요."

그는 더 이상 참기 괴로운 듯 일어나 창가 쪽으로 간다.

입고 있는 흰 가운 때문일까. 그의 등이 유난히 춥게 느껴진다. 차라리 나쁜 년이라고 욕을 퍼부어주면 좋겠다는 바람조차 나의 이기적인 욕심일 뿐이다. 다가가 그 어깨를 안아주고 싶은 마음이 간절했지만 이제 더 이상 내게는 아무 자격이 없었다.

과외 하는 아이들이 오기 전 환기를 해두기로 한다.

오피스텔 창문을 열자 제법 여문 햇살이 얼굴을 간질인다. 잠시 봄이라는 계절적 배경에 취해 있는 사이 민이에게 영상 전화가 걸려왔다.

"선생님. 저 이제 공항으로 가요."

아기 띠를 맨 모습에서 제법 엄마 티가 난다.

"제 딸 예쁘죠. 신기하게 점점 우리 엄마를 닮아가네요."

민은 나를 위해 카메라 렌즈를 아기 쪽으로 가져간다. 열여덟 엄마 품에 안긴 아기가 방긋 웃는다.

"선생님. 우리 아빠 병원 쉬기로 한 거 아세요? 그동안 저 키우느라 너무 고생하셔서 안식년 필요하시대요. 저 이제 나가요. 나중에 카톡할 게요."

경쾌한 작별을 마치며 나는 마음속으로 당부한다.

민아. 부디 세상에 부딪히고 넘어져도 조금만 아파해야 해.

그리고 다시 웃으며 일어서야 해. 넌 누구보다 소중한 사람이니까. 그리고 네 아이의 단 하나뿐인 엄마니까.

　일요일 오후 분당 L백화점 일대는 주차장에 진입하려는 차들로 장사진을 치고 있었다.

　고생 끝에 맨 위층의 키즈 카페에 도착했지만 그곳 사정도 별반 다를 바 없었다. 소꿉놀이를 하거나 뛰노는 아이들 틈바구니에 앉아 지친 부모들의 얼굴만 봐도 피로가 밀려왔다.

　"어우 짜증나. 날씨도 좋은데 남편 있는 여자들까지 왜 실내에 와서 논다니!"

　주차하느라 진땀을 뺀 혜린은 애꿎은 상대에게 짜증을 낸다.

　"주말은 늘 이래. 너희 온대서 유빈이도 데리고 나왔는데, 방금 화장실 갔어."

　잠시 후 유빈의 손을 잡고 오는 이는 명동에서 본 네이비 코트의 주인공이다. 다른 쪽 손을 붙잡고 있는 지오 또래의 사내아이도 보인다. 저 아이가 재민이인 모양이다. 그는 우리의 등장에 까다로운 처제들을 만난 것처럼 잔뜩 긴장한다.

　"괜찮아요. 인상은 별로지만 알고 보면 착한 애들이야."

　려의 말에 남자는 그제야 들고 있던 물티슈로 이마의 땀을 닦는다. 간단한 인사를 나눈 뒤 남자는 아이들을 돌보겠다며 자리를 피해주었다.

"사실 며칠 전에 같이 종일이한테 갔었어. 그런데 도착해서 저 사람이 나는 차에서 기다리라는 거 있지. 자기가 종일이라면 우리 둘이 나란히 서 있는 모습 꼴도 보기 싫을 거 같다나?"

려에게 끔찍했던 종일을 떠올려보면 남자의 말이 맞을지도 모른다는 생각이 들었다.

"한 30분 기다렸나? 저 사람이 눈이 뻘게져서 돌아온 거야. 그러더니 뭐라는 줄 아니? 자기는 종일이가 맘에 든대. 종일이도 자길 맘에 들어 했고. 남자끼리 통했다나 뭐라나?"

남자는 그런 사람이었다. 유골함 옆에 놓인 가족 사진을 보고 무슨 생각을 했을지 그리고 종일에게 무슨 말을 건넸을지 알 수 있을 것 같았다.

"넷이 있으면 마음이 따뜻해져. 꼭 종일이가 옆에 있을 때처럼."

려는 엄마 젖 한 번 물지 못한 재민이와 눈을 맞추고 직접 만든 간식을 먹이고 깨끗한 잠자리를 봐주는 엄마가 되고 싶다고 했다. 그 말을 듣고 있자니 다시 목구멍이 뜨거워질 것 같은 기미가 느껴진다.

"니들 또 시작이니? 모이기만 하면 이 지지리 궁상을 어쩔 거야. 궁상엔 약도 없다. 응!"

혜린의 타박에 려는 다시 활짝 웃으며 흰색 사각 봉투를 내민다.

새 가족사진을 넣어 만든 청첩장이다.

"내 하객은 너희 둘뿐이야. 와줄 거지?"

그러자 혜린이 정색하고 묻는다.

"종일이는 허락했다 치고 그럼 재민이 엄마는? 넌 재민이 엄마한테 가서 허락 구했어? 재민이 엄마가 난 이 결혼 반댈세! 하면 그땐 어쩔 건데?"

짓궂은 장난에 려는 난처한 얼굴이 되고 혜린은 그 모습이 재밌는지 킥킥 웃는다.

그때 지훈에게서 전화가 걸려온다. 그의 목소리가 평소와 다르게 흥분으로 떨리고 있다.

"현수야. 지금 학교에서 연락받았어. 2학기부터 전공 선택 강의를 맡아달래!"

귀를 의심할 정도로 놀라운 소식이다. 후배들을 가르치는 것은 그의 오랜 꿈이었다. 서울로 복귀가 받아들여지지 않자 회사를 그만둔 지훈은 얼마 전 드디어 논문을 끝냈다. 그러나 당장 오라는 곳도 가야 할 곳도 없어 막막해하던 참이었다.

"강사 월급 빤한 거 알지. 평가 안 좋으면 금세 잘릴지도 몰라. 그래도 나 끝내주게 기분 좋다. 정교수 임용된 거보다 더 좋아. 현수야. 다 네 덕이야. 나 지오한테 부끄럽지 않은 아빠가 될게."

서른여덟 지훈의 꿈은 20대보다 작아졌지만 그는 지금 행복으로 충만해 보인다. 흥분된 지훈의 다짐을 들으며 행복의 다른 이름은 바닥을 치고 나서야 비로소 깨닫게 되는 감사함일지도 모른다는 생각이 들었다.

학생 수가 늘면서 학부형들로부터 학원을 오픈해보라는 제안을 여러 번 받았다. 생각은 굴뚝같지만 쉽게 결정내리지 못하고 있는 참이다.

대한민국 사교육의 중심이자 최고의 실력파 강사들이 모인 대치동에 멋도 모르고 뛰어들었다가는 망신당하기 일쑤다. 금방 문을 닫거나 시시한 학원으로 낙인찍혀 천덕꾸러기로 전락하기 십상이라는 뜻이다. 그만큼 정보를 바탕으로 한 철저한 준비와 분석 없이 살아남을 수 없는 곳이 바로 이곳이다.

일전에 혹시 괜찮은 자리가 있는지 부탁해두었던 상가 전문 부동산에서 연락이 왔다.

부동산 사장님과 함께 들여다본 곳은 은마 상가 사거리에 위치한 상가 3층이다. 지난달까지 과학 학원이 있던 자리로 규모도 적당하고 인테리어를 새로 할 필요 없이 깔끔한 점이 마음에 들었다.

"눈독 들이는 데가 벌써 몇 있으니 되도록 빨리 결정해줘요."

사장님은 칠판이며 프로젝터, 책상을 좋은 가격에 넘겨받을 수 있다는 이점도 덧붙인다.

머릿속으로 빠르게 계산기를 두드린다. 보증금은 그렇다 쳐
도 월세가 생각보다 비싸다. 학원을 운영하려면 강사도 채용해
야 하고, 상담실장 월급에 아이들을 등하원시킬 통원버스 유지
비까지 따지면 실제 비용은 만만치 않다. 추가로 드는 인테리어
비용과 광고 비용은 빼고라도 말이다.

내가 과연 해낼 수 있을까. 지금이 학원 오픈에 적정한 시기
일까. 연신 머리를 굴려 봐도 뾰족한 답이 나오지 않는다.

상가 1층에서 사장님과 인사를 하는데 카페 문을 막 열고 나
오는 그가 보인다. 그 역시 나를 보자 그대로 멈추었다. 그리고
이 순간을 위해 준비라도 한듯 단 1초의 망설임도 없이 따스한
미소를 지어 보였다.

대치동에는 수령이 무려 500년이 넘은 은행나무가 있다. 그
둘레만 해도 어마어마해서 성인 남자 몇 명이 팔을 둘러도 모자
랄 정도다. 넉넉한 그 품 아래에 놓인 벤치에 앉으니 은행나무
숲을 걷는 착각이 들 정도로 상쾌하다.

"여긴 내가 참 좋아하던 곳이에요. 나무 나이가 500년이라니
대단하죠. 어떻게 그 긴 시간동안 한 자리를 지키고 있었을까요."

그 역시 나무를 한번 올려보더니 말을 꺼낸다.

"오늘 카페를 계약했어요. 그 상가 1층에 있던 카페를 인수해요."

막 새로운 출발을 결심한 목소리에서 습기가 느껴지는 것은 왜일까.

"축하해요. 잘 됐어요."

"고마워요."

"……."

"현수 씨. 우리가 20대가 아니라 좋은 점이 뭔지 생각해본 적 있어요?"

20대가 아니라 좋은 점이라…… 더 젊지 않아서 좋은 점이 과연 있기나 한지 되묻고 싶었다.

"그건 말이죠. 버틸 수 있는 힘이 있다는 거예요. 오늘 당신을 보자마자 무너지지 않고 날 지탱할 수 있어 얼마나 다행스러운지 몰라요. 아. 그렇다고 오해는 마요. 그만큼 당신을 빨리 잊었다는 뜻은 아니니까."

희미하게 웃어 보이는 그를 보며 나도 따라 웃는다.

그렇군요. 나도 알 것 같아요. 이 나이가 주는 느낌이 무엇인지. 사실 나는 얼른 나이가 들었으면 좋겠다고 바란 적도 있어요. 훌쩍 쉰 살이 되고 예순 살이 되면 그때는 내 맘속에 당신 흔적이 희미해져버릴지도 모르니까요. 그러면 내 마음이 조금은 편해지겠지, 당신 생각에 이렇게 아프진 않겠지…… 하면서요.

"언젠가 당신 아버지가 꼭 돌아오길 바라요. 당신을 기다리면서 알았어요. 기약 없는 기다림이 얼마나 허기진 건지."

어른스러운 그 인사에 나 역시 진짜 이별을 말할 때라는 것을 알 수 있었다.

마지막으로 그의 아름다운 눈을 내 안에 담뿍 담아본다.

언젠가.

이탈리아에 함께 가지 못해서 미안해요.

려가 결혼식을 올리기로 한 곳은 두 사람이 처음 만난 키즈
카페다.

사랑스러운 남매를 화동으로 세운 예식을 지켜보는데 옆자
리 지훈이 귀에 속삭인다.

"윤현수. 나랑 결혼해줄래."

"애석하지만 우리 아직 부부야."

"그럼 우리 은혼식, 금혼식 뭐 이런 거 당겨서 할까?"

"내가 이런 무성의한 프러포즈 받을 거 같아? 나 그렇게 쉬운
여자 아냐."

멋진 식이 끝나고 그가 날 데려간 곳은 뜻밖에도 지난번 내가
봐두었던 학원 상가였다.

 "부동산 사장님이 집으로 전화하셨더라. 당신이 연락이 안
된다고. 여기를 맘에 들어 했다면서?"

 아직은 때가 아니라며 돌아서는 내 앞에 서류 봉투 하나가 등
장한다. 느긋하게 휘파람까지 불며 봉투를 흔드는 모습이 어딘
지 불안하다. 설마 싶어 얼른 확인해보지만 역시나 그것은 학원
임대 계약서였다.

 "당신 지금 제정신이야. 여기 보증금이랑 월세가 얼만 줄 알
아?"

 "능력 빵빵한 와이프 있는데 뭐가 걱정이야?"

 "야! 김지훈!"

 "내 퇴직금에 이것저것 다해도 모자라서 대출 좀 받았어. 걱
정 마. 대한민국에 빚 안 지고 사는 사람 있는 줄 알아. 있으면
나와 보라 그래!"

 지훈은 되레 큰소리를 치며 나를 강단으로 데려갔다.

 "이것 봐. 이럴 줄 알았다니까. 역시 당신은 이곳이 제일 잘
어울려. 멋지다. 윤현수."

 비록 강제적이긴 했지만 칠판 앞에 서고 보니 그동안 이곳을
얼마나 그리웠는지 알 수 있었다.

나는 오랜 시간 강사로 살아온 여자다. 보통 직장인들과 다른 근무 시간과 쉼 없이 공부하며 자기를 발전시켜야 하는 부담감. 그런 속에서도 이 일에 열정을 다해온 시간이 지금의 나를 만들었다.

그리고 지훈은 그런 나에 대해 누구보다 잘 알고 있는 사람이다. 사람이 사람에 대해 '안다'는 것은 오랜 시간을 공유한 관계에서만 허용되는 말일지 모른다.

"일하면 다시 엉망인 아내로 살 텐데 괜찮겠어? 당신이 바라는 내조는커녕 반찬도 못 챙겨줄 거야."

"괜찮아. 언제는 안 그랬냐. 나 적응 다 됐어."

지훈이 툭 뱉은 그 말에 목이 멘다. 지훈이 얼른 내 눈치를 살핀다.

"아니. 내 말뜻은 그게 아니고…… 당신 화난 거야?"

"고마워……."

"어?"

"집밥 못 차려줘도 셔츠를 다려주지 못해도 약속할게. 당신이 김지훈으로 살 수 있도록 나도 노력할거야. 항상 당신 편에서 밀어주는 아내가 될게."

반짝이는 사랑이나 눈부신 떨림이 아니라도 좋다. 우리는 삶에서 고작 몇 가지 감정만 경험해봤을 뿐이니까. 이제 겨우 시작일 뿐이니까.

"엄마 모해?"

앞치마를 두른 채 국을 끓이는 내 다리에 지오가 매달린다.

"엄마 지금 밥 차리잖아. 지오 아침 밥 주려고."

젠장. 콩나물국 간을 몇 번이나 봤는데 원하는 맛이 안 나온다. 이럴 땐 눈 딱 감고 마법의 MSG 한 스푼 듬뿍 넣고 싶은 맘이 간절해진다.

"엄마 밥 차릴 때까지 티비 볼래? 로보카 폴리 어때?"

〈로보카 폴리〉는 〈꼬마버스 타요〉 대신 요즘 지오가 빠져있는 애니메이션이다.

"싫어. 폴리 싫어! 앰버도 싫어!"

바로 어제까지만 해도 극진한 애정을 보이던 캐릭터들이 단번에 싫어졌다니 이해 못할 노릇이다.

"그럼 로보카 폴리는 이제 우리 집 티비에 나오지 말라고 할까?"

"아니야. 폴리 보내지마. 폴리는 내 친구야. 안 돼!"

이런 변덕쟁이 같으니.

얼마 전 부터 완전히 수다쟁이가 돼버린 지오. 그야말로 폭풍 수다다.

게다가 온종일 "엄마 왜?"라고 물어보는 통해 아주 돌아버리기 일보 직전이다.

'왜라니? 지오. 설마 넌 세상 모든 일이 논리적으로 설명될 수 있다고 믿는 거니?' 이렇게 소리치고 싶은 마음이 굴뚝같지만 그럴 때마다 심호흡을 한번 크게 하고 육아서의 내용을 떠올린다.

"지오야. 왜라고 묻는 건 참 좋은 거야. 모든 일에는 원인과 결과가 있는데 그것을 인과관계라고 한단다."

"왜?"

나야말로 묻고 싶다. 대체 왜 그 많은 육아서에는 아이가 끊임없이 "왜?"라고 물을 때 치솟는 엄마의 분노를 조절하는 방법에 대해 설명돼 있지 않을까. 아무리 생각해도 무조건으로 엄마의 인내만을 요구하는 육아법은 불공평하기 짝이 없다.

"엄마. 배고파."

동그란 눈을 깜박이며 올려다보는 아이 얼굴에 나도 모르게 다시 엄마 미소가 번진다. 만약 이 맑은 눈동자를 보고도 인간의 성악설을 주장하는 사람 있다면 그 입에 분필을 5만 개 쯤 쑤셔 넣어줘야지.

가만히 무릎을 꿇고 키를 맞추자 아이가 내 품으로 쏘옥 들어온다.

"지오야. 엄마는 지오를 많이많이 사랑해."

그러자 네 살짜리 아이는 제법 사내아이 같은 얼굴로 씩 웃는다.

"나도 알아. 지오도 엄마 사랑해. 많이많이."

이토록 멋진 남자 입에서 나오는 사랑 고백이라니. 몽실몽실 구름 위를 걷는 듯 착각마저 든다.

누군가의 말처럼 여자의 완벽한 이상형은 오직 제 뱃속으로 낳은 아들뿐인 모양이다.

그러나 낭만의 가장 큰 함정은 너무 금방 끝나버린다는 것을 잊으면 안 되는 법.

"엄마…… 나…… 쉬……."

배변 훈련을 끝내지 못한 기저귀 왕자의 휑한 가랑이 사이로 뜨끈한 오줌이 줄줄 샌다.

아이고 내 팔자야. 그럼 그렇지.

발가벗긴 지오를 데리고 욕실로 간다. 샤워기의 물줄기가 뜨겁네, 차갑네, 온갖 잔소리를 좋알대는 녀석의 엉덩이를 씻긴다. 내친김에 욕조에 물을 받아 지오를 풍덩 담근다. 물놀이 장난감 두어 개만 넣어주면 30분은 혼자 잘 놀 것이다.

"아차! 콩나물 국!"

황급히 주방으로 쫓아가니 이미 국이 끓어 넘쳐 주변이 엉망이다. 고작 가스레인지에게 먹이려고 아침부터 부산을 떤 꼴이 돼버렸다.

그 순간 나를 비웃는 듯 앞치마 속 휴대전화에서 경쾌한 멜로디가 울린다.

2015년 5월 22일. 오늘 날짜를 가리키는 알림 벨이다. 숫자 밑에는 '유방외과 정기 검진일'이라고 표시되어 있다. 일 년 전 조직검사 후 정기 검진 대상이 된 내 왼쪽 가슴을 데리고 병원을 찾을 시기가 된 것이다.

그런데 오늘 병원에 들를 시간이 될까.

오후에는 고3 학부형을 대상으로 현 입시 제도에 대한 설명회가 있다. 학원을 연 지 얼마 되지 않았지만 입소문 덕에 예약 인원만 50명 남짓이다. 설명회 뒤에는 강사 충원을 위한 면접을 봐야 한다.

당장 서재로 가서 이메일로 날아든 강사 이력서를 꼼꼼히 살펴본다. 이제는 이력서만 봐도 좋은 강사인지 아닌지 한눈에 가려질 정도다. 서른 통이 넘는 메일을 열심히 확인하는데 그 중 한 발신자 이름이 눈에 띈다. 강수호. 그가 보낸 메일이었다.

현수 씨. 잘 지내나요.

나 역시 잘 지내고 있어요.

수 카페는 대형 프랜차이즈 카페들에 밀려

고전을 면치 못하지만 아직 버틸 만합니다.

가끔 나는 세계 각지로 원두 바잉을 가요.

그러다 민이랑 아기가 보고 싶으면 미국 동부에 들르기도 하구요.

참, 민이는 파슨스 입학을 목표로 열심히 공부하고 있어요.

역시 피는 무섭죠. 엄마를 닮아 틀림없이 잘 해낼 테니 걱정은 안
해요.

학원 일로 많이 바쁠 거라 생각되네요.

입으로는 온갖 불평을 늘어놓으면서도

최선을 다하고 있을 당신 모습도 그려집니다.

그리고 지오에게도 좋은 엄마로, 좋은 아내로…… 맞죠?

시간 되면 커피 마시러 내려와요.

당신에게는 특별히 28% 할인 해줄게요.

아직 내 마음이 딱 그 숫자만큼 남아 있거든요.

그냥, 미련이라고 해두죠.

그를 처음 만났을 때 참 볼품없던 내 모습이 떠오른다.

꼭지가 시들고 껍질이 말라버린 과일 같았던 내게 그는 아직
달콤한 과육이 남아 있음을 알려주었다. 그리고 그 안의 까만
씨앗이 다시 싹을 틔울 수 있도록 아낌없이 물을 주었던 사람.
그는 내게 그런 사람이었다.

"지오 엄마. 나 왔어요. 출근 준비해요?"

지오를 봐주시는 이모님이 서재 문을 연다. 아파트 같은 라인에 사시는 중년의 아주머니로 젊은 시절에는 공립 유치원에서 아이들을 돌보셨다고 한다.

"오셨어요? 곧 끝나요."

서둘러 옷을 입고 화장을 끝낸다. 그리고 늘 그렇듯 날카로운 시선으로 신발장을 훑는다.

오늘 나의 선택을 받은 것은 바로 G 브랜드의 스니커즈.

출발 직전의 단거리 육상선수처럼 허리를 숙이고 신발 끈을 단단히 조여 맨다.

그리고 다시 한 번 힘차게 달릴 준비를 마친다.

유방 초음파를 보던 의사는 30대 초반으로 보이는 임산부였다.

"선생님도 초음파로 직접 아기를 보세요?"

"그럼요. 환자 없을 때 종종 보죠. 첫애라 그런지 더 궁금해요."

의사는 난데없는 내 질문이 재밌는 듯 답하더니 출산 후 자궁 검사를 한 적 있냐고 물어왔다.

"아뇨."

"그럼 오신 김에 자궁도 보는 게 좋겠어요. 출산한 여성은 정기적으로 하는 게 좋습니다."

옆의 간호사가 배 위에 차가운 젤을 발랐다.

꼼꼼히 모니터를 바라보던 의사는 고개를 갸웃거리더니 다시 한 번 내 뱃속을 관찰했다.

"마지막 생리일이 언제죠?"

가만 있어봐라. 그게 언제였지? 설마 나의 자궁에 무슨 문제가 생긴 걸까.

왼쪽 가슴으로 모자라 자궁까지 정기 검진 대상으로 만들고 싶은 생각은 추호도 없다.

게다가 지금 벌려놓은 수많은 일들을 생각하면 자궁암 따위에 걸릴 시간은 절대 절대로 없으니까.

"임신이네요. 설마 모르셨어요?"

"네? 그럴 리 없어요!"

나는 망가진 스프링처럼 제멋대로 튀어 앉아 외쳤다.

그러나 몇 초 후, 그럴 리가 아주 없는 것은 아니라는 것을 깨달았다.

사건이 일어난 것은 몇 주 전이다. 지훈과 나는 저녁을 먹다 선물 받은 와인을 떠올렸고 그것을 함께 마셨다. 기분이 좋아진 지훈이 오랜만에 시를 읊었고 나는 아름다운 시에 취해 와인을 더 꺼냈지.

정확히 말하자면 지오를 낳은 이후 그런 완벽한 밤은 처음이었다.

지오의 아빠 엄마가 아니라 예전의 김지훈과 윤현수로 돌아
간 것 같았다. 그러나 아무리 생각해도 그 기쁨이 둘째를 가지
는 것과 바꿀 만큼이었다고는 장담 못 하겠다.

의사의 의례적인 축하에 눈앞이 컴컴해진다.

저기요. 이건 단순히 축하로 넘길 문제가 아니거든요. 선생님은
지금 첫애를 임신 중이라 잘 모르시는 모양이지만요. 아이를 낳고
기른다는 건 말이죠…… 더군다나 신생아를 돌본다는 건요…….

진심으로 믿고 싶지 않다. 말도 안 된다. 다 거짓말이다.

그러니까 나는 지금 아주 무시무시한 악몽을 꾸고 있는 것이
분명하다.

지오를 무릎 위에 앉힌 지훈은 아이의 손을 나의 배 위에 살
포시 얹는다.

"지오야. 여기에 네 동생이 있어."

아이는 아빠 말이 무엇을 뜻하는지 알고 있을까.

"싫어! 동생 안 좋아!"

지오는 예민한 사춘기 소년처럼 외치더니 방으로 들어가버
린다.

맏이가 동생을 볼 때의 충격은 남편이 둘째 마누라를 데리고
들어왔을 때와 비슷하다더니. 아이는 지금 태어나 처음 느껴보

는 불안과 맞서고 있는 모양이다.

불안하기로 치면 나 역시 마찬가지이다.

지오를 낳은 후부터 전전긍긍, 허둥지둥, 안절부절 같은 단어를 빠뜨리고는 설명이 안 되던 내가 과연 두 아이의 엄마가 될 수 있을까.

정답은 '불가능'이다. 보나마나 두 아이를 돌본다는 핑계로 어느 한 아이도 제대로 챙기지 못할 것이고 체력과 인내의 배터리가 방전돼버린 날에는 남편과 아이들을 향해 정신 나간 여자처럼 소리치다가 두 다리 뻗고 목 놓아 울어버리겠지. 모든 것은 이미 열 번도 더 본 영화를 다시 보는 것처럼 빤한 일이다.

그러나 별 수 있나. 뱃속 저 깊은 곳에 감춰둔 티끌만 한 용기까지 끄집어내보는 수밖에. 한참 모자란 엄마라도 나보다 더 내 아이를 사랑할 사람은 없다는 사실이 유일한 위안이 된다.

우리가 셋에서 넷이 되어가는 과정에는 어떤 이야기가 기다리고 있을까. 그리고 아이들은 부족한 엄마를 어떻게 변화시킬까. 내가 할 수 있는 일이라고는 지오가 가르쳐준 대로 그저 조용히 속도를 맞추고 기다려주는 일 뿐이다.

지오가 방문을 슬며시 열고 나오더니 내 품으로 와락 안긴다.

"엄마. 동생 언제 와?"

검은콩 같은 눈동자를 들여다보고 있자니 어미로서의 첫정을 온전히 부은 아이가 미치도록 예쁘다.

언젠가 이 아이에게도 사랑하는 사람이 생기겠지. (생각만 해도 눈물이 다 난다.)

그때가 되면 쭈글쭈글 처진 엄마 가슴을 떠올리는 것만으로 몸서리칠지 모른다. 그런 생각이 들자 갑자기 지구 어딘가에서 자라고 있을 여자아이에게 대책 없는 질투가 치민다. 그 질투의 크기가 어느 정도인지 밝혀진다면 나는 아마 영화 '올가미'의 시어머니보다 더 끔찍한 시어머니로 낙인찍혀 '세상에 이런 일이'의 섭외 전화를 받게 될 것이다.

그러나 천만다행히도 아직 지오에게 가장 필요한 것은 바로 이 엄마의 품이다.

그러니까 세상에서 가장 완벽한 이 남자를 차지할 시간은 아직 유효하다.

나는 보드라운 아이를 꼭 끌어안고 내가 알고 있는 가장 다정한 언어를 속삭인다.

"으응. 동생은 우리 지오가 준비가 되면 그때. 사랑해. 사랑해. 지오."

지오 맘의 TO DO LIST

1. 새로 태어날 둘째를 위한 출산 준비 387가지. (으악!)

2. 출산 때까지 다닐 산부인과 정하기 + 산후조리원 예약하기.

3. 둘째 출산 후 전신 성형 견적서 뽑아보기.

4. 적금 해약하기. (이게 다 얼마야. 맙소사!)

에
필
로
그

임신을 확인하고 몇 주가 지났다.

꿈에 아빠가 보였다. 아빠가 내 꿈에 나온 적은 처음이었다.

올해 환갑이신 엄마에 비해 아빠는 1997년의 모습 그대로였다. 젊은 아빠의 모습에 기분이 좋았다.

아빠는 그날처럼 내게 꼬깃거리는 지폐를 건네셨다. 역시나 정확히 1만2000원이었다.

"뱃속 아기를 생각해서 더 잘 먹어야 한다."

아. 아빠도 알고 계시는구나. 나는 떨리는 손으로 그것을 받았다.

아빠는 축 쳐진 어깨로 낡아빠진 구두를 구겨 신고 막 현관을 나서려는 중이었다.

나는 아빠의 굽은 어깨 위에 얹힌 고단한 먼지를 털어드리고 싶었다. 그것은 젊음과 바꿔 일궈낸 공장이 하루아침에 부채로 바뀌어버린 한 남자의 서글픈 삶이기도 했다.

"아빠!!"

그 한마디 내뱉기가 가위에 눌려 내 의지로 손가락 하나 까딱 하지 못할 때처럼 힘겨웠다.

아빠가 천천히 돌아보셨다. 나는 얼른 신발장을 열어 구두 중 가장 온전한 것을 꺼내 소매 끝으로 정성스럽게 닦기 시작했다.

후우. 호오.

더운 입김을 불어가며 닦은 구두를 그 앞에 가지런히 놓아드 렸다.

알 수 없는 표정으로 구두를 갈아 신으신 아빠는 내 뒤로 보이는 집을 한번 훑어보셨다. 그리고 잊지 않겠다는 다짐이라도 하듯 나를 두 눈에 차곡차곡 담으시고 이렇게 말씀하셨다.

"현수야. 아빠는 괜찮다."

목구멍이 따끔거렸다.

꿈이었지만 어쩌면 이것이 마지막일지도 모른다는 생각이 들었다.

어디로 가시느냐고 언제 돌아오실 거냐고 그리고 안가시면 안 되냐고 묻고 싶었다.

아빠는 이내 결심하신 듯 현관문을 열고 밖으로 나가셨다.

다행히 그 뒷모습은 좀 전에 낡은 구두를 신었을 때 보다 조금은 가벼워 보였다.

다음날 전화로 나의 꿈 이야기를 전해들은 엄마는 소리죽여 흐느끼셨다.

"현수야. 아버지가 편안하신가 보다. 널 안심시키고 가신 거 보면……."

그 말씀을 들으며 나는 간절히 바랐다.

그럴까요. 엄마. 저는요 정말로 그랬으면 좋겠어요. 이젠 아빠가 편해지셨으면 좋겠어요.

엄마는 오늘도 안방의 다른 주인을 기다리며 불을 끄지 않으실 것이다.

그리고 아빠는 내가 닦아드린 그 구두를 신고서 우리 곁으로 반드시 돌아오실 것이다.

어제는 오랜만에 혜린이 찾아왔다.

그녀는 돌도 안 된 비비안을 위해 강남에서 가장 수업료가 비싸고 유명한 영어유치원에 웨이팅을 걸어두고 오는 길이라고 했다.

"비비안은 돌 지나면 바로 일주일에 한 번씩 미술, 음악, 중국어 개인 레슨 시작할 거야."

천지가 개벽하지 않는 이상 비비안은 대한민국 사교육의 결정체가 될 운명이다. 게다가 이 극성 엄마는 전형적인 동양인의 눈을 가진 비비안에게 중학교 입학과 동시에 쌍꺼풀 수술을 해주기로 결심하고 성형외과 원장님과 함께 14세 비비안의 가상 얼굴을 만들어 다양한 시뮬레이션을 돌려보는 중이다.

뿐만이 아니다. 그녀가 눈코 뜰 새 없이 바쁜 이유 중 하나는 매주 여의도 국회의사당 앞에서 '입양특례법 폐지'에 관한 1인 시위를 하고 있기 때문이다.

"버려진 우리 아이들을 두 번 죽이는 입양특례법은 대체 누구를 위한 법이란 말입니까!!!!!"

어느 날 저녁 뉴스에서 목에 핏대를 세우며 소리치던 혜린을 발견한 순간 그만 먹던 과일이 목에 걸려 큰일 날 뻔했다. 정말 사람 놀라게 하는 재주 하나만큼은 타고난 그녀다.

우리 중 가장 먼저 두 아이의 엄마가 된 려는 매일 정신과 육체의 한계에 직면하며 행복한 비명을 지르고 있다. 분당의 키즈카페 인기가 날로 높아져 조만간 용인에 하나 더 오픈할 예정이라니 잘된 일이다.

"현수야. 이번엔 꼭 딸 낳아. 내가 아들 키워보니까, 둘 다 키워봐야겠더라."

려는 요즘 나만 보면 딸 타령이다. 그러나 자식 성별을 결정하는데 내 의견이 반영될 확률은 정확히 0퍼센트다. 부디 지난주 초음파로 본 다리 사이 미세한 그것이 내 예상을 빗겨가길 바랄 뿐이다.

정기검진을 받고 있는 미즈메디는 내게 브이 백(첫 출산을 제왕절개로 한 산모가 두 번째 출산에서 자연분만을 시도하는 것)을 하면 어떻겠냐고 권유했다.

"산모분의 튼튼한 골반으로 제왕절개는 너무 아까워서요."

의사의 말에 머릿속은 빠른 속도로 장단점을 써내려 간다.

브이백의 장점

1. 소중한 내 아기를 자연분만으로 출산할 수 있다. (제왕절개한 아기가 비교적 지능이 떨어진다는 연구결과가 있단다. 제길.)

2. 자연분만은 모유수유를 성공하는 데도 유리할 것이다.

3. 전신마취를 하지 않아도 된다. (내 머릿속의 지우개는 하나만으로 족하니까!)

4. '나도 자연 분만한 여자다'라는 밑도 끝도 없는 자긍심도 가질 수 있다.

브이백의 단점

1. 브이백을 시도하다 실패할 수 있다. (혹시 지오를 낳고 꿰맨 자리
   가 터지기라도 한다면…… 으악!)

2. 지오처럼 머리둘레가 많이 큰 아이라면 내 몸이 남아날까.

3. 주위에서 브이백 성공한 사람을 보지 못했다. (왜 내 주위에는 한
   명도 없는 거지?)

4. 두렵다. 무섭다. 겁난다.

제왕절개를 하면 전신마취의 영향으로 한동안 수명 다한 형
광등처럼 깜빡깜빡 할 테지.

그때를 빌어 지훈에게 소심한 복수라도 해줄 생각을 하면 그
리 나쁘지만은 않다.

"누구…… 시더라?"

마취에서 깨어나 멍한 시선으로 이렇게 물으면 그는 아마 기
겁하고 뒤로 넘어갈 것이다.

한때 마음을 포갰던 사람이 가까이 존재하는 것만큼 설레는
일이 또 있을까.

수호에게 메일이 온 뒤 시간이 꽤 흘렀지만 아직도 그의 카페
에 들르지 못했다.

가끔 출근길에 카페 앞을 지나다 유리창 너머의 그를 목격할 때가 있다. 손님에게 커피를 건네거나 테이블을 치우는 그를 볼 때면 나도 모르게 팔뚝에 미세한 소름이 돋곤 한다.

정말이지. 그는. 여전히. 근사하다.

그러나 애석하게도 둘째라서 더 빨리 불러오는 배를 안고서 그 앞에 나설 용기는 없다.

그저 그가 메일에 쓴 대로 28이라는 숫자가 가진 미련이 오래가진 않기를 바라는 마음이다.

아쉽지만 이건 내 진심이다.

나는 여전히 엄마에게 주어지는 하루가 24시간이 아니라 48시간이어야 한다고 믿는다.

학원 경영과 내 앞으로 떨어진 몫의 수업, 다른 강사들의 불만을 들어주고 학부모 상담까지 하는 일은 결코 녹록치 않다. 그리고 지친 몸을 끌고 집에 돌아오면 굶주린 수사자들을 위한 야식까지 만들어줘야 한다. 엊그제는 둘이서 내가 만든 궁중떡볶이 한 냄비를 단숨에 해치워버렸다. 냉장고에 있던 재료들을 대충 때려 넣었을 뿐인데 어찌나 맛있게 먹던지 갑자기 내 요리 솜씨가 괄목할 만한 성장을 한 건가 싶어 뿌듯했다.

그리고 나면 요즘 지오가 관심을 보이기 시작한 공룡에 대한 공부도 해야 한다. 지오가 제일 좋아하는 공룡이 티라노사우루스인지, 스테고사우르스인지 헛갈리는 통에 늘 머릿속은 뒤죽박죽이다. 정말이지 이미 멸종해버린 공룡의 이름과 식성을 파악하는데 이토록 많은 시간을 투자하게 될 줄은 꿈에도 몰랐다. 〈꼬마버스 타요〉 주제가만 외우면 됐던 예전이 얼마나 편했는지 그리울 따름이다.

그사이 뱃속의 둘째가 아들이라면 셋째도 가져야 하나 하는 위험천만한 고민도 해본다.

그럴 때마다 지훈은 한결같은 톤으로 답한다.

"이효리도 넷쩬 거 몰라? 될 때까지 해보면 되지."

그래? 그렇단 말이지. 그녀처럼 멋진 딸을 가질 수 있다면 모험을 한번 걸어봐?

아이들의 눈을 들여다보며 어른들은 자란다. 아마도 대책 없이 몸만 커버린 어른들에게 아이란 존재가 없었다면 세상은 구석기 시대 이후로 변화를 멈춰버렸겠지.

우리가 사랑한 증거인 지오와 뱃속의 아이는 우리의 추억이고 현재이며 멋진 신세계가 될 것이다.

아. 갑자기 해야 할 일들이 생각난다.

출근길 세탁소에 지훈의 와이셔츠를 맡겨야 하고 텅 빈 냉장고를 채우기 위해 마트도 들러야 한다. 한살림에서 주문할 식재료들은 따로 있으니 인터넷 앞에 앉아야 한다. 뱃속 아기를 위해 과일과 채소를 더 챙겨 먹어야겠다. 참 철분제를 마지막으로 복용한 게 언제였더라? 지오가 부탁한 공룡이 잔뜩 그려진 그림책을 사러 서점에도 들려야 하는데…… 그리고 또 있었는데, 그게 뭐였지?

얼마 전부터 발등이 퉁퉁 붓기 시작해 신발 신기가 버겁다. 이참에 고소영이 첫 아이 임신 중에 신었다는 스니커즈를 한 사이즈 크게 주문해야겠다.

둘째를 낳기 전에 엄마와 여행을 가고 싶었지만 안타깝게도 나 윤현수의 'YOON'S LIST'는 아직 완벽히 실현되지 못했다. 생각난 김에 여행사에 전화를 걸어볼까?

맙소사! 어제 미뤄둔 정기 검진을 받으러 산부인과에 가는 것을 깜박했다.

오늘 낮에는 구청에서 전화 한 통을 받았다. 내가 사는 동작구 사당동은 둘째를 낳으면 10만 원의 출산 장려금을 지급한다고 한다. 고맙긴 하지만 대신 믿고 맡길 만한 보육시설을 늘려준다거나 기저귀 값, 분유 값을 내려주면 얼마나 좋을까. 정부의 예산을 담당하는 분들은 아직도 아기를 키워보지도 않고 탁상공론 중인 모양이다. 〈꼬마버스 타요〉랑 〈로보카 폴리〉만 열심히 봐도 알 수 있는 간단한 일을 왜 그리 어렵게들 처리하는 건지. 마음 같아서는 혜린을 따라 여의도로 가서 1인 시위라도 하고 싶지만 내 입에서 거친 욕설이 튀어나올 것 같아 태교 관계상 보류하기로 한다.

그나저나 내일 지오 아침 반찬은 뭘로 한 담! 그리고 중요한 일이 또 있었는데 그게 뭐였지…… 뭐였더라. 제길. 퉁퉁 부은 종다리와 딱딱하게 굳은 어깨가 나의 피로를 절정으로 몰고 간다. 이젠 정말이지 다크서클이 발톱까지 내려갈 기세다.

작
가
의
말

    오늘 아침 여섯 살 아이를 유치원에 데려다주는 길. 뺨에 감
기는 봄기운이 꽤나 근사합니다. 아이가 일주일 전부터 다니기
시작한 유치원은 집에서 걸어 10분 거리. 혼자 돌아오는 길에
도 몇 군데 유치원과 어린이집을 지나는데 엄마들에게 묻어나
는 삶의 풍경이 저와 별반 다르지 않습니다.

    출산 후 아기 띠와 기저귀 가방이 제 몸과 합체된 그 순간부
터 지금까지 수많은 엄마들과 마주했습니다. 놀랍게도 엄마라
는 이름의 그녀들은 거울 속 제 모습처럼 저와 꼭 닮아 있었습
니다. 아니 제가 그녀들과 닮았던 것인지도 모르지요. 생면부지

의 사이지만 찰나의 눈빛을 통해 배려 깊은 측은지심과 동병상련의 마음을 나눈 그 순간들을 잊지 못할 것입니다. 종일 아이를 챙기고 집안일과 때로는 직장 일까지 해내면서도 모두 잠든 밤이면 육아서와 인터넷을 뒤적이며 죄책감에 시달리곤 했을 그녀들의 선량한 모성을 응원합니다.

이 소설을 쓰게 된 계기를 밝히자면 저의 첫 소설《키스 후에 남겨진 것들》을 빼놓을 수 없습니다. 《키스 후에 남겨진 것들》을 쓰기 시작한 것은 아이 100일 무렵이었는데 임신 초부터 담아둔 이야기를 토해내지 않고는 못 견딜 것 같은 답답함이 저를 노트북 앞으로 이끌었습니다. 잠과 맞바꾼 작업은 즐거웠지만 체력적으로 힘겨움을 느끼던 날, 예능 프로그램에 나온 어느 소설가의 말에 정신이 번쩍 들었습니다.

소설가이자 엄마였던 그녀는 어린 딸을 키우기 위해 글을 써야만 했다고 고백했습니다. 낮에는 아기를 보고 밤이면 잠든 아기를 책상 옆에 뉘인 채 수건으로 스탠드 불빛을 가리며 작업했다는 대목에서 눈물이 맺히며 절로 고개를 끄덕였습니다. 그즈음 저 역시 육아와 글쓰기라는 두 마리 토끼 때문에 좌절감에 허덕이고 있던 참이었으니까요.

안타깝게도 OECD 국가 중 자살률 1위라는 불명예스러운 현실 속에서 산후 우울증을 앓다 극단적인 선택을 한 엄마들의 뉴스를 접하기란 어렵지 않습니다. 이미 떠나버린 그녀들은 아무 말 없지만 누군가 그녀를 잡아주었다면, 그녀의 말에 공감하고 귀 기울였다면…… 하는 미련 때문에 그런 날은 유난히 오래도록 가슴이 저립니다.

언제쯤이면 우리 사회는 그녀들의 아픔을 보듬을 수 있을까요. 언제쯤이면 철없는 투정 내지는 비정한 모정이라 비난하기보다 적극 예방하고 치료해야 하는 나의 친구, 아내, 이웃, 가족의 문제라는 것을 알아줄까요.

다들 엄마가 행복해야 아이도 행복할 수 있다고 하는데 과연 그 행복을 찾기 위해서는 엄마 혼자서만 노력해야 하는 것인지 궁금합니다.

이 소설에는 다양한 모습을 가진 맘들이 등장합니다. 현수와 혜린, 려, 그리고 민이. 그녀들은 각기 다른 문제로 고민하고 선택하며 넘어지기를 계속합니다. 무엇 하나 뜻대로 되지 않는 인생이지만 결코 끝을 쉽사리 단정 짓거나 절망하지 않는 것이 소설 속 그녀들이 가진 유일한 무기인지도 모르겠습니다.

부디 이 책이 당신 곁에 머물며 작은 위로가 되기를 소망합니다. 누군가의 따뜻한 말 한마디, 방글방글 터지는 아이의 미소,

맛있는 커피 한 잔, 속이 뻥 뚫리는 맥주 한 캔이 주는 그 기쁨의 크기만큼으로 말이지요.

이 순간에도 결혼과 임신, 출산과 육아로 인해 고군분투하고 있을 이 땅의 모든 당신들. 그대들 덕분에 나도 지금까지 잘 해올 수 있었습니다. 감사합니다.

부족한 원고를 책으로 만들어 세상의 빛을 보게 해준 출판사 박하의 대표님께 깊은 감사를 드립니다. 늘 한결같이 지지해주는 남편과 가족 그리고 새 책을 기다려준 친구들에게도 사랑의 마음을 전합니다.

마지막으로 책상에 앉은 엄마의 뒷모습을 보며 자라는 내 아이에게 미안함과 고마움을 어찌 전해야 할까요. "엄마, 엄마는 글 쓰는 게 참 재미있지요?"라고 말해주는 아이에게 덕분에 소설 쓰는 동안 한 번도 지치지 않았다고 말해줄까요. 거기에 한마디 덧붙여서 너의 엄마여서 정말이지 많이 행복하다고 이야기 해주어야겠습니다.